過香積寺
향적사를 찾아가다

향적사 어딘지 알지 못하여

구름 봉우리 속으로 몇 리나 들어간다

고목 우거져 사람 다니는 길 없었건만

깊은 산 속 어딘가의 종소리

샘물 소리 가파른 바위에서 흐느끼고

햇살은 푸른 소나무를 차갑게 비치고 있네

해질녘 고요한 연못 굽이에 앉아

편안히 참선하며 잡념을 걸어 낸다네

不知香積寺
數里入雲峰
古木無人徑
深山何處鍾
泉聲咽危石
日色冷青松
薄暮空潭曲
安禪制毒龍

不善茶樓

불선다루

불선다루 2

송진용 新무협 판타지 소설

초판 1쇄 찍은 날 § 2006년 3월 4일
초판 1쇄 펴낸 날 § 2006년 3월 14일

지은이 § 송진용
펴낸이 § 서경석

편집장 § 문혜영
편집 § 장상수 · 최하나 · 문정흠

펴낸곳 § 도서출판 청어람
등록번호 § 제1081-1-89호
등록일자 § 1999. 5. 31
어람번호 § 제2-0860호

주소 § 경기도 부천시 원미구 심곡1동 350-1 남성B/D 3F (우) 420-011
전화 § 032-656-4452 팩스 § 032-656-4453
http://www.chungeoram.com
E-mail § eoram99@chollian.net

ISBN 89-251-0030-4 04810
ISBN 89-251-0028-2 (세트)

不善茶樓

송진용 新무협 판타지 소설
Fantastic Oriental Heroes

2

블선다루

─소걸, 강호에 나가다─

도서출판 청어람

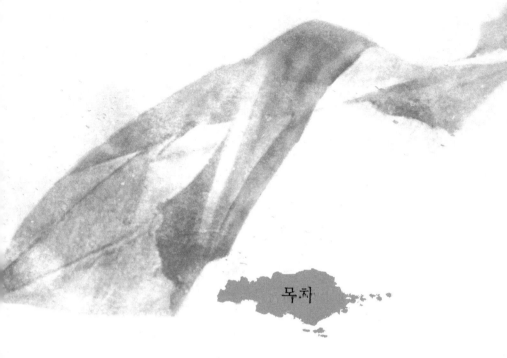

목차

【第一章】

객잔에 모여든 고수들

1

천천히 걷는 중에 날이 저물었다.

어느덧 섬서와 사천의 경계에 와 있었는데, 하늘을 찌를 듯 높이 솟아 있는 산들을 볼 때마다 절로 감탄성이 나왔다.

칼을 꽂아놓은 것 같은 그 산봉우리 위로 둥근 달이 둥실 떠올랐다.

소걸은 이와 같이 기기묘묘하고 아름다운 풍경은 처음 본다. 내내 벌어진 입이 다물어지지 않았다.

"정군산에 온 거다."

당 노인이 회한이 깃든 음성으로 그 산과 골짜기를 돌아보며 말했다.

정군산(定軍山)은 면양현 남쪽 오십 리 지점에 있는데, 열두 봉우리를 거느리고 한수(漢水)를 따라 동쪽으로 흐르는 큰 산이다. 한수 건너편에는 천탕산이 마주 보고 있었다.

그곳은 옛적 천하를 놓고 유비가 조조와 싸울 때 촉의 대군과 위나라의 대군이 격돌한 곳으로 유명했다.

당시 조조는 그 산에 군량을 쌓아두고 장합과 하후연을 주둔시켜 지키게 했다. 그것을 촉의 노장 황충이 공격했는데, 노인답지 않은 불굴의 용맹과 지략을 발휘해서 하후연을 베고 대승을 거두었던 역사적인 곳이다.

한중(漢中)에서 촉으로 들어가기 위해서는 그 정군산을 넘어 한수를 건너고 다시 천탕산 골짜기를 지나야 한다.

그러면 기험하고 황홀한 산세가 끝없이 펼쳐지는 중에 한줄기 외길과 만나게 된다. 양평관(陽坪關)을 빠져나와 검각(劍閣)으로 이어지는 그 유명한 촉도(蜀道)인 것이다.

정군산 아래는 한중과 촉을 왕래하는 사람들을 상대로 하는 작은 시진이 형성되어 있다. 촉망령(蜀望嶺)을 넘는 길목인데, 그 아래 몇 개의 객잔이며 여각(旅閣)들이 길을 따라 늘어서 있었다.

당 노인은 소걸을 데리고 그중 외떨어져 있어 한가로워 보이는 허름한 객잔에 들었다.

텅 빈 주청의 구석에 있는 듯 없는 듯 앉아 밥을 먹던 중에 바깥이 말 울음소리로 떠들썩해지더니 다섯 명의 도사가 짙은 남빛 도포 자락을 펄럭이며 당당하게 들어섰다.

두 명은 중년이 넘어 보였고, 세 명은 아직 젊은 청년들이다.

객잔을 휘 둘러본 그들이 몇 가지 채소와 밥을 시켰다.

두 중년 도사 중 구레나룻이 무성하고 화등잔만한 눈에 핏발이 서려 있는 도사가 못마땅하다는 듯 잔뜩 인상을 쓰다가 탁자를 두드렸다. 장비를 보듯 위맹하고 험상궂게 생긴 사내다.

소걸은 저렇게 생긴 자도 도사가 될 수 있다는 게 신기하기만 했다.

"이따위 빌어먹을 채소는 염소한테나 주고 삶은 쇠고기 한 접시와 독한 술을 가져와!"

항아리 깨지는 것 같은 음성으로 소리친다.

옆에 앉아 있는 깨끗한 인상의 중년 도사가 눈살을 살짝 찌푸렸다. 하지만 그뿐 그는 거친 도사를 말리지 않았다. 젊은 도사들이야 더 말할 것도 없다.

도사는 중과 비슷한 생활을 한다. 고기를 먹지 않는 건 아니나 채식을 주로 하고, 술은 마시지 않는다.

하지만 구레나룻의 도사는 그렇지 않았다. 조금의 거리낌도 없이 점소이가 가져다준 술을 병째 벌컥벌컥 들이켜고 고깃점을 손으로 집어 우걱우걱 씹어댔다.

그때 다시 한 사람이 객잔 안으로 들어왔다. 흰옷을 입은 깔끔한 인상의 노인이다.

쥐 죽은 듯 고요하던 객잔이 그들 몇 사람으로 인해 시끌시끌해졌다. 당 노인이 가만히 중얼거렸다.

"무슨 일이 있어도 놀라지 말고 내 곁에 꼭 붙어 있어야 한다."

"무슨 일이 생기나요?"

"생기든 안 생기든 말이다. 알았지?"

"그러지요."

소걸은 모든 게 다 무료하다는 얼굴이었다. 고개를 숙인 채 천천히 밥을 먹을 뿐이다.

꽝!

갑자기 탁자를 두드리는 커다란 소리가 들려왔다. 밥그릇만 내려다

보고 있던 소걸이 깜짝 놀라 두리번거렸다.

"제기랄, 나오란 말이다!"

구레나룻이 무성한 중년의 도사가 커다랗게 소리쳤다.

"사제, 흥분해서는 안 되네."

청수한 인상에 눈썹이 길고 입술이 붉은 도사가 타일렀다.

소걸은 방금 소리친 산도적처럼 생긴 도사에게 호감을 느꼈다.

우락부락하고 성미도 괄괄한 것이 호걸의 모습이다. 그래서 '사내라면 모름지기 저래야 하지 않을까?' 하는 막연한 동경마저 품었다.

그 도사가 다시 몇 모금의 술을 꿀꺽꿀꺽 마셔대더니 더욱 붉어진 눈을 부릅뜨고 소리쳤다.

"사형, 그 빌어먹다가 늙어 뒈질 두 괴물이 사제 둘을 죽이고도 모자라 사숙까지 죽였단 말이오! 그러니 흥분하지 않게 됐소?"

"이 사람아, 우리는 그들이 정말 이곳에 있는지 없는지도 모르지 않는가."

"없으면 말고! 제기랄!"

다시 술을 꿀꺽꿀꺽 마셔대더니 술병을 집어 던졌다. 그것이 와장창, 하고 깨지는 소리가 요란하다.

"이놈의 개 같은 객잔에서는 술 양을 속여서 파는 거냐! 몇 모금 마시지도 않았는데 벌써 빈 병이 되다니!"

벌떡 일어서서 주방을 향해 삿대질을 해대며 악을 썼다.

젊은 도사들이 민망한 듯 얼굴을 붉히고 어쩔 줄 몰라 했다. 청수한 인상의 도사도 낯을 잔뜩 찌푸렸지만 사제를 말리지는 않았다.

안에서 달려나온 점소이가 눈을 흘기며 투덜댔다.

"손님, 그런 말씀 마시오. 술 양을 속이다니? 바가지는 씌울망정 그런 짓은 하지 않습니다."

"뭐야?"

눈을 부라리더니 다짜고짜 솥뚜껑 같은 손을 번쩍 들어 애꿎은 점소이의 뺨을 철썩 후려쳤다.

"개소리 말고 항아리째 내와! 내가 오늘 통쾌하게 마신 다음에 살인을 해야겠으니 그리 알고 얼씬거리지 말거라!"

도대체 도사인지 개망나니인지 알 수 없는 행동이었다.

"쯧쯧……."

기어이 소걸이 혀를 찼다. 점소이가 아무 죄 없이 맞아 입술이 터져 피를 흘리며 끙끙거리는 걸 보자 발끈하고 화가 솟구쳤던 것이다. 잠시 도사에게 품었던 호감이 싹 사라져 버렸다.

저도 다동으로 불선다루에서 오랫동안 차 심부름을 해오지 않았던가. 저렇게 막무가내로 거친 손님을 치른 적도 여러 번이었다. 때로는 저 점소이처럼 애꿎게 뺨도 얻어맞았다. 물론 그런 놈들치고 살아서 불선다루를 나간 놈은 하나도 없었지만 말이다.

소걸이 마치 제 일인 것처럼 화가 나서 매섭게 노려보았지만 누구도 그에게 신경 쓰는 사람이 없었다.

당 노인은 보지 못하고 듣지 못한 사람처럼 고개를 숙인 채 젓가락으로 밥알을 헤집고만 있었다.

할아버지가 그처럼 잠자코 있으니 제가 나설 형편이 아닌지라 소걸 또한 고개를 숙이고 말았다.

빈정거림은 저쪽에서 흘러나왔다. 나중에 들어온 흰옷을 입은 깨끗한 인상의 노인이다.

"흥! 종남산에 도사 같지 않은 도사가 하나 있다더니 헛말이 아니었군."

그 말에 도사들이 일제히 백의노인을 돌아보았다.

산적같이 생긴 도사도 눈을 부릅뜨고 바라보았는데, 금방이라도 달려들 것같이 험악했다.

하지만 백의노인은 꼿꼿이 앉은 자세 그대로 조금도 흔들리지 않았다. 천천히 술을 마시고 안주를 집어 우물거릴 뿐, 도사들에게는 눈길조차 주지 않는다.

기어이 산적 같은 도사가 노성을 터뜨리며 벌떡 일어났다.

"너, 이 말라비틀어진 영감탱이야! 네가 지금 나를 욕한 것이냐?"

"사제!"

청수한 인상의 도사가 급히 소맷자락을 붙잡았지만 소용없었다.

산적 같은 도사는 벌써부터 잔뜩 심사가 뒤틀려 있었다. 한바탕 싸울 구실만 찾고 있었는데 백의노인이 걸려들었으니 옳다구나 하고 여길 뿐이다.

"이리 와라! 이 종남산의 주선(酒仙)께서 신선의 법을 가르쳐 주마. 늙은이와 젊은이를 가리지 않으니, 당장 와서 머리를 조아리고 고명한 가르침을 받아라!"

그가 삿대질을 하며 고래고래 소리쳤으나 백의노인은 자신과 상관없는 일이라는 듯 무심하기만 했다.

기어이 청수한 인상의 도사가 일어나서 옷소매를 둥둥 걷어붙이고 있는 산적 같은 도사를 꾸짖었다.

"사제! 정말 이렇게 제멋대로 행동할 텐가? 그럴 거면 당장 산으로 돌아가게!"

"쳇, 싫소. 한 번 들어가면 또 몇 년은 바깥 구경을 못할 텐데 사형

같으면 돌아가겠소?"

"그렇다면 산에서 내려올 때 약속한 대로 내 말을 따라야 할 것 아닌 가?"

"누가 뭐랬소? 저 비루먹은 늙은이가 종남파를 욕하지 않소. 그러니 화가 날 밖에."

"시끄럽네. 사부님께 간청해서 자네를 데리고 온 건 고작 이런 꼴이 나 구경하자고 그런 게 아니야."

"끙, 알았소, 알았어. 제기랄, 말 많기는 사부나 사형이나 똑같아. 난 아주 지접나오."

그래도 사형의 꾸짖음이 무섭기는 했던지 흉악하던 도사의 기세가 한 풀 꺾여서 다시 자리에 주저앉았다. 그러면서도 백의노인을 노려보 는 건 잊지 않는다.

청수한 인상의 도사가 노인에게 포권하고 정중하게 말했다.

"빈도는 종남산의 이대제자인 도흥(道興)이라고 합니다. 못난 사제 때문에 불쾌하셨다면 대신 사과드리겠습니다."

2

종남산(終南山)은 섬서성 남쪽 진령산맥에 우뚝 솟아 있는 험산이다. 달리 주남산(周南山), 진산(秦山), 태을산(太乙山)이라고도 한다.

그 별칭에서 알 수 있듯이 주나라와 진나라의 영역에 있는 명산이고, 옛적부터 도교와 불교가 발전하여 골짜기마다 도관과 암자가 가득했 다.

대당 초기에는 저 멀리 신라에서 의상과 최치원이 찾아와 공부했고,

그 후 전진도(全眞道)를 개창한 왕중양(王重陽)과 종리권(鐘離權), 여동빈(呂洞賓), 유해섬(劉海蟾) 등의 선인들이 수도한 곳으로도 유명하다.

그 종남산에는 강호에서 명문정파로 숭앙받는 종남파가 있다. 전진교의 발원지라 할 수 있는 성산이었으므로 도의 뿌리가 깊고, 전해오는 무학의 연원 또한 무당이나 청성에 못지않게 광대하고 정심한 것으로 이름 높다.

백의노인이 비로소 빙긋 웃고는 술잔을 들어 보이며 점잖게 말했다.

"하하, 일찍부터 종남산에는 미친 도사가 하나 있는데, 진무성군께서도 그 광포함을 어쩌지 못해 머리를 절레절레 흔든다는 말을 들은 적이 있지. 오늘 보니 과연 헛말이 아니군."

그 말에 텁석부리도사가 다시 발작하려 했지만 도홍의 손에 눌려 끙, 하고 주저앉았다.

백의노인이 또 말했다.

"사람들이 또 말하기를, 종남광도(終南狂道) 도굉(道宏)이 산을 내려오면 세상 마귀들이 모두 산으로 기어올라 가야 할 거라고 하더군."

"쳇, 저 늙은이가 그래도 나를 아는군."

텁석부리도사, 도굉이 투덜거렸다. 백의노인은 듣지 못한 척 제 말을 할 뿐이다.

"나는 그 말이 그가 무서워서 달아나야 한다는 건지, 그의 험한 욕을 듣기 싫어서 피해야 한다는 건지 잘 알 수 없다네. 가르침은 사부에게서 나왔으나 받아들이기는 서로의 그릇 나름이지. 그대가 받은 것과 도굉이 받은 것이 서로 다른 모양이니 어찌 그걸 탓하겠나?"

교묘하게 비틀어서 비웃어주는 말솜씨가 예사롭지 않았다. 도홍이 빙긋 웃었다.

"무림의 선배 고인이셨군요. 존성대명을 여쭈어도 되려는지요?"

"하하, 남들이 부르라고 있는 이름인데 감출 거 있나? 노부는 백의남학 설중교라네."

"아!"

백의남학(白衣南鶴) 설중교(雪中喬).

강호에 몸담고 있는 사람치고 그 이름을 모르는 자가 없을 만큼 유명한 노협사(老俠士)였다.

일신에 고절한 무공을 지니고 자유롭게 강호를 떠돌며 수많은 협행을 했으므로 누구나 존경하고 공경하는 노인.

설마 그가 이곳에 와 있을 줄 몰랐던 터라 도홍과 젊은 도인들은 모두 깜짝 놀라 눈을 크게 떴다. 하지만 산적 같은 도굉은 코웃음을 칠 뿐이었다.

"홍! 내가 학정단(鶴精丹)의 맛을 본 지 오래되었는데, 어쩌면 오늘 그 맛을 다시 보게 될지도 모르겠구나."

"시끄럽다. 설 노선배 앞에서 너는 뭐라고 미친 소리를 하는 게냐!"

깜짝 놀란 도홍이 급히 도굉의 입을 틀어막으며 꾸짖었다. 그러다가 으악! 하고 놀란 외침을 터뜨렸다. 도굉이 사형의 손을 꽉 깨물어 버린 것이다.

학정단은 천 년 묵어 영물이 된 학의 내단이다. 전설로만 전해져 내려오는 것인데, 도굉은 종남산 골짜기에 있는 한 동굴 안에서 실제로 그것을 얻어 복용하게 되었다.

어쩌면 여동빈을 태우고 선계로 날아간 학이 후세를 위해 남겨두고 간 것인지도 모른다.

아무튼 우연히 깊은 동굴 속의 얼음 고드름 안에 있던 그것을 발견해 복용한 도광은 무지막지한 내력을 갖게 된 대신 성격 또한 변하여 광인처럼 되어버렸다.

천고의 기연을 만나 영물을 복용했으나 그 기운을 혈맥 속에 흘려보내고 운기하는 데에 있어서 약간의 마가 틈탄 것이라고 해야 하리라.

그는 또한 그 안에서 절전되었던 종남파의 절기 몇 가지를 얻어 익혔다. 그 덕에 그의 무공은 가히 종남제일이라고 해도 과언이 아닐 만큼 높아졌다.

그러나 정신이 맑지 못하고, 때로는 광기에 사로잡혀 포악해졌으니 안타까운 일이었다.

사부이자 종남파의 장문인인 종남 진인(終南眞人) 여군평(呂君平)은 그를 조사동에 가두고 바깥으로 나오지 못하게 했다.

그러던 중 사문에 큰일이 발생하여 어쩔 수 없이 대제자인 도홍의 손에 맡겨 강호로 내려보냈던 것이다.

그 도광이 설중교를 비웃었으니 큰일이다. 종남파의 도사들은 예의 없고 무례하다는 소문이 날 것 아닌가.

도홍이 급히 사제를 대신해서 백의남학 설중교에게 사과했다.

"노선배께서는 노여워하지 마옵소서. 보시는 바와 같이 사제는 가끔씩 신지가 흐려지곤 한답니다."

설중교가 껄껄 웃었다.

"내가 자네의 사부이신 여 진인에게서 어디 한두 번 욕을 얻어먹었어야 말이지. 이제 그의 제자에게도 욕을 들으니 이것도 다 인연이요, 팔자인 게지. 나는 이미 욕먹는 일에 귀가 단련되어 있어서 아무렇지도 않으니 걱정 말게."

'쳇, 백의남학 설중교가 꼬장꼬장하고 편협해서 상대하기 까다롭다더니 그 말이 사실이었군.'

도홍의 마음속에 그런 불만이 들었다. 설중교의 비꼬는 말이 듣기 거북했던 것이다.

하지만 어찌 겉으로 내색할 수 있겠는가.

그가 더욱 공손하게 머리를 조아리고 말했다.

"사부님께서 설 노선배님의 말씀을 가끔 하셨습니다. 인연이 닿지 못해 그동안 한 번도 뵙지 못했는데, 오늘 이처럼 뜻밖의 곳에서 만나 뵈있으니 영광입니다."

"과찬, 과찬일세. 그만두고 우리는 각자 하던 일이나 하세."

도홍의 말과 태도에 한결 마음이 풀어진 설중교가 웃으며 손을 내저었다.

"자네들은 음양쌍존을 만나기 위해 이곳에 왔겠지?"

"그렇습니다. 설마 선배님께서도?"

"그렇다네. 나에게도 그를 꼭 만나야 할 이유가 있지."

"하오면 선배님께서도 그의 망혼금편이 낸 소리를 들은 것입니까?"

"십 리 밖에까지 그 빌어먹을 금편의 날카로운 소리가 들렸으니, 과연 음양쌍존의 내력은 절륜하기 짝이 없어. 나는 사실 두렵다네."

그들은 당 노인이 허공에 쏘아 올렸던 금편의 날카로운 바람 소리를 음양쌍존이 그렇게 한 것이라 믿고 있었다.

"그런데 그가 과연 이곳으로 올까요?"

"촉망령 아래에 객잔이 몇 곳 있으나 외떨어져서 인적이 뜸한 곳은 여기뿐이지. 그가 설마 사람들의 왕래가 빈번한 곳에서 강호의 회합을 가지려 하겠나?"

"하하, 선배님의 생각도 그러시군요. 그래서 저희들도 망설이지 않고 이곳으로 찾아온 거랍니다."

한쪽 구석에서 묵묵히 그들의 하는 꼴을 훔쳐보고 있던 당 노인이 소걸의 옆구리를 쿡 찔렀다.

"너는 절대로 말해서는 안 된다. 알았지?"

"그래도 입이 자꾸만 근질거리는걸요?"

"어허, 조금만 더 참고 있어라."

"저들은 음양쌍존이란 사람을 무서워하는 것 같군요. 정말 그렇게 무서운 사람일까요?"

"그거야 조금 있으면 알게 되겠지. 곧 나타날 거야, 흐흐흐."

당 노인은 마치 재미난 구경거리가 몹시 기다려진다는 듯했다.

앞줄에 앉아서 광대들의 놀음이 어서 시작되기를 기다리며 침만 꼴깍꼴깍 삼키고 있는 아이 같다.

잠시 무엇을 생각하던 노인이 히죽 웃으며 다시 소걸의 옆구리를 쿡 찔렀다.

"어떠냐? 이 기회에 네놈의 이름을 한번 강호에 날려보지 않겠느냐?"

"쳇, 나 같은 딱정벌레가 무슨 이름을 날리겠어요?"

소걸이 눈을 흘겼다. 자신을 고작 딱정벌레 같다고 했던 할아버지의 말이 아직도 서운했던 것이다.

"흐흐, 그 딱정벌레가 한순간에 커서 쥐새끼만해지도록 해주마."

"에휴, 그만두세요. 차라리 딱정벌레가 낫겠어요."

"어허, 할애비의 말을 들어. 그러면 자다가도 떡을 얻어먹게 되느니."

"쳇."

"정말 내가 금편을 던지던 그 수법을 배우고 싶지 않으냐?"

"예?"

힐끔힐끔 흘겨보던 소걸이 눈을 휘둥그레 떴다.

숲에서 보았던 할아버지의 암기술은 상상을 초월한 것이 아니던가. 그것을 가르쳐 주겠다는 말인데 귀가 솔깃하지 않을 수 없다.

"잘 들어라."

당 노인이 눈을 끔벅였다. 그리고 곧 소걸의 귓속으로 작은 웅얼거림이 선해져 왔다. 음성을 상내에게서만 실어 보내는 선음입밀(傳音入密)의 고명한 공부다.

어리둥절해하던 소걸이 곧 심각한 얼굴이 되어 고개를 숙였다.

"할미가 가르쳐 준 운기법을 떠올려라. 그래서 네 기운을 불러내 한 바퀴 소주천시킨 다음 단중(膻中)에 모으고 호흡을 멈춰라. 기운이 팽창하는 게 느껴지면 그것을 재빨리 극천(極泉)으로 밀어 올렸다가 손가락 끝으로 내려보내는데, 반드시 곡지(曲池)를 지나 노궁(勞宮)에서 그쳐야 하느니라."

단전에서 끌어올린 기운을 순환시킨 다음에 겨드랑이와 팔꿈치를 지나 장심(掌心)에 모아 쥐라는 것이었다.

그리고 그것을 불시에 손가락으로 밀어내 어떻게 튕겨내는 건지, 힘 조절을 어떻게 해야 하고, 어떻게 비틀며, 어떻게 잡아당기는 건지를 자세히 설명해 주었다.

"이건 은하비(銀河飛)라는 수법이다. 당문이 자랑하는 수백 종의 암기술 중 백미라고 할 수 있는 기막힌 절기이지. 내가 가르쳐 준 대로만 하면 흉내는 낼 수 있을 게야."

당 노인의 전음입밀이 그 말을 끝으로 멎었다.

소걸은 심각한 얼굴이 되어 당 노인이 가르쳐 준 비결들을 되새김질했다.

당 노인은 은하비의 수법을 떨치기 위한 운기법을 전해준 것이다. 한 가닥 질긴 기운을 내뿜어 암기와 나 자신을 줄로 묶듯 해야 한다.

나의 진기로 암기를 자유롭게 조종할 수 있게 되니, 연줄을 움직여 높이 뜬 연을 조종하는 것과 같다.

당 노인이 슬그머니 소걸의 손에 망혼금편을 쥐어주었다.

"내가 신호하면 한 번 던져서 시험해 봐."

"정말 될까요?"

"대성하면 방원 이십 장을 지배하지만, 지금 너의 내력으로는 이 장 정도의 공간은 활용할 수 있을 거다. 그것만 해도 대단한 것이기는 하지."

금편을 손바닥으로 감싸고 조물거리며 소걸은 아직도 확신할 수 없었다.

과연 한 번 비결을 들은 것만으로 이것을 날리고 조종할 수 있을 것인가.

그런 소걸의 마음을 읽은 당 노인이 흐흐, 하고 낮게 웃었다.

"이놈아, 할애비는 무려 칠십 년이나 그걸 익히고 연마했다. 네놈이 아무리 뛰어난 기재라고 해도 잠시 잠깐 동안 배운 걸로 할애비만큼이야 할 수 있겠어? 실패해도 좋으니 있는 힘껏 시험해 보거나 해."

"할머니가 알면 야단치실 텐데……."

"할멈한테 고자질할 거냐?"

"헤헤, 그럴 리가 있어요?"

"그럼 됐네. 너하고 나만 아는 비밀인 게야, 커흠."

그래도 미심쩍은 생각에 머리를 갸웃거리지만, 소걸은 저도 부지런히 노력하면 할아버지와 같이 그렇게 신기한 솜씨를 발휘할 수 있게 되리라는 생각에 가슴이 뿌듯해졌다.

조손이 그렇게 이마를 맞대고 소곤거리는 중에 주청 안의 분위기는 일변해 있었다.

한 사람이 소리없이 들어와 있었던 것이다. 검은 옷을 입은 음침해 보이는 자였다.

3

"음양쌍존이 정군산에 나타났다던데 그 말이 과연 사실인가?"

뺨에 길게 칼자국이 나 있는 사내가 착 가라앉은 음성으로 그렇게 말했다. 순간 주청 안에 싸늘한 침묵이 흘렀다.

도홍 등은 그가 들어서는 기척도 느끼지 못했다. 백의남학 설중교와 망혼금편에 대해 이야기를 나누느라고 신경을 쓰지 못한 탓도 있지만, 그래도 등줄기가 섬뜩해지지 않을 수 없었다.

'고수다.'

그가 긴장할 때 흑의인을 뚫어지게 노려보던 설중교가 큰 소리로 말했다.

"이제 보니 그대는 추혼랑(追魂狼) 갈평(葛平)이로군!"

"추혼랑 갈평!"

그 이름을 들은 도홍과 젊은 도사들이 모두 긴장으로 몸을 굳혔다. 종남광도로 불리는 미친 도사 도굉만이 타는 듯 이글거리는 눈길로 갈평의 몸을 태워 버릴 듯 노려볼 뿐이었다.

그는 참룡도(斬龍刀)라고 불리는 한 자루 칼을 쥐고 강호를 두려움에 떨게 하는 살귀였다.

그의 칼 아래 덧없이 죽어간 고수들은 헤아릴 수 없이 많다. 그래서 도살귀(屠殺鬼)라고도 불리는 그 끔찍한 자가 불쑥 나타난 것이다.

오직 제 기분에만 따를 뿐인 자.

시비가 붙으면 정과 사를 가리지 않고 참룡도를 휘둘러 쳐 넘기며 강호를 주유했으나 누구도 그를 가로막지 못했다.

그는 어떻게 보면 미친 살인귀이고, 어떻게 보면 자유로운 삶을 추구하는 거침없는 방랑자였다.

문호를 열어 일가를 이루거나, 방회를 세워 한 지방의 패자가 된다고 해도 이상할 게 없는 자.

그런데 무엇을 찾는 건지, 오직 칼 한 자루를 메고 천하를 유유히 떠돌며 살리고 죽이는 걸 제멋대로 해버렸다.

"음, 아직 오지 않은 모양이군. 그렇다면 기다린다."

주청 안을 둘러보고 스스로에게 말한 뒤 갈평이 구석의 빈 탁자를 차지했다. 당 노인과 소결이 있는 곳이다.

그를 힐끔힐끔 바라보던 당 노인이 보일 듯 말 듯 미소 짓고는 소결에게 다시 전음을 보냈다.

"저 정도 되는 놈이라면 네가 상대하는 데 딱 맞겠다."

소결이 깜짝 놀라 무어라고 소리치려 하자 당 노인이 급히 눈짓을 해서 입을 막았다.

"알아, 알아. 네놈이 강호에 나와 처음 상대하는 자로서는 조금 벅차겠지. 흐흐, 하지만 걱정 마라."

'젠장, 이런 말도 안 되는……'

소걸이 한껏 눈을 흘겼다.

그와의 사이에는 빈 탁자 하나가 놓여 있는데, 갈평의 냉랭하고 무거운 기운이 그것을 건너와 가슴을 압박했다. 그건 추괴성 등처럼 음침하고 두려운 그런 게 아니라 살벌하고 단단한 무엇이었다.

소걸은 두려워졌다. 그저 가만히 있는 자에게서 그런 위압감이 느껴진다는 것 때문이다.

그런 자를 첫 상대로 지목해 주다니. 혹시 할아버지가 자기를 죽이려고 하는 건 아닌가 하는 의심마저 든다.

그때 다시 몇 사람이 천천히 객잔 안으로 들어왔다. 순간, 바람 같은 싸늘한 기운이 모두의 가슴을 철렁하게 했다.

세 명의 건장한 대한과 두 명의 노인이었다.

대한들은 등에 칼처럼 날카로운 달이 그려진 검은 깃발을 두 개씩 꽂았고, 두 노인은 맨손이었다.

"암흑천교!"

그들을 본 도홍이 버럭 소리쳤다.

두 노인이 흐흐, 하고 음침하게 웃으며 도홍을 한 번 바라보고는 백의남학 설중교와 추혼랑 갈평을 뚫어지게 보았다.

불길 같은 시선으로 당 노인과 소걸도 훑어보았으나 그들에게는 신경을 쓰지 않는 듯했다.

"본 교가 왔으니 모두들 손을 떼고 물러가라."

"흥!"

갈평의 코웃음이 날카로웠지만 노인은 상관하지 않았다.

"목숨을 살려서 보내준다는 것만으로도 너희는 본 교의 너그러움에 감사해야 할 것이다."

이번에는 설중교가 참지 못하고 코웃음을 쳤다.

"흥! 고작 주작혈선(朱雀血扇) 유유(劉疏)와 지귀철조(地鬼鐵爪) 이가경(李架庚)이 그런 말을 할 자격이 있을까?"

한쪽에서 눈을 가늘게 뜨고 침묵하고 있던 다른 노인이 얇은 비웃음을 흘리며 한 걸음 나섰다. 지귀철조 이가경이다.

"백의남학 설중교가 우리 두 늙은이보다 대단하단 말인가?"

"못할 것도 없지."

"아, 시끄럽다!"

기어이 종남광도 도광이 참지 못하고 버럭 소리치며 그 두터운 손바닥으로 탁자를 마구 두드려 댔다.

그가 붉게 충혈된 눈을 부리부리하게 뜨고 암혹천교의 무리들을 노려보았다.

"마교가 겁도 없이 설쳐 대는구나. 이리들 오너라. 이 종남산의 신선께서 수고로움을 무릅쓰고 너희들의 모가지를 뎅겅뎅겅 잘라주마."

"과연 미친놈이로군."

지귀철조 이가경이 상대하지 않겠다는 듯 외면하고 다시 말했다.

"밖은 이미 본 교의 고수들이 세 겹, 네 겹 둘러쌌다. 기회는 지금밖에 없으니 알아서 해라."

그 말이 끝나자마자 주방 쪽에서 우당탕거리는 소리가 났다. 객잔의 주인이며 점소이가 뒤도 돌아보지 않고 달아나는 것이다.

이가경의 시선이 당 노인과 소걸에게로 향했다.

이 일과 상관없으면 늦기 전에 너희들도 어서 저렇게 달아나라는 뜻

이리라.

당 노인은 망혼금편을 던져 음양쌍존이라는 자들을 불러들일 생각이었다. 그런데 뜻밖에도 이처럼 상관없는 자들만 떼거지로 몰려들었으니 짜증이 나기도 했다.

이것들을 모두 죽여 버릴까 말까 잠깐 고민하던 당 노인이 빙긋 웃고는 소걸에게 말했다.

"주방에 들어가면 좋은 술이 있을 거야. 마침 주인도 없으니 잘됐지. 한 단지 슬쩍 꺼내오너라."

"예? 제가요? 그리고 그건 도둑질이잖아요. 난 싫은데……."

"그럼 나이 어린 너를 두고 늙은 내가 해야겠니? 쯧쯧, 요즘 어린것들은 죄다 싸가지가 없어. 늙은이 무서워할 줄을 모르고 저 편한 대로 살려고만 하니…… 이래서야 세상이 뭐가 되겠어?"

말은 소걸에게 하고 있지만 그 뜻은 객잔에 있는 자들 모두에게 내리는 꾸짖음이었다. 하지만 그들은 아무도 그걸 알아채지 못했다.

늙어서 움직이는 게 귀찮아진 주책 맞은 할아버지가 손자를 나무라는 걸로 여길 뿐이다.

"흐흐흐, 살 길을 열어주는데도 마다하는 괴이한 것들뿐이로군."

당 노인을 비웃어준 이가경이 다시 모두에게 말했다.

"음양쌍존 때문에 모인 거겠지?"

"당신들 암흑천교의 무리도 그 일 때문이오?"

어두워진 얼굴로 침묵하고 있던 도홍이 나직이 물었다. 이가경이 그를 보고 음흉한 미소를 지었다.

"종남파의 쓸모없는 도사들은 음양쌍존에게 빼앗긴 보물 때문에 이곳을 떠나지 못하는 거로군?"

"헛?"

도홍이 깜짝 놀라 나직한 탄성을 터뜨렸다.

백의남학 설중교가 이글거리는 눈길을 도홍에게 던졌고, 구석에 묵묵히 앉아 있던 갈평의 싸늘한 시선도 도홍에게 향했다.

무안해진 도홍이 손을 내저으며 변명했다.

"당신은 잘못 알고 있소. 보물 같은 건 없소."

지귀철조 이가경이 음흉한 웃음을 흘렸다.

"흐흐흐, 음양쌍존에게 빼앗겼으니 당연히 없겠지."

"그런 말이 아니오. 음양쌍존에게 빼앗긴 건 당신들이 말하는 그 비급, 아니, 보물이 아니라 단지 본 파의 도경(道經) 한 부일 뿐이오."

"그 말을 믿으라고? 너는 우리를 바보로 여기는 게냐?"

"믿고 안 믿고는 당신들 마음이지만, 그것은 확실히 한 부의 도경에 지나지 않소."

"그런데 어째서 이곳에 와 음양쌍존을 기다리고 있는 거지?"

"그건…… 그의 손에 죽은 동문 사제와 사숙의 복수를 하려는 거요."

"도경에는 관심이 없고?"

"그것은, 그것은……."

"흐흐흐, 왜 대답을 못하는 거냐?"

난감해진 얼굴로 숨만 씩씩 내쉬던 도홍이 할 수 없다는 듯 탄식하며 말했다.

"물론 도경도 되찾아갈 것이오."

"역시 종남파가 보물을 손에 넣었던 모양이군."

"터무니없는 소리!"

도홍이 기어이 발끈해서 소리쳤다.

"그것은 단지 본 파의 조사께서 오래전에 저술한 한 부의 소중한 도경일 뿐이오! 본 파의 보물이나 마찬가지이기에 반드시 되찾아 가야 하오!"

"좋다. 그렇다면 음양쌍존을 붙잡은 다음에 그것을 확인해 보자. 과연 종남파의 물건이라면 미련없이 너에게 주마."

어느덧 지귀철조 이가경이 모두의 우두머리라도 된 듯 상황을 주도해 가고 있었지만 아무도 이의를 제기하지 않았다.

그의 말대로 밖에 암흑천교의 고수들이 몰려와 있다면 역시 조심해야 할 일이었기 때문이다. 게다가 아직 음양쌍존은 나타나지도 않았는데 서로 싸워서 원기를 잃고 싶은 마음도 없다.

그건 암흑천교의 두 인물인 유유와 이가경도 마찬가지 생각인지라 그들도 빈 탁자를 차지하고 앉아 입을 다물었다.

소걸이 주방에서 술 항아리를 안고 나왔다.

그가 앞을 지나가자 추혼랑 갈평이 음울한 음성으로 낮게 말했다.

"할아버지를 모시고 어서 떠나는 게 좋을 게다."

소걸이 씩, 웃었다.

"할아버지와 저는 구경거리를 절대로 그냥 지나치는 법이 없어요."

갈평의 눈이 번쩍, 하고 빛났다. 다시 당 노인을 유심히 바라보는 게 무언가 의심하는 기색이었다. 하지만 그가 당 노인을 알아볼 리가 없다.

"이상한 조손이로군."

혀를 차고 그렇게 중얼거렸을 뿐 더 이상은 신경 쓰지 않았다.

"그런데 음양쌍존은 우리를 불러놓고 어째서 나타나지 않는 걸까?"

설중교의 중얼거리는 말이 웅웅 울려 퍼졌다.

그들은 모두 당 노인이 쏘아 올렸던 금편의 날카로운 휘파람 소리와 번쩍이는 빛을 보고 이곳에 모여든 터였다. 그것이 음양쌍존이 자기들을 불러들인 것이라 믿기 때문이다.

—내가 여기서 기다리고 있을 테니 나에게 볼일이 있는 자들은 모두 와라!

음양쌍존이 망혼금편을 던져 올려서 모두에게 그처럼 당당하게 선포한 것이나 마찬가지라고 여길 수밖에 없었다.

【第二章】

종남광도(終南狂道) 도굉(道宏)

1

용이 굴에서 나오고, 엎드려 있던 호랑이가 몸을 일으키기라도 했는
가.

문득 한줄기 음산한 바람이 불어와 유등의 불꽃을 마구 흔들어댔다.

꽝!

커다란 소리와 함께 객잔의 문짝이 떨어지고 풀썩 먼지가 피어올랐
다.

거기 우뚝 서 있는 검은 그림자.

두 명의 노인이었다.

한 명은 황금빛으로 번쩍이는 어린단갑(魚鱗短甲) 위에 용머리 조각
이 붙어 있는 검은 요대를 둘렀다.

한 자루 금검을 차고 붉은 전포(戰袍)를 걸친 백발 백염의 노인.

"아!"

그를 본 소걸이 저도 모르게 탄성을 흘렸다. 그 위엄있고 용맹해 보이는 모습 때문만은 아니다. 단갑에 비늘처럼 가득 달려 있는 금편을 보았던 것이다.

망혼금편이었다.

삼백 개의 망혼금편을 덧대어 만든 갑주를 입고 있는 노인. 그러니 삼백 개의 지독한 암기를 지니고 있는 자라고 해야 하리라.

또 한 명의 노인은 온통 검은색으로 몸을 감싼 음산한 모습이었다.

머리카락도 검고 수염도 검다.

번들거리는 검은색 가죽 갑옷을 입었고, 역시 용머리 조각이 있는 검은 요대를 둘렀다.

검은 전포를 걸치고 날이 시퍼렇게 번쩍이는 언월도(偃月刀)를 들었는데, 마치 저승에서 막 나온 지옥의 신장(神將) 같았다.

"음양쌍존!"

그들을 본 사람들이 일제히 소리치며 자리에서 벌떡 일어났다.

황금빛 단갑을 입은 노인이 양환마혼(陽幻魔魂) 조백령(曺栢零)이고, 검은 가죽 전포의 노인이 음변마군(陰變魔君) 왕무동(王武董)이다.

각기 양존과 음존으로 불린다.

강호의 대마두로 삼십 년 넘게 악명을 날리다가 십여 년 전에 중원에서 사라져 버렸는데 오늘 다시 모습을 나타낸 것이다.

음존 왕무동이 입을 꾹 다문 채 차가운 시선으로 모두를 천천히 돌아보았다.

잠시 숨 막힐 듯한 정적이 주청을 가득 메웠다.

거친 숨을 씩씩거리던 종남광도 도굉이 발작하듯 그 두터운 침묵을 깨뜨렸다.

"왔으니 머리통을 내놔라!"

벼락처럼 외치며 탁자를 걷어차 버리고 나선 그가 음양쌍존을 번갈아 가리키며 거푸 소리쳤다.

"이 염병할 늙은 괴물아! 종남산의 신선께서 오늘 너희 두 늙은 것의 머리통을 잘라서 사제와 사숙의 복수를 해야겠다!"

두 주먹을 불끈 쥐고 용을 쓰자 드러난 온몸에 굵은 힘줄이 불끈불끈 일어서고 얼굴이 이글거리는 숯덩이처럼 붉어졌다.

눈을 부릅뜨고 이를 가는데, 수염이며 머리카락이 올올이 곤두서서 보기만 해도 절로 등줄기가 서늘해지는 그런 형상이다.

"흥! 겁을 모르는 애송이 같으니."

양존 양환마혼 조백령이 냉랭하게 코웃음 쳤다.

그가 도굉은 상대하지 않고 모두를 한 명씩 천천히 돌아보며 말했다.

"누가 나의 망혼금편을 가지고 장난을 쳤는가?"

뜻밖의 말이다. 모두가 크게 놀라 서로를 돌아보며 어리둥절해졌다.

"순순히 내놓아라. 그러면 곱게 돌아가겠다."

"그렇지 않으면?"

도굉이 여전히 거친 숨을 몰아쉬며 소리쳤다. 양존이 그를 똑바로 바라보다가 흐흐, 웃고는 말했다.

"모두 저승으로 보내고 손수 찾아야겠지."

"개소리! 그전에 내가 먼저 네놈의 목을 쳐 사제들의 복수를 하겠다!"

도굉이 훌쩍 몸을 날리더니 다짜고짜 위맹한 일장을 쳐냈다.

콰우우—

벼락처럼 뻗어 나가는 무시무한 장력.

그는 한껏 끌어올렸던 내력을 그 일장에 모두 실은 듯했다.

그것이 해일처럼 덮쳐 오건만 양존 조백령은 꿈쩍도 하지 않았다. 장력의 기운이 가슴 앞에 이르렀을 때에야 비로소 몸을 틀어 불쑥 왼쪽 어깨를 내밀었을 뿐이다.

"합!"

짧고 힘찬 기합성과 함께 그가 어깨로 종남광도 도굉의 장력을 고스란히 받아냈다.

쿠앙—!

머리 위에서 벼락이 치는 듯한 굉음이 터져 나왔다.

천 근의 힘을 실은 도굉의 장력을 몸으로 받아냈지만 양존은 상체만을 움찔거렸을 뿐 한 발도 물러서지 않았다.

산산이 부서진 장력이 거센 기파의 회오리가 되어 사방으로 무섭게 폭사되어 나갔다. 그러자 폭풍이 밀어닥친 것처럼 박살난 집기의 파편들이 어지럽게 날고, 자욱하게 먼지가 일어 눈을 뜰 수 없을 지경이 되었다.

"이놈의 늙은이가!"

더욱 화가 난 도굉이 상처 입은 짐승처럼 포효하며 곧장 양존에게 부딪쳐 갔다.

이를 악물고 눈을 부릅뜬 채 움켜쥔 두 주먹으로 번개처럼 연달아 후려치고 내질렀는데, 그럴 때마다 웅장한 바람 소리가 터져 나왔다.

종남파가 자랑하는 육합귀원권(六合歸元拳)이었다. 격렬하고 거센 권력이 요체이므로 내공이 높을수록 그 권격의 파괴력이 무시무시해져서 철벽이라도 박살 내버릴 만하게 된다.

도굉이 낮고 힘찬 기합성을 터뜨리며 성난 곰처럼 주먹을 휘둘렀지만 양존 조백령은 조금도 위축되거나 주저하지 않았다.

홍! 하고 냉랭하게 코웃음 친 그가 역시 두 손을 마주 휘두르며 도굉의 육합귀원권에 맞섰다.

두 사람의 주먹과 손이 서로 마주칠 때마다 쾅, 쾅! 하는 굉음이 터져 나왔다. 마치 쇠뭉치를 마구 휘둘러 부딪치는 것 같은 광경이다.

도굉은 젊고, 학정단을 복용한 덕에 내공이 이미 종남제일이라 할만큼 높아졌다. 그런 그의 주먹을 하나하나 받아치는 양존의 힘은 노인의 그것이라고 믿기 힘들었다.

두 사람의 주먹과 주먹이, 휘두르는 팔과 팔이 한 치의 양보도 없이 격돌할 때마다 폭음이 터졌다.

번개처럼 오가는 그 무시무시한 주먹질에 사람들은 모두 넋이 나가고 말았다.

"우얍!"

도굉이 우렁찬 기합성을 터뜨리며 마지막 일권을 내뻗었다. 두어 번 숨을 몰아쉬는 사이에 육합귀원권 서른여섯 초식이 모두 끝난 것이다.

"합!"

양존도 눈을 부릅뜨고 이를 악문 채 바윗덩이를 가루로 만들 듯한 주먹을 내질렀다.

두 사람의 주먹이 정면에서 충돌했다.

쾅―!

산이 무너지고 땅이 갈라지는 듯한 폭음.

도굉은 마지막 일권붕벽(一拳崩壁)에 온 힘을 실어 후려쳤고, 양존 역시 끝까지 조금도 밀리지 않은 채 그의 신공인 철혼패력(鐵魂覇力)을 모조리 끌어올려 한 주먹을 내지른 것이다.

우르릉거리는 여음(餘音)이 주청 전체를 뒤흔들었다.

"우욱!"

도굉이 답답한 신음을 흘리며 휘청거리더니 기어이 더 견디지 못하고 세 걸음이나 밀려났다. 그가 뒷걸음질칠 때마다 단단한 돌 바닥이 푹푹 꺼진다.

허공에 뚝 멎어 있는 양존의 주먹이 부르르 떨렸다. 그 진동이 어깨를 타고 온몸에 전해졌지만 그는 이를 악문 채 여전히 그 자리에 버티고 서 있었다.

"우와악!"

천둥치는 듯한 고함을 터뜨린 도굉이 제 성질을 참지 못하고 미친 소처럼 밖으로 달려나갔다.

그리고 이내 도검이 부딪치는 요란한 소리와 찢어지는 듯한 비명 소리, 장력이 폭발하는 굉음들이 어지럽게 들려왔다.

순식간에 난장판이 되어버린 주청 안에서 사람들은 모두 놀란 얼굴로 넋이 나간 듯 멍하니 양존을 바라보기만 했다.

짧은 순간이었지만 그와 도굉의 격렬한 싸움에 놀란 것이다.

도굉이 양존을 상대로 해서 그렇게 싸울 수 있었다는 게 놀랍고, 그런 도굉의 광포함을 끝내 한 걸음도 움직이지 않은 채 다 받아내고 물리친 양존의 극강함에 얼이 빠진 것이다.

"으으음―"

양존 조백령이 비로소 낮은 신음을 흘렸다.

그 또한 설마 종남광도로 알려진 도굉의 내력이 그처럼 심후하고,

그의 권격이 그처럼 강맹할 줄 몰랐던 터라 가슴이 떨릴 만큼 놀랐던 것이다.

감히 자신과 맞서서 그렇게 잘 싸울 수 있는 자가 있을 줄 몰랐다는 얼굴이고, 믿을 수 없다는 표정이다.

"종남산에 미친 도사가 한 명 있어서 장차 소림과 무당의 위세를 내려다보게 될 거라는 말이 들리더니, 과연 그게 헛소문이 아니었군."

들끓어 오르는 기혈을 겨우 다스린 그가 어두운 얼굴로 중얼거렸다.

"으아악—!"

밖에서 다시 한차례 참혹한 비명 소리가 들려왔다. 그리고 잠잠해지나 싶었는데, 우당탕거리며 피투성이 괴한 하나가 미친 듯이 뛰어 들어왔다.

도굉이었다.

번쩍이는 보검을 뽑아 들고, 온몸에 더운 김이 무럭무럭 피어나는 선혈로 뒤덮여 있어서 지옥의 악귀 야차처럼 끔찍한 몰골이었다.

우당탕—

그가 왼손에 쥐고 있던 수급을 주청 한가운데로 내던졌다. 눈을 부릅뜬 두 개의 수급이 어리둥절하고 놀란 표정을 생생히 간직한 채 나뒹굴었다.

"으헛!"

그것을 본 암흑천교의 유유와 이가경이 크게 놀라 비명을 터뜨렸다. 자신들과 함께 온 두 명의 고수, 나한광교(羅漢狂鮫)와 혈부거마(血斧巨魔)의 머리통이었기 때문이다.

마교 외단의 네 단주 중 두 명은 주청 안으로 들어왔고, 두 명은 수

하들을 거느리고 밖을 에워싸고 있었다.

그런데 그 두 명이 몸뚱이는 놓아두고 머리통만 굴러 들어왔으니 유유와 이가경이 기겁을 하도록 놀라는 게 당연한 일이다.

죽은 자의 표정으로 미루어 보아 그들은 미처 손을 써볼 새도 없이 당한 게 틀림없었다.

새파란 보검을 쥔 채 피에 전 악귀가 되어서 이를 부드득부드득 갈고 있는 도굉과 주청 복판에 떨어진 두 단주의 머리통을 보는 유유와 이가경의 얼굴이 점차 흙빛으로 변해갔다.

2

"다시 해보자!"

엉뚱한 곳에 분노를 풀고 온 도굉이 소리쳤다.

구석에서 놀란 소걸을 품에 안고 있던 당 노인이 소리없이 웃더니 귀에 속삭였다.

"저놈이 제법 사내다운 구석이 있군 그래."

"쳇, 그러면 뭐 해요? 미쳤는걸."

"흘흘, 미쳤거나 말거나 그런 건 상관없어. 쓸 만한 놈이냐, 아니냐 하는 게 중요한 거지."

당 노인은 당문의 사람이다. 그리고 그곳은 독과 암기를 다루는 곳으로 이름 높다. 때문에 그들은 다분히 음침하고 편협하며 지독한 성정을 가지고 있었다.

그게 오래 전해오면서 당문의 기질로 굳어버렸으니, 당 노인 또한 예외가 아니었다.

그런 할아버지의 영향을 받아 소걸에게도 그와 같은 성품이 스며들어 있었다. 그는 한 번 마음에 나쁜 감정을 품으면 오래도록 기억하고 간직한다.

소걸에게는 아직 도굉에 대한 그런 감정이 남아 있었다.

그가 무서운 몰골로 버티고 서 있는 도굉을 흘겨보며 투덜거렸다.

"나는 저 엉터리 도사가 음양쌍존에게 패해 죽어버렸으면 좋겠어요."

"흘흘……"

"그리고 종남파의 보물이니 뭐니 히는 깃들도 불에 다 없어져 버렸으면 좋겠어요."

"그건 너무 지독한 생각이구나."

"흥, 종남파의 도사들은 죄다 못된 게 틀림없어요. 그러니 당연한 일이지요."

"그렇지 않단다. 종남파는 아주 오래전부터 강호의 명문정파로 이름이 높은 곳이다. 그건 그들이 그만큼 광명정대하고 떳떳하다는 거지. 저 미친 도사 놈이 화풀이로 마교의 잡졸들 머리통을 썩둑썩둑해 버린 것만 봐도 알 수 있지 않니?"

당문이 비록 음침하고 편협하다 해도 그들에게는 선악에 대한 뚜렷한 분별력이 있었다. 정을 추구하고 마를 증오한다는 신념을 잃지 않았기에 백도에 속한 명문세가로 오랫동안 명맥을 유지해 왔던 것이다.

당 노인의 말속에는 그러한 당문의 신념과 세계관이 고스란히 들어 있었다. 그리고 그건 소걸이 자신도 의식하지 못하는 사이에 어릴 때부터 배워온 것이기도 했다.

소걸이 입을 삐죽거리다가 마지못한 듯 말했다.

"쳇, 그럼 저 미친 도사는 별종인가 보지요, 뭐."

두 조손이 그런 말들을 속삭이고 있을 때 검은 갑옷의 노인, 음변마군 왕무동이 양존을 가로막고 나섰다.

"흐흐흐, 이번에는 내가 놀아주마."

도괭에게는 양존이든 음존이든 상관이 없다. 그가 잡아먹을 듯한 눈으로 노려보며 소리쳤다.

"두 늙은이가 한꺼번에 와라! 내 검은 피에 목마르다!"

"광오한 놈."

비웃은 음존이 언월도를 치켜들었다. 순간 옛적 관운장에게서나 느껴졌을 법한 웅장한 기세가 일었다.

모두의 관심은 이제 그 언월도에 멎었다. 과연 도괭이 이번에는 어떤 수법으로 저것을 상대할지.

"사제, 조심하게!"

도홍이 가늘게 떨리는 음성으로 주의를 주었다.

생각 같아서는 한꺼번에 들이치고 싶지만 그러면 서로의 싸움에 방해가 될 뿐이다. 그들이 모두 날뛰기에는 주청이 너무 좁았던 것이다.

도괭의 광기로 번들거리던 눈빛이 빠르게 안정되어 갔다.

가슴을 무겁게 눌러오는 음존 왕무동의 기세를 느끼고 긴장한 것이다.

천천히 검을 들어올려 허공을 점하고 음존의 미간을 겨누는 모습이 산악처럼 진중해졌다.

검 앞에서 엄숙함을 되찾자 그의 기세도 판이하게 달라졌다.

도괭은 비로소 제정신을 찾고, 한 사람의 도사이자 절세의 검술가로 되돌아온 듯했다.

광기는 때로 상상을 초월하는 용맹과 힘을 가져다준다. 하지만 검의(劍意)에 도달하는 것은 정제된 절제력이고, 초식을 완성시키는 것은 자유로운 상상력이다.

그리고 이성을 뛰어넘은 본능의 감각만이 승리를 가져다주리라.

도굉은 냉정함을 되찾았고, 곧 그것을 잊었다.

그는 이제 저의 시선을 검끝에 두었다. 그러자 피에 절어 있는 그의 모습은 한순간에 악귀의 탈을 벗고 구도자의 초연함으로 돌아갔다.

그 시선과 검봉 앞에 음존의 존재는 없다.

"좋다!"

그것을 느낀 당 노인이 저도 모르게 흥이 일어 무릎을 치며 소리쳤다.

그 순간 음존의 언월도가 허공을 양단했다.

쉬이익―

매서운 바람 소리.

번쩍이는 칼빛이 낙뢰처럼 떨어져 꽂히는 곳에 도굉이 있다.

저 종남산을 옮겨다 놓은 듯 장중하고, 그곳의 깊은 골짜기 안에 잠긴 듯 아련하다.

찰나의 순간을 백, 천으로 쪼갠 듯한 그 아찔함.

그것을 떨구며 움직인다.

지이잉―

도굉의 마음이, 본능이 검을 통해 흘러나왔다. 도의 읊조림 같기도 한 검명(劍鳴).

그것이 번갯불 같은 음존의 일격을 거슬러 올라갔다. 그 매서운 바람 소리를 찢고 누르며 웅장하게 울려 퍼진다.

쿵—!

오십 근이나 나가는 언월도에 다섯 근도 되지 않는 검이 달라붙었다. 그것이 껍질을 벗겨내듯 언월도의 눈부신 칼몸을 타고 거슬러 올라가며 진동했다.

우우웅— 하고 우는 검의 소리.

종남산의 그 많은 골짜기마다 멎어 있던 바람이 일제히 달려오는 듯한 소리이고, 그 많은 산짐승들이 일제히 울어대는 것 같은 소리다.

도(道)의 웅얼거림인 것이다.

"흡!"

음존이 놀란 숨을 들이켰다.

천 근, 만 근의 압력을 쪼개며 거슬러 올라오는 한줄기 검광에 뼛골이 시려온다.

"차합!"

벼락같은 기합성을 터뜨리며 급히 칼을 끌어당기고 긴 자루를 불쑥 내뻗어 후려쳤다.

땅—!

검이 그것을 두드리자 맑은 쇳소리가 높이 치솟았다. 구름을 뚫고 날아오르는 선학의 울음이다.

가볍고 부드러운 검에 실려 있는 도굉의 내력은 웅장하고 깊었다. 그리고 천잠사처럼 질기다.

"대단하다!"

음존이 진심으로 감탄했다.

칼을 거두고 훌쩍 뛰어 물러서는 몸놀림이 경쾌했다. 그의 마음에 음침하던 그늘이 활짝 벗겨진 것이다.

번갯불이 번쩍이는 것 같은 순간에 이루어진 단 한 번의 부딪침.

음존은 그것에서 도굉의 모든 것을 보고 느꼈다.

"나는 너를 죽이고 싶지 않다!"

그가 소리치며 칼을 등 뒤로 감추었으므로 도굉은 더 이상 검을 찌르 수 없었다.

음존의 가슴에 닿은 그의 검봉이 부르르 떨었다.

기이한 상황이 되었다.

광포하던 분위기가 씻은 듯 가시더니 엄숙함으로 돌변했다가 어리 둥절한 것으로 뒤바뀌었다.

촌각보다 더 짧은 한순간이었지만 그들의 싸움을 지켜보고 있던 사 람들은 모두 그 안의 흉맹함과 장엄함을 낱낱이 알아볼 수 있었다.

때문에 그 누구도 음존의 물러섬을 비웃지 못했고, 도굉의 망설임에 의구심을 갖지 않았다.

그러나 소결은 다르다.

그는 고수들의 이와 같은 대결은 한 번도 보지 못했다.

통쾌한 무엇을 기대했다가 잔뜩 실망만 얻어서 못마땅하다는 듯 볼 을 부풀리고 투덜댔다.

"어떻게 된 거죠? 어째서 저 미친 도사는 검은 옷의 노인을 죽이지 못하는 걸까요? 어째서 노인은 갑자기 자살하려는 생각이 들었을까 요?"

"흘흘, 언젠가는 네 스스로 알게 될 게다."

당 노인이 건성으로 대꾸했다. 소결과 노닥거리고 싶은 마음이 싹 사라진 것이다.

"저게 이제 보니 아주 귀여운 것들이로군 그래."

턱수염을 쓸며 연신 흐뭇한 미소를 흘리고 있을 뿐이다.

도굉의 모습도 좋고, 음존의 모습도 좋다.

"내가 없던 사이에 제법 쓸 만한 아이들이 많이 생긴 모양이야. 흘흘, 좋은 일이지, 좋은 일이고말고."

"쳇, 이런 게 고수들의 싸움이라면 정말 시시해요."

소걸은 여전히 불만이었다.

당 노인이 그 머리통을 쥐어박았다.

"이놈아, 닭싸움하듯 푸다닥거리는 건 별 볼일 없는 것들이나 하는 짓이야. 진짜 고수들의 싸움은 원래 저래."

소곤거리는 조손을 힐끔 바라본 추혼랑 갈평이 천천히 자리에서 일어났다.

"두 분에게 감탄했소."

그가 정중히 포권했다.

"조금 전에는 다시 볼 수 없을 만큼 격렬했는데, 지금은 또 이처럼 고요하니 과연 이 넓은 천하에 이와 같은 싸움을 보여줄 수 있는 사람이 몇이나 될지……."

"흥!"

그를 일별한 음존이 냉랭한 코웃음을 쳤고, 도굉은 묵묵히 말이 없다.

"사제……."

저쪽에서 도홍이 떨리는 음성으로 불렀다.

"괜찮은가?"

도굉이 망부석처럼 우뚝 선 채 움직이지 않으니 혹시 중대한 내상이라도 입은 건 아닌가 하는 걱정이 들었던 것이다.

도굉이 탄식하고 천천히 검을 거두었다.

"소제는 괜찮습니다. 하지만 그를 죽일 수 없군요."

"그를 죽이는 것도 중요하지만, 그에게서 본산의 보물을 되찾아야 하네."

어쩌면 동문들의 복수보다 그 일이 더 급하고 중요할지도 모른다. 그것 때문에 산을 내려오지 않았던가.

도굉의 눈빛이 이글거리기 시작했다. 동문의 죽음을 떠올리고, 사부의 당부를 떠올리자 가라앉았던 살기가 다시 치솟아 그의 이성을 흐리게 하는 것이나.

"내놔라!"

그가 음존에게 손을 내밀며 소리쳤다. 갑자기 검선(劍仙)의 모습을 되찾더니, 다시 갑자기 원래의 종남광도로 되돌아갔다.

극과 극을 달리는 그 변화가 너무도 쉽게, 너무도 빨리 이루어졌으므로 음존은 물론 갈평과 당 노인까지도 어리둥절해졌다.

3

"나는 당신이 빼앗아 갔다는 종남파의 보물에 관심이 있소."

갈평의 말에 음존이 분노를 드러냈다.

"건방진 놈."

"격식과 예의를 논하는 자리가 아니니 쓸데없는 일로 시간을 허비할 필요 없소. 보물을 나에게 주시오."

"흐흐흐, 네 말이 옳다. 하지만 너는 자격이 없을 것 같다."

"강한 자가 차지해야 하는 거라면 나에게도 자격은 충분할 거외다."

그들의 말을 듣던 도홍이 발끈해서 소리쳤다.

"그 누구도 감히 종남파의 보물을 약탈해 갈 수 없다!"

"그게 어째서 종남파의 보물이란 말이냐!"

갈평도 지지 않고 마주 소리쳤다.

"시끄럽다!"

번쩍이는 눈을 부릅뜨고 사태를 주시하고 있던 양존이 버럭 소리치고 나섰다.

"어느 놈이든지 능력이 있다면 빼앗아 가라! 하지만 그전에 먼저 나의 망혼금편을 찾아야겠으니 기다려라."

양존이 다시 망혼금편 이야기를 했다. 모두의 궁금증이 더 커졌다.

풀이 죽어 있던 암흑천교의 주작혈선 유유가 물었다.

"정말 당신이 망혼금편을 던져서 우리를 부른 게 아니란 말이오?"

"헛소리!"

양존이 일갈했다.

"종남파의 도사 놈들과 싸울 때 망혼금편 한 개를 썼다. 달아나는 운학 노도(雲鶴老道)를 쫓아가 죽이고 돌아왔더니 그게 없어졌더군."

도홍과 도굉의 사숙을 말하는 것이다.

"나는 저 도사 놈들 중 누군가가 그것을 가져갔으리라고 의심한다."

"터무니없는 소리!"

도굉이 발악하듯 악을 썼다.

"너야말로 헛소리하지 말고 어서 목을 내놔라!"

"이놈!"

화가 난 양존이 걸치고 있던 전포를 풀어 던졌다. 그러자 어린금갑이 불빛을 받아 황금빛으로 번쩍였다. 매달려 있는 금편들이 서로 부딪치며 짜라라랑, 하고 낭랑한 소리를 낸다.

양존이 네 개의 금편을 떼어내 두 손에 나누어 쥐고 모두를 둘러보았다.

"흐흐흐, 이것이 마도십병 중 당당히 서열 이위를 차지하고 있는 보물이라는 건 다들 잘 알겠지?"

"……!"

그가 금편을 떼어내 손에 쥔 순간부터 주청 안의 분위기가 일변했다. 모두 잔뜩 긴장한 채 양존의 두 손을 뚫어지게 바라볼 뿐 입을 열지 않았다.

도굉의 얼굴에도 두려움과 긴장이 어렸다. 그가 검을 굳게 움켜쥔 채 슬며시 자리를 옮겨 사형과 사질들의 앞을 막아섰다.

망혼금편으로 이루어진 어린금갑은 도검불침의 보물이다.

무엇으로 만들었는지, 금편의 단단하기가 금강석 같았기 때문이다.

더 무서운 건 그것 하나하나를 암기로 쓸 수 있다는 것이다. 그리고 금편을 이용한 절정의 암기술을 알고 있는 자는 오직 양환마혼 조백령뿐이었다.

그런데 그것을 던져 빛과 날카로운 소리를 낸 자가 그가 아니라니 다들 어리둥절할 뿐이다.

양존 역시 어리둥절해졌다.

눈치를 보니 이자들 중에는 그와 같이 한 자가 없는 것 같았기 때문이다.

가장 가능성이 있다면 조금 전 싸워보았던 종남광도 도굉이었다. 하지만 종남파의 도사들 역시 금편이 내는 소리를 듣고 왔다고 하니 이상하지 않은가.

양존이 천천히 고개를 돌려 구석에 앉아 있는 당 노인과 소걸을 바라보았다.

신선 같은 풍모의 노인과 아직 어린 티를 벗지 못한 소년.

노인의 풍채가 훌륭했지만 아무리 봐도 무림의 노고수 같지는 않은데다 한 번도 본 적이 없는 얼굴이다.

양존을 따라 사람들의 시선이 일제히 당 노인에게 집중되었다.

있는 듯 없는 듯 주청 구석에 앉아 자신들의 일에 관여하지 않았기에 특별히 신경을 쓰지 않았다.

그동안 이목이 음양쌍존에게 집중되어 있던 탓이기도 하다.

하지만 비로소 이상하다는 생각이 들었다.

여행을 하는 민간의 백성이라면 이와 같이 험악하고 무서운 싸움 앞에서 저렇게 태연할 수가 없다.

무림의 고인이라면 음양쌍존이나 갈평, 백의남학 설중교 등이 알아보지 못할 리가 없지 않은가.

종남산의 도사들이야 산에서 내려오는 일이 드무니 강호의 일에 어두울지 몰라도 그들은 천하가 좁다 하고 돌아다니는 사람들인 것이다.

"노인장은 뉘시오?"

양존 조백령이 잔뜩 의심을 품고 물었다.

빙긋 웃은 당 노인이 탐스럽게 늘어진 흰 수염을 쓸며 말했다.

"나에게는 신경 쓸 것 없으니 자네들 일이나 계속하게."

그 하는 말이며 여유작작한 태도가 더욱 의심스럽다.

당 노인은 그들의 눈길을 의식하지 못하는 듯했다. 무시하는 것이다.

"오는 길에 이상한 소문을 들었다네."

"……?"

"무슨, 마교의 전대 비급이라던가…… 그런 게 나타났다고 여기저기서 수군대더군."

"응?"

음양쌍존을 비롯한 모두가 깜짝 놀라 눈을 크게 떴다. 그걸 알고 있다니 역시 예사롭지 않은 노인이라는 생각과 함께 정체가 더욱 의심스러워진 것이다.

당 노인은 여전히 느긋하기 짝이 없는 모습으로 제 할 말을 할 뿐이다.

"무상광명신공(無上光明神功)이라지 아마?"

"너는 누구냐!"

기어이 양존이 버럭 고함쳤다.

당 노인이 빙긋 웃고 턱으로 도굉과 종남파의 도사들을 가리키며 다시 느긋하게 말했다.

"그런데 너희 말코 도사들이 저 두 녀석에게 빼앗겼다는 게 바로 그 신공 비급이냐?"

모두 할 말을 잃은 듯 멍하니 당 노인을 바라보았다.

도홍이 새파랗게 질린 얼굴이 되어서 소리쳤다.

"터무니없는 소리! 그것은 본 파에 오래전부터 전해져 내려오는 도경일 뿐이오!"

그가 악을 썼지만 그 말을 믿는 사람은 없었다.

그때까지 한마디 말도 없이 무거운 표정으로 지켜보기만 했던 백의 남학 설중교가 중얼거렸다.

"사실이었군. 종남파에 그 비급이 있고, 그것을 음양쌍존이 강탈해

갔다는 말이 사실이었어."

"내놔라!"

다급해진 도홍이 버럭 외치고 비호처럼 몸을 날렸다.

"흥!"

그럴 줄 알았다는 듯 양존이 코웃음을 치고 두 손을 가볍게 뿌렸다.

삐이이—

그 순간 허공에 쇠를 긁어대는 듯한 날카로운 소성이 가득 차며 금광이 눈을 찌르듯 번쩍였다.

들고 있던 네 개의 망혼금편을 일시에 던져 낸 것이다.

풍쇄조성(風碎鳥聲)이라는 절묘한 수법인데, 그는 주청 안에 있는 자들을 모두 죽여 버리려고 작정한 듯했다.

"헛!"

크게 놀란 도홍이 어지럽게 검을 휘둘러 몸을 지켰다. 종남파의 절정검법인 천향취운(天香聚雲) 중 가장 정교한 추풍산우(秋風散雨)의 초식이다.

귀를 찌르는 날카로운 소성과 번쩍이는 금광 때문에 한순간 정신이 멍해지고 눈을 뜰 수 없을 지경이 되었다.

그 속에서 사람들이 일제히 장력을 쳐내거나 칼을 휘둘러 어지럽게 허공을 후려치고 그어댔다. 망혼금편으로부터 제 몸을 지키느라 정신이 없는 것이다.

땅, 땅! 거리는 요란한 쇳소리와 장력이 허공을 치는 바람 소리에 욕과 기합 소리가 뒤섞여 어수선해졌다.

"이때다. 던져!"

당 노인이 소걸에게 빠르게 속삭였다.

소걸은 이미 할아버지의 신호를 받고 단단히 준비하고 있었다.

할머니가 가르쳐 주었던 월보강(月寶罡)의 심법을 운용하자 신기하게도 단전에서 한가닥 더운 기운이 일어 사지백해로 퍼져 나갔다.

정신이 맑아지고 팔다리에 힘이 넘쳐 나는 듯하더니 구름 위에 올라앉은 듯 황홀해지는 것이 아닌가.

처음 경험하는 그 신묘한 기운을 이번에는 할아버지가 전해준 운기법대로 이끌었다. 은하비라는 암기술을 펼치기 위한 준비를 끝낸 것이다.

할아버지의 말이 떨어지자마자 소걸이 손목을 비틀며 힘껏 손에 쥐고 있던 망혼금편을 튕겨냈다. 당 노인이 들려주었던 그 비결에서 한치의 어긋남도 없다.

휘리리리—

낮고 아름다운 휘파람 소리를 내며 금편이 쏜살처럼 날았다.

"기운이 멈추거나 끊어지면 안 된다."

당 노인이 그것을 지켜보며 빠르게 속삭였다.

제가 던지고도 그게 믿을 수 없어 신기하고 신이 나서 좋아하던 소걸이 깜짝 놀라 내력을 더욱 뽑아냈다.

"또 있다!"

갑자기 작고 빠른 새처럼 허공을 나는 금광에 사람들이 더욱 놀라 소리쳤다.

"엇!"

양존 조백령도 깜짝 놀라 바라보았다.

따다다당—!

허공 중에서 우뢰가 치는 듯 요란한 소리가 터져 나오고, 번쩍이는 금광이 미친 듯 사방으로 튕겨지며 요동을 쳐댔다.

스스로 살아 있는 것처럼 어지럽게 날아다니던 네 조각의 금편이 우수수 떨어졌다.

사람들이 입을 딱 벌리고 눈을 부릅떴다.

양존의 망혼금편을 무기력하게 만든 또 다른 금편 한 개가 부드럽게 원을 그리며 돌아가더니 소걸의 손 안으로 얌전히 빨려들어 갔던 것이다.

그들 중 양존의 놀람이 가장 컸다.

자신의 금편들을 단번에 맞혀 떨어뜨리는 고명한 수법이 있다는 것도 믿기 힘든데, 그것이 한 소년의 솜씨였다니.

그는 얼이 다 빠질 지경이 되었다.

"우와, 이거 정말 멋져요!"

소걸이 제가 지금 무슨 짓을 한 건지, 상황이 어떤 건지도 까맣게 잊은 채 좋아서 펄쩍펄쩍 뛰며 소리쳤다.

당 노인도 흐뭇한 표정으로 수염을 쓸며 허허 웃었다.

"과연, 과연 이게 정말 쓸 만한 놈이란 말이야. 한 번 가르쳐 주었더니 아주 그럴듯하게 흉내를 내는구나. 좋아, 좋아."

'한 번 배우고 그와 같은 솜씨를 발휘했다고?'

소걸과 당 노인을 멍하니 바라보던 사람들이 동시에 떠올린 똑같은 생각이고 의문이다.

그들은 이제 놀람이 지나쳐서 바보처럼 되어버렸다.

처음 뽑아 써본 내력으로 소걸이 그렇게 했다는 건 불가능한 일이었다. 양존의 내공이 생각보다 대단해서 당 노인이 슬쩍 힘을 보태주었기에 가능했지만 그걸 알아본 자는 아무도 없었다.

　'이렇게 십 년만 지나면 이놈은 제 할미보다 몇 배는 더 무서워질 거 야.'

　소걸을 바라보는 당 노인의 얼굴에 만족스런 미소가 가득 번졌다.

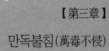

【第三章】

만독불침(萬毒不侵)

1

와장창―!

창문이 박살나는 소리가 넋이 나가 있던 사람들을 놀라게 했다.

퍽!

작은 폭발음이 들리더니 자욱한 운무가 급속히 피어올라 주청 안을
안개 속처럼 뒤덮어 버렸다.

"독연(毒煙)이다!"

누군가의 외침이 터져 나왔다.

퍽, 퍽! 하는 소리가 몇 번 더 들리더니 운무는 더욱 짙어져서 한 치
앞을 알아볼 수 없을 지경이 되었다.

지금 주청에 있는 사람들은 모두가 무림의 내로라하는 고수들이다.
그들 중 종남파의 젊은 제자들이 내공 면에서 가장 뒤처진다.

그들이 콜록, 콜록 기침을 해댈 때 추혼랑 갈평과 백의남학 설중교

는 즉시 부서진 창문으로 몸을 날렸다.

하지만 그들은 창밖으로 빠져나갈 수 없었다.

쐐애액!

날카로운 파공성을 내며 무수히 많은 암기가 쏟아졌기 때문이다. 갈평과 설중교가 재빨리 몸을 뒤집어 물러섰다.

한동안 철판 위에 소나기 떨어지는 듯한 소리가 귀 따갑게 들려왔다. 암기들이 벽에 꽂히는 소리다.

"제기랄, 만독림이다!"

갈평이 이를 갈며 소리쳤다.

독연이 피어올랐을 때부터 사람들은 모두 호흡을 멈추었지만, 이미 그때쯤엔 가슴이 터질 것처럼 뜨거워지고 있었다.

구석에 모여 있던 종남파의 젊은 제자들이 견디지 못하고 우당탕거리며 쓰러지는 소리가 들려왔다.

"이 치사한 놈들! 내가 모조리 잡아서 뜯어먹어 버리고 말 테다!"

도굉이 길길이 날뛰며 악을 썼지만 그로서도 방법이 없었다.

소리치며 발광하느라고 몇 모금의 독연을 더 들이켰을 뿐이다.

곧 가슴이 뜨거워지고 목구멍으로 넘어오는 숨이 소태를 씹은 것처럼 쓰게 느껴졌다.

폐부에 스며든 답답하고 비릿한 기운이 혈맥을 타고 빠르게 퍼져 나간다.

놀란 도굉이 즉시 숨을 멈추고 마음을 가라앉혔다.

내공을 한껏 끌어올려 중요한 혈도를 막았지만 이미 몸 안에 스며든 독기는 어쩔 수 없었다.

창문으로 뛰쳐나가느라고 격하게 몸을 움직였던 갈평과 설중교도 도핑과 비슷한 형편이었다.

그들은 곧 그 자리에 주저앉아 호흡을 막고 심법 운용에 온 정신을 집중했다.

체내에 스며든 독기를 자신의 내공으로 밀어내기 위한 것이다.

주청 안은 무거운 침묵이 흘렀다. 그리고 그곳을 가득 메웠던 독연이 서서히 사라져 갔다.

사물이 드러나기 시작했을 때 음침한 웃음소리와 함께 네 사람이 들어섰다.

"으ㅎㅎㅎ, 우리가 왔다."

"너희들은 모두 죽은 목숨이야."

"뼈마저 삭아서 흐물흐물해질걸?"

"분수를 모르고 비급을 탐낸 대가지."

저마다 득의양양해서 떠들어대며 주인인 양 들어서는 자들.

천독사절(千毒四絶)이라고 불리는 만독림의 고수들이었다.

그들의 뒤에서 다시 한 사람이 느긋한 걸음으로 들어왔다.

천독사절을 이끌고 강호에 나온 독중귀심(毒中鬼心) 갈무독(葛武督)이다.

"본좌가 왔으니 다들 무릎을 꿇어라."

천독사절이 좌우로 갈라져 공손히 서고, 그 사이로 나온 갈무독이 좌중을 쓸어보며 음침하게 말했다.

한쪽 구석에 음양쌍존이 눈을 부릅뜬 채 우뚝 서 있었는데, 갈무독의 오만한 말에도 아무 대꾸를 하지 않는 것이 그들 또한 중독된 게 틀림없었다.

그나마 음양쌍존은 이곳에 모인 자들 중 내력이 가장 고강해서 버티고 서 있었지만, 지금은 한창 체내에 스며든 독기를 몰아내느라 여념이 없었다.

정신은 말짱해서 모조리 보고 들으면서도 대응할 수 없다는 데에 진땀이 났다.

이제 모두의 목숨은 갈무독의 손에 달려 있는 듯했다.

그가 품 안에서 천천히 한 자루의 거무튀튀한 비수를 꺼냈다.

"히히, 본좌의 독심혈비(毒心血匕)가 피 맛을 본 지 오래되어서 녹슬어가던 참인데 아주 잘됐어. 너희들의 피로 이놈이 다시 생생해질 테니 좋은 일이지. 안 그래?"

누구도 대꾸하는 자가 없다.

저마다 조금이라도 빨리 독기를 몰아내느라 용을 쓰고 있을 뿐이니 그렇다.

"우선 저것들의 멱을 딴 다음에 어린금갑과 비급을 한꺼번에 얻어야겠다."

갈무독이 빙글빙글 웃으며 천천히 음양쌍존에게로 다가갔다.

그러다가 보지 말아야 할 것을 보고 말았다.

"어라?"

그가 뚝 멈추어 서서 눈알을 데구루루 굴렸다.

"얘, 어째 이 고기는 좀 질기지 않냐?"

"맛도 변했어요. 에, 퉤퉤!"

"독 연기로 그슬렸으니 독 훈제가 된 게야. 그래서 맛이 이 지랄이구나. 에잉."

"어떻게 좀 해보세요. 주방 일은 할아버지를 따라갈 사람이 없잖아요."

"보채지 마라. 나도 지금 생각 중이니까."

머리를 갸웃거리던 당 노인이 품에서 몇 개의 자기 병을 꺼내 탁자 위에 늘어놓았다. 그리고 한 개를 고르더니 마개를 열고 식어버린 고기 위에 톡톡 두드렸다.

하얀 가루 같은 것이 살짝 뿌려진다. 마치 양념을 더하는 것 같은 모습이었다.

다시 한 개의 자기 병에서 이번에는 검은 가루를 톡톡 두드려 뿌리고는 뒤적거려 잘 섞었다.

"이제 먹어봐라. 한결 나을 거야."

"할아버지가 먼저 드세요. 그래서 맛이 있으면 말해주세요."

"고얀 놈 같으니."

눈을 흘긴 당 노인이 누군가를 찾는 듯 두리번거렸다. 그러다가 저쪽에 어리둥절해 서 있는 갈무독과 눈이 딱 마주쳤다.

히죽 웃고는 손가락을 까닥거린다.

"얘야, 이리 와봐라. 네가 맛을 좀 봐주지 않겠니? 내 양념은 최상품이라 입 안에서 살살 녹을 거야."

이런 경우는 없었다. 그래서 갈무독은 제 눈을 비벼댔다.

휘딱 천독사절을 돌아보는데, 눈에서 살기가 뚝뚝 떨어졌다.

독연을 제대로 터뜨렸느냐는 무언의 책망이고, 그렇지 않았을 경우 모가지를 내려놓으라는 무언의 협박이다.

"트, 틀림없습니다."

"언제 저희가 실수하는 걸 본 적 있으십니까?"

사뭇 억울하다는 듯 네 놈이 손마저 내두르며 소리쳤다.

갈무독이 다시 주청 안을 돌아보았다.

죄다 중독된 게 틀림없다.

종남파의 젊은 도사들은 바닥에 쓰러져 꼼짝하지 않고 있는 것이 이미 죽은 모양이고, 나머지 것들도 시뻘겋게 달아오른 얼굴로 열심히 운기행공을 하느라 누가 업어 가도 모를 지경이다.

그런데 저 늙고, 어린것은?

"허어!"

이해 불능이다. 기가 막힐 뿐이다.

그는 만독림 안에서도 열 손가락 안에 꼽히는 고수였다.

맥이 끊길 뻔한 만독림이 육십 년 만에 겨우 부활하여 다시 강호에 나온 터라 그 한이 깊고 크다.

옛날처럼 마교와 힘을 합쳐 무림을 정복할 뚜렷한 목표를 세웠으니 자부심도 컸다.

강호의 지배자가 된다면 만독림의 위세가 천하에 떨칠 것이고, 황제의 권세가 부럽지 않을 것이다.

그 만독림이 강호에 다시 나온 것을 기념하기 위해 택한 첫 번째 목표가 당문이었다.

육십 년 전, 지금과 같은 대망을 품고 강호를 종횡하며 독으로 천하를 두려움에 떨게 했을 때 당문에 의해 크나큰 좌절을 겪고 만독림 자체가 사라질 뻔한 위기를 겪었다.

그게 고작 당문의 망나니 한 명 때문에 있었던 일이니 지금 생각해도 어이없다.

그런 원한을 통쾌하게 풀지 않고서야 어찌 낯을 들고 강호에 다시 만독림의 깃발을 우뚝 세울 수 있을 것인가.

그래서 사천으로 향하는 중이었다.

도중에 정군산에 음양쌍존이 나타났고, 초대 마교의 절대 비급인 무상광명신공이 그들의 손에 들어갔다는 소식을 접했다.

걸음을 재촉해 서둘러 와보니 이미 암흑천교의 무리들이 객잔을 에워싸고 있는 것 아닌가.

한발 늦었지만 형세를 보아하니 그들이 역부족의 위험에 처해 있는 듯했다.

이 기회에 그들을 구해주고 비급마저 손에 넣는다면, 마교에서의 만독림의 위상은 더욱 탄탄해질 것이다.

목소리도 그세 낼 수 있나.

그래서 독탄을 던져 쥐새끼는 물론 바퀴벌레 한 마리도 남기지 않고 모조리 죽여 버릴 작정을 했고, 과감하게 실행했다.

그 결과가 이처럼 흡족하게 눈앞에 펼쳐졌는데, 저 늙은이와 꼬마는 대체 뭐란 말인가?

몇 걸음 다가가는 동안 그런 잡다한 생각과 어이없음과 의문으로 갈무독은 머리가 쪼개질 것처럼 아팠다.

"너는 뭐냐?"

드디어 당 노인의 탁자 앞에 버티고 선 그가 신경질적으로 물었다.

그를 물끄러미 바라보는 당 노인의 얼굴에 슬슬 웃음이 떠올랐다.

"그냥 맛이나 좀 봐달라는 건데 싫으냐?"

"허!"

"뻣뻣해진 육질을 야들야들하게 해주는 데에는 용화산(龍火散)만한 게 없거든."

"응? 용화산?"

갈무독의 눈이 찢어질 듯 커졌다.

2

용화산은 독룡(毒龍)의 독낭(毒囊)에서 채집한 독을 그것의 골수 속에 집어넣어 석 달 열흘 동안 숙성시킨 다음 불에 태워 그 재로 만든 극독 중의 극독이다.

물론 실제로 그런 용이 있을 리 없다.

저 남만의 오지에 사는 오색 무늬의 작은 도마뱀을 일컫는 것인데, 품고 있는 독이 칠점사의 열 배는 될 만큼 지독한 독물 중의 독물이다.

제 독이 골수 속에 퍼지면 그놈은 그것에 대항하기 위해 스스로 또 다른 독을 만들어낸다. 이독치독(以毒治毒)의 원리를 터득하고 있는 영물인 것이다.

그렇게 만들어진 독은 원래의 독보다 지독하기 마련이었다.

그 두 개의 독이 서로 뒤엉켜 뒤죽박죽이 되는 데 석 달 열흘이 걸리고, 그때 갑자기 아주 센 불에 태워 버리면 독기가 뼛속에 고스란히 응결된다.

그것을 채집한 것이니 그 지독함은 더 말할 것도 없다.

귀하기도 귀해서 천하의 어떤 보물보다 얻기 힘든 게 바로 그 용화산 아니던가.

그것의 존재를 아는 사람조차 극히 드물었다.

갈무독이 이제는 멍청해진 얼굴로 당 노인을 바라보았다.

"정말… 용화산…… 이오?"

"맛을 보면 알 것 아니냐? 흘흘."

"대, 대체 그 독을 알고 있는 노인장은 뉘십니까?"

말투가 돌변했다. 두려움으로 떨리기까지 한다.

"그것만으로는 독 훈제가 되어버린 고기 맛을 살리기에 부족한 감이 있지."

"……?"

"그래서 흑마석(黑磨石) 가루를 조금 첨가했느니라."

"……!"

할 말이 하나도 떠오르지 않는다.

갈무독이 멍청해진 얼굴과 눈으로 당 노인을 물끄러미 바라보고만 있는데, 마치 꿈을 꾸고 있는 듯한 표정이었다.

용화산에 흑마석 가루라니. 그런 것은 만독림에서도 찾아볼 수 없는 극독 중의 극독 아닌가.

그것을 얻을 수만 있다면 만독림의 주인인 독왕은 천 관, 만 관의 금도 아까워하지 않을 것이다.

'그런데 양념 삼아 뿌렸다고?'

갈무독은 너무 놀라 이성이 둔해져 버렸다.

"이놈의 영감이 어디서 헛소리를 지껄이고 지랄이냐!"

드디어 그게 화가 되어서 터져 나왔다.

하지만 당 노인은 실실 웃을 뿐이고, 소결은 심드렁한 얼굴로 고기를 뒤적거릴 뿐이었다. 먹을까 말까 고민하는 모습이다.

그러더니 기어이 한 점을 집어 입에 넣고 우물우물 씹는 것 아닌가.

갈무독이 찢어질 듯 눈을 부릅떴다.

눈앞의 어린놈이 어떻게 될지는 뻔하다.

그런데 아니다.

"에이, 질긴 맛이 조금 가셨을 뿐 여전히 별맛이 없잖아요."

"응? 그럴 리가?"

이번에는 당 노인이 한 점을 집어 우물거렸다.

"에구, 에구. 다 식어버렸잖아. 불기가 사라지면 어떤 음식이든 제 맛을 잃는 법이란다. 조금만 기다려 봐라."

고기 접시를 덥석 쥔다. 그리고 갈무독은 입을 딱 벌렸다.

접시가 한순간에 붉게 달아올랐기 때문이다. 치이익, 하고 기름 끓는 소리가 나더니 차갑게 식었던 고기에서 금방 먹음직스러운 연기가 피어올랐다.

고소하고 달콤한 냄새가 진동을 한다.

삼매진화의 절기인데, 일류급의 내공을 지닌 자라면 대부분 할 줄 아니 크게 놀랄 일도 아니다.

하지만 그 누구도 당 노인이 해보인 것처럼 이렇게 순식간에 접시를 녹일 듯 달굴 수는 없을 것이다. 그것도 고기와 함께 그렇게 해버렸다.

도대체 얼마나 막강한 내력을, 그것도 눈 깜짝할 순간에 쏟아낼 수 있어야 이렇게 될 것인가.

그게 갈무독에게는 또 하나의 이해 불가능한 일이었다.

"이제 됐다. 먹어보라니까?"

노인이 접시를 그에게 내밀었다.

갈무독이 바쁘게 노인과 소걸을 번갈아 바라보았다. 용화산과 흑마석 가루가 섞였다는 고기를 집어 먹었는데 아무렇지도 않다.

'그러면 그렇지. 나를 속인 거였군' 하는 생각과 '그래도 알 수 없잖아?' 하는 생각이 동시에 떠올랐다.

저도 모르게 고깃점에 손이 가던 갈무독이 깜짝 놀라 천독사절 중

한 놈을 손짓해 불렀다.

"네가 맛을 봐라."

만약 노인이 자신을 속인 거라면 그 즉시 천 토막, 만 토막을 내서 육젓을 담가 버릴 작정을 했다. 그래야 잠시나마 심장이 튀어나올 만큼 놀랐던 일에 대한 보상이 될 것이다.

그걸 확인하기 전에는 설불리 달려들 수 없다.

노인과 소년이 정말로 용화산과 흑마석을 아무렇지도 않게 집어 먹을 수 있는 독중독인이거나 절정의 고수라면 달아날 기회조차 포기해야 할 것이기 때문이다.

절대로 그럴 리가 없다고 생각하면서도 한 놈을 대신 시킨 건 그래도 안전이 최고라는 생각이 들어서였다.

주저하며 다가온 그놈이 이 눈치 저 눈치 보다가 고깃점 하나를 집어 입에 넣었다.

우물거리더니 꿀꺽, 삼킨다. 그리고는 눈을 디룩거리며 입맛을 다시는 게 아닌가.

"이, 이, 쳐죽이고 찢어 죽이고 삶아 죽이고 포를 떠서 말려 죽일 늙은이 같으니라고! 감히 나를 속여!"

안전하다는 게 확인된 순간 갈무독이 치를 떨며 목청껏 고함을 질렀다.

그 소리에 놀란 것일까?

"끄어어어—"

곁에 우두커니 서 있던 놈이 눈을 까뒤집었다. 그리고 녹아내린다.

"으헉!"

깜짝 놀란 갈무독이 엉덩이를 뒤로 뺐다.

"한 발짝 움직이면 다리가 녹고, 두 발짝 달아나면 가슴이 녹아서 머리통만 둥둥 떠다니게 될 게야."

노인이 중얼거리듯 말하며 다시 고깃점 하나를 집어 입에 넣고 우물거렸다.

엉거주춤 다리 한 짝을 들어올렸던 갈무독이 그대로 굳어버렸다.

고깃점을 대신 먹은 놈의 몸이 어떻게 되고 있는지 제 눈으로 확인했기 때문이다.

봄볕에 눈사람이 녹아내리듯 그렇게 누런 물을 줄줄 흘리며 조금씩 녹고 있다. 그러다가 기어이 소나기에 씻긴 것처럼 역겨운 액체가 줄줄, 콸콸 흘러내렸다.

허연 해골이 드러나는가 싶더니 그것마저 흐물거리며 녹아버린다.

형체가 사라져 버렸다.

누런 물을 한 바가지 엎질러 놓은 것처럼 되어버렸고, 그 물마저 주청 바닥의 갈라진 틈새로 스며들어 가 사라져 버렸다.

갈무독이 휘딱 소걸을 바라보았다.

저 어린놈도 분명 고깃점을 집어 먹었다. 그런데 멀쩡하지 않은가. 맛이 괜찮다는 듯 다시 한 점을 집어 먹고 있다.

이제는 아무것도 믿을 수 없게 되고 말았다. 제 눈을 믿지 못하고, 제 자신마저 믿을 수 없다.

"다, 다, 다, 당신은…… 귀신이란 말이오?"

있는 힘을 모두 쥐어짜 겨우 그 한마디를 했는데, 그만 거기에 정신을 파느라 당 노인의 경고를 깜빡 잊고 말았다.

한 걸음 물러선 것이다.

발밑이 허전해졌다.

구름을 밟고 선 듯하고, 부드러운 모래 속에 빠져드는 것 같기도 했다.

눈앞에서 사물이 자꾸 치솟아오른다. 아니, 제가 난쟁이가 되어가고 있는 것 같았다.

무심코 발 아래를 내려다본 갈무독이 엄청난 비명을 터뜨렸다.

"끄아아아아—!"

녹아내리고 있는 제 발의 형체를 본 것이다.

발목에서 시작되더니 어느새 정강이까지 녹아 없어지고 있었다.

*　　　　*　　　　*

무거운 침묵.

그리고 아직도 사라지지 않고 남아 있는 비릿하고 역겨운 냄새.

음양쌍존이 힐끔 갈무독과 천독사절을 바라보았다.

갈무독은 주청 바닥에 박혀 버린 사람 같았다. 허리 아래가 모두 없어져서 배가 바닥에 붙어 있었기 때문이다.

그 모양이 되어서도 아직 숨이 끊어지지 않았다는 게 더욱 끔찍스럽다.

이제는 천독삼절이 된 놈들은 부들부들 가엽게 떨고만 있었다.

무릎을 꿇고 앉아 있는 온몸이 바람맞은 사시나무처럼 진동을 하고 있다.

탁.

소걸이 젓가락을 내려놓는 소리가 유난히 크게 울렸다.

"꺼억!"

배부르게 먹었는지 트림마저 요란하게 한다.

"할아버지, 이상해요. 이렇게 맛있는데 왜 저 사람은 저런 꼴이 되었을까요?"

눈앞에서 한 점 집어 먹은 놈이 형체도 없이 녹아 사라지는 걸 보았고, 갈무독이 저렇게 끔찍한 꼴이 되는 걸 보았을 텐데도 태연하기만 하다.

그게 음양쌍존과 갈평, 설중교와 도홍은 물론 거칠 것 없이 광포한 미친 도사 도굉마저 어리둥절하게 했다.

"흘흘, 그거야 네놈이 귀여우니까 그렇지. 원래 귀여운 놈은 안 죽는 거야. 왜? 귀여우니까."

"쳇, 말이 된다고 생각하세요?"

소걸이 웃으며 눈을 흘겼다.

그는 어렸을 때 할아버지가 개정대법이라는 걸 제 몸에 베풀었던 일을 기억하고 있었다.

아마 일곱 살 되던 날이었을 것이다.

무려 사흘 밤낮 동안이나 할머니의 눈을 피해 멀리 달아나서는 그짓을 했는데, 그때 당 노인은 굵은 땀방울을 뚝뚝 떨어뜨려 가며 열심히 소걸의 몸을 주무르고 무언가를 자꾸 먹여댔다.

"됐다. 너는 이제 만독불침의 몸이 되었어. 독을 나물처럼 무쳐서 먹고, 독으로 밥을 지어 먹고, 독 숭늉을 들이켜도 뒈지기는커녕 오히려 창자가 튼튼해질 거다."

사흘이 지나 소걸이 길고 긴 꿈에서 깨어난 듯 하품을 했을 때 할아버지는 그렇게 말하며 땀을 훔쳤다.

흠씬 젖어 있는 옷자락에서 물이 뚝뚝 떨어졌다.

"개정대법이요?"

"그런 게 있느니라. 환골탈태 비슷한 게 된 거야."

"그건 또 뭐래요?"

"흘흘, 어렵지? 차차 알게 될 거다."

"그런데 왜 그런 걸 저한테 해주셨어요? 이렇게 힘들어하시면서."

어린 소견에도 할아버지에게 너무 미안해 조막만한 손으로 땀을 닦아주며 묻자 할아버지가 그를 꼭 껴안았다.

"이렇게 귀엽고 착한 네가 행여 식중독에라도 걸려서 고생하면 할애비의 가슴이 찢어지지 않겠느냐? 그러니 사전에 튼튼한 속을 만들어 준 게야."

식중독에 걸리지 말라고 사흘 밤낮으로 내력을 소모해 가며 만독불침의 신체로 탈바꿈시킨 것이다.

3

남들이 안다면 황당하다 못해 미친 짓이라고 욕을 해댔을 일이지만 당 노인에게는 당연한 것이었다.

돈이 많은 할아버지는 어린 손자에게도 만금의 유산을 남겨주지 않던가.

그래서 아직 기저귀를 차고 아장아장 걸을 뿐인 꼬마 갑부가 생겨나기도 하는 게 세상의 일이고, 혈육에 대한 노인의 내리사랑이다.

당 노인은 스스로 천수가 다할 날이 머지않았다는 걸 알았다. 앞으로 십 년을 더 살면 많이 사는 것이리라.

그전에 친손자나 다름없이 사랑하는 어린 소걸에게 무엇인가 물려

주고 죽어야 할 텐데, 돈이 없다.

줄 거라고는 자신의 능력 중 가장 탁월한 독에 대한 것뿐이다. 하지만 독공을 가르치고 싶지는 않았고, 염 파파가 허락할 리도 없었다.

그래서 생각 끝에 스스로의 내력을 소모해 가면서까지 공을 들여 개정대법을 베풀어준 것이었다.

생일 선물치고는 요란하고 뻑적지근한 것을 준 셈이지만 조금도 아깝지 않았다.

그 덕에 소걸은 일곱 살 난 재롱둥이 나이에 만독불침지신이라는 어마어마한 유산을 물려받은 행운아가 되었다.

그때의 일을 떠올리자 당 노인도, 소걸도 행복해졌다.

빙긋 미소를 짓던 소걸이 눈살을 찌푸리고 갈무독을 가리켰다.

"어떻게 좀 해보세요. 저건 너무 보기 흉하잖아요."

"그렇지? 아직 어린 네가 보기에는 좀 괴롭겠구나. 알았어."

그리곤 접시에 남아 있는 고기 국물 한 방울을 젓가락으로 찍어서 튕겼다.

살아 있는 자들은 모두 똑똑히 보았다.

한 방울의 고기 국물이 구슬 같은 제 형체를 유지한 채 느릿느릿 허공을 나는 것을. 그리고 살아 있는 흡혈충(吸血蟲)처럼 서서히 갈무독의 이마 속으로 파고드는 것을.

"으으음─"

음양쌍존이 깊은 탄식을 흘렸다.

갈무독의 눈 속에 언뜻 감사하고 감격하는 빛이 떠오르더니 그의 몸이 이번에는 머리에서부터 녹아내리기 시작했던 것이다.

눈덩이 위에 이글거리는 숯불을 올려놓은 것 같다.

곧 그의 몸은 완전히 녹아 처음 그렇게 되었던 자와 마찬가지로 형체도, 흔적도 없이 사라져 버렸다.

"헤헤, 이제 훨씬 낫네요."

소걸이 천진스럽게 웃었다.

그 모습을 보는 모두의 얼굴이 새파랗게 질렸다. 끔찍한 독충이 콧잔등에 달라붙은 듯 부르르 몸을 떨었지만 누구 하나 입 한 번 뻥긋하지 못했다.

"가서 전해라."

당 노인이 천독삼절에게 무심하게 말했다.

"예?"

"만독림으로 돌아가란 말이다. 가서 독왕이라는 놈에게 전해. 까불면 모두 싹 지워 버린다고. 그냥 만독림에 납작 엎드려서 너희들끼리 독장난이나 하며 재미나게 살아. 그러면 만수무강할 거다."

"예, 옙!"

세 놈은 감히 노인의 정체를 물어볼 엄두도, 추리해 볼 생각도 하지 못했다.

당장 목숨을 건진 게 감사하고 감격스러워 머리를 쿵쿵 찧어대고는 쏜살처럼 튀어나가 사라져 버렸다.

"에휴, 늙으니까 마음이 약해져. 옛날 같았으면 죄다 싹싹 지워 버렸을 텐데. 나도 참 모질지 못해서 탈이야. 마음이 독해야 대장부라고 했는데 말이다. 그렇지 않니?"

동의해 달라는 듯 소걸을 바라보았다.

소걸이 피식 웃었다. 차마 '그래서 방금 두 사람을 녹여 버렸어요?'라고 말할 수는 없지 않은가.

"할아버지는 원래 인정이 많고 따뜻한 마음을 가진 분이잖아요."

"하아—"

태연한 소걸의 말에 모두의 입에서 절로 한숨이 새어 나왔다.

이제는 노인의 정체를 알았다.

누구도 관심 두지 않았던 노인. 그가 독에 있어서 만독림의 독물들을 콧김으로 날려 버릴 만큼 뛰어난 사람이라는 걸 눈치챈 것이다.

하지만 아직 당 노인의 신분에 대해서는 알지 못한다.

그럼에도 불구하고 음양쌍존 등은 감히 달아날 생각을 하지 못했다. 방금 노인의 경고를 무시했다가 녹아 없어져 버린 갈무독을 보았기 때문이다.

"너희들."

당 노인이 젓가락으로 음양쌍존을 가리켰다.

그들이 화들짝 놀라 긴장했음은 물론이다.

모두는 이미 스스로의 내공으로 몸 안에 들어온 독기를 몰아내고 평상시와 다름없는 상태를 회복하였다.

무공이라면 누구에게도 지지 않을 수 있다는 자신감도 되찾았다.

하지만 당 노인의 젓가락 앞에서 감히 오만을 떨 생각은 할 수 없다.

당 노인이 그 젓가락을 까닥거리며 말한다.

"이리 줘봐."

"예?"

"무상광명신공의 비급을 너희들이 가지고 있다면서?"

"그, 그건……."

양존과 음존이 잔뜩 낯을 찌푸린 채 망설였다.

달란다고 선뜻 내줄 거라면 무엇 때문에 힘들여 빼앗았겠는가. 또 그렇게 하기에는 체면과 자존심이 허락하지 않는다.

죽을 때는 죽을지언정 영웅의 기개를 잃을 수는 없다.

"웃기는 소리."

음존인 음변마군 왕무동이 코웃음을 치며 나섰다. 언월도를 쥔 손아귀에는 잔뜩 힘이 들어가 있다.

'여차하면 벼락처럼 들이쳐 저 늙은 머리통을 두 조각으로 갈라 버리면 그뿐이다.'

그런 독한 마음이 된 것이다.

자신의 절기인 직격섬환(直擊閃幻)을 피할 수 있는 자는 현 무림에서 열 손가락으로 꼽을 만큼 드물 것이라고 자신하는 그였다.

노인이 아무리 독공의 절세고수라 해도 낙뢰처럼 떨어지는 언월도 앞에서는 견디지 못할 것이다.

그렇게 믿은 그가 눈을 부릅뜨고 당 노인을 노려보며 일갈했다.

"그대로 둬도 곧 늙어 죽을 영감이 굳이 목숨을 재촉하는구나!"

"흘흘, 저게 아주 웃기는 놈이구나. 안 그러냐?"

소걸에게 말하면서 히죽 웃던 노인이 불쑥 젓가락을 튕겨냈다.

"헛!"

크게 놀란 왕무동이 몸을 기울이자 쇠뇌처럼 쏘아진 나무젓가락이 아슬아슬하게 목덜미를 스쳐 지나갔다.

팡—!

그것이 지나간 허공이 폭발했다. 무시무시한 기파의 여력이 공기를 진동시키고 나간 탓이다.

크게 놀란 왕무동이 급히 세 걸음이나 비켜섰다. 그리고 허공을 가득 뒤덮는 날카로운 소리에 다시 놀랐다.

쐐애애액—

젓가락이 허공을 날며 내는 소리라고는 믿을 수 없는 파공성이었다. 대체 저것에 실려 있는 내력이 얼마나 엄청나면 저럴 수 있단 말인가? 하는 놀람이 채 가시지도 않았는데 더욱 경악할 조화가 벌어졌다.

목덜미를 스치고 지나갔던 젓가락이 되돌아오고 있었던 것이다. 처음 쏘아졌을 때보다 오히려 더욱 무섭고 빠른 기세를 띠고 있었다.

"이얍!"

왕무동이 목청껏 기합성을 터뜨리며 언월도를 깃발처럼 휘둘렀다.

너무 당황하고 놀란 나머지 자기가 고작 젓가락 한 개를 상대하고 있다는 것도 잊은 채 최상의 절기인 폭풍지존도법(暴風至尊刀法)을 펼친 것이다.

우우웅, 하는 무거운 파공성이 허공을 뒤덮고, 번쩍이는 도광이 유성우(流星雨)처럼 날았다.

천 겹, 만 겹의 칼빛 그물을 두른 것 같은 형상이다.

바람 한 점도 그 칼빛의 장막을 뚫지 못할 것이고, 개미새끼 한 마리도 그 공세에서 빠져나가지 못할 것이다.

땅—!

낭랑한 쇳소리가 울렸다. 되돌아온 젓가락이 칼에 부딪친 것이다. 그리고 다시 허공을 가르며 날아오른다.

왕무동이, 양존 조백령이, 갈평과 설중교, 도홍, 도굉 등이 모두 눈을 부릅떴다.

"이럴 수는 없다!"

왕무동이 버럭 소리쳤다. 자신의 언월도가, 폭풍지존도법이 나무젓 가락 한 개를 잘라 버리지 못한다는 게 말이 되는가.

그가 이를 악문 채 도법에 더욱 내공을 실었다. 이제 그의 언월도는 보이지도 않았다. 번쩍이는 칼빛만이 서릿발처럼 허공에 가득할 뿐이 다.

삐리리리—

나무젓가락에서 기묘한 소리가 났다. 허공에 뜬 채 빠르게 진동하며 이리저리 움직였기 때문이다.

그것은 노신의 손을 떠난 순간 스스로 영성(靈性)을 부여받고 새롭 게 태어난 무엇이 된 듯했다.

그러하기에 저처럼 제 스스로 이리저리 움직이며 왕무동의 칼빛을 피해 다니는 것이 아니겠는가. 신령한 젓가락이 된 것이다.

그 신령한 젓가락이 재빠르게 날면서 주청 안을 헤집고 다닌다. 틈 을 노리는 것이다.

왕무독의 언월도에 조금의 틈만 보이면 그 즉시 뇌전이 되어서 쏘아 져 들어갈 것이다.

영악하게도 왕무독이 저렇게 혼자서 칼춤을 추다가 지치기를 기다 리고 있는 건지도 모른다.

"이, 이건 꿈이야. 이건 절대로 사실이 아니다."

그것을 지켜보던 양존 조백령이 넋이 나가서 중얼거렸다.

그는 망혼금편을 부리는 암기술로 이미 강호에 널리 이름이 알려진 사람으로서 절정고수의 반열에 올라 있다.

그렇기 때문에 지금 제가 보고 있는 걸 더욱 믿을 수 없기도 했다.

이와 같은 암기술이 있다는 건 들어보지도 못했고, 생각해 보지도 못했기 때문이다.

왕무동은 혼자 신이 올라서 미친 듯 칼춤을 추고 있는 사람 같았다. 그것을 바라보는 사람들은 모두 홀린 듯한 얼굴이 되어서 숨을 쉬는 것마저 잊었다.

"그만!"

왕무동이 벼락같이 소리쳤다. 그리고 언월도를 우뚝 멈추어 세웠다.

이렇게 미친 짓을 하고 있는 자기 자신이 원망스러워졌던 것이다.

천하의 음변마군 왕무동이 젓가락 하나에 농락당하다니.

너무나 부끄럽고 분해서 살고 싶은 의욕마저 꺼져 버렸다.

한순간에 칼빛이 씻은 듯 사라져 버리자 그때를 기다렸다는 듯이 젓가락이 송곳처럼 내리 꽂힌다.

"안 돼!"

그것을 본 양존 조백령이 자지러질 듯 비명을 터뜨리며 두 팔을 활짝 벌리고 몸을 날려 음존 왕무동을 가로막았다.

간발의 차이로 젓가락이 그의 어린금갑에 부딪쳤다.

꽝!

그리고 쇠 종이 깨지는 듯한 소리와 함께 조백령과 왕무동이 한 덩어리가 되어 날려갔다.

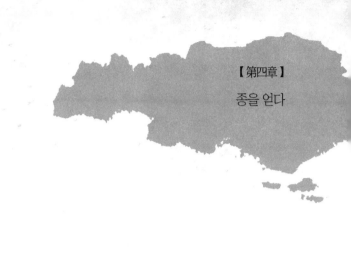

【第四章】

종을 얻다

1

"따라오는데요?"

"흘흘, 내버려 둬."

"좀 불쌍해 보이기도 해요."

"그게 다 저놈들의 팔자인 게지. 나를 만나지 말았어야 하는 건데, 운명이라는 게 어디 그러냐?"

"저 사람들을 대체 어떻게 하실 작정이세요? 저렇게 계속 따라온다면……."

귀찮을뿐더러 신경이 쓰여서 할 일도 하지 못하게 될 것이다.

소걸은 자꾸 뒤돌아보는데 당 노인은 천하태평이었다.

하긴, 세상에 누가 있어서 그를 귀찮게 할 것인가.

염 파파를 제외한다면 이 넓은 천하에서 당 노인의 발목을 잡을 사람은 아무도 없을 것이다.

그가 하고 싶으면 한다.

그의 말이 곧 강호의 법이라고 해도 과언이 아니다.

그가 누구인지 알게 된 사람들은 모두 지금 뒤따라오고 있는 저 불쌍한 자들처럼 되고 말 테니 말이다.

"에구, 에구. 늙으니까 확실히 기력이 달려. 얼마 걷지도 않았는데 벌써 무릎이 시큰거려 오는구나. 좀 쉬었다 가자."

오전에 한수를 건너고, 오후에는 천탕산을 지나왔다.

부지런히 걸어 한나절 만에 천탕산을 넘었으니 구십 된 노인의 걸음으로 보자면 과연 이만저만 무리한 게 아닐 것이다.

하지만 저만큼 거리를 두고 뒤따라오고 있는 음양쌍존 등에게는 답답해 미칠 것 같은 한나절이었다.

'대체 경공은 뒀다 국 끓여 먹으려고 아끼는 거야?'

그런 불만이 터져 나오지 않을 수 없었다.

그들은 당 노인이 누구인지 이제는 안다.

육십 년 전에 사라졌던 당문의 괴걸, 기린아 당백아.

그가 지금 천하제일의 고수요, 기인이면서 인간과 신선의 경계를 오락가락하는 유일한 사람이 되어 다시 나타난 것이다.

그 사실 앞에서 할 말이 있을 수 없다. 그저 깊은 경외심과 두려움, 그리고 호기심과 약간의 질투를 느낄 뿐이다.

육십 년 전에도 독의 제왕이자 암기술의 절대고수로 불렸던 사람. 그리고 지금은 그것을 뛰어넘어 득도의 경지에 든 사람.

그가 한 소년의 손을 잡고 쉬엄쉬엄 저 험한 산길을 가고 있다.

당금 무림에 과연 저 당 노인과 어깨를 나란히 할 사람이 누가 있을 것인가.

그런데 지금은 영락없이 늙고 지친 노인의 꼴일 뿐, 어디에서도 그런 절대적인 존재라는 위압감을 느낄 수가 없었다.

하긴, 그는 이미 스스로를 감추고 드러내지 않는 경지에 이른 것이리라.

그렇게 생각하고 이해한다지만 저 더딘 걸음은 정말 피곤했다.

한마디 불평도 할 수 없으니 마음의 병이 더 깊어진다.

"우리도 쉬었다 가자."

양존 조백령이 한숨 섞어서 그렇게 말하고는 나무 아래 털썩 주저앉았다.

음존은 말이 없다. 객잔을 나올 때부터 여태까지 한마디도 하지 않은 채 침묵을 지킨 것이다.

낯빛이 여전히 어둡고 음울했다. 젓가락 한 개가 가져다주었던 그 충격에서 아직 벗어나지 못한 것이다.

"지독했지."

그때를 떠올린 양존이 중얼거리며 부르르 몸을 떨었다.

마도십병 중 이위를 차지하고 있는 보물 중의 보물, 어린보갑이 아니었다면 지금쯤 음존과 함께 나란히 관 치수를 재고 있을 것이다.

아니, 성질 급한 장의사 놈이라면 이미 땅에 파묻고 손 털었을지도 모른다.

그러면 천하의 사람들 모두가 놀려낼 것이다. 음양쌍존이 십 년 은거를 깨고 강호에 재출도하더니 이름없는 객잔에서 젓가락 한 개에 맞아 죽었다고 말이다.

"에휴—"

절로 탄식 섞인 한숨이 나왔다.

몇 개월 전, 불선다루에 멋모르고 찾아왔다가 코가 꿰인 서천금편 추괴성 등이 내쉬었던 한숨 소리와 그렇게 똑같을 수가 없다.

그들과 조금 떨어진 곳에는 추혼랑 갈평과 백의남학 설중교, 종남광도 도굉이 낯선 사람들처럼 서로 외면한 채 주저앉아 있었다.

양존의 한숨에 감염된 듯 일제히 내쉬는 깊은 숨소리에 땅이 요동을 칠 정도였다.

그 소리가 소걸의 귀에까지 들렸으니 당 노인이 듣지 못했을 리가 없다. 하지만 콧노래를 흥얼거릴 뿐 반응하지 않았다.

지금 뒤따라오고 있는 자들은 확실히 불선다루의 추괴성 등과는 다른 분위기를 갖고 있었다.

굳이 표현하자면 익숙하지 않은 껄끄러움이라고 해야 할 텐데, 소걸은 그 점이 마음에 들지 않았다.

추괴성과 막세풍 등은 마두라고 불리는 만큼 무언가 살벌하고 음침한 기운이 있었다.

하지만 그것 때문만이라면 소걸이 그들을 좋아할 리가 없다.

그들에게는 공통적으로 멍청하기까지 한 어떤 단순함이 감추어져 있었다.

그게 처음에는 무섭고 끔찍했다가 나중에는 그들이 좋아지게 된 결정적인 요소였다.

그런데 음양쌍존 등에게서는 그 단순 멍청함이 보이지 않았다. 오히려 추괴성 등보다 더 무지막지한 기세와 살벌함만 느껴진다.

그걸 느끼면 느낄수록 부담스럽고 꺼림칙했다.

그래서 소걸이 다시 투덜거렸다.

"대체 언제까지 이렇게 꼬리를 달고 다닐 작정이세요?"

"모르지."

"한 달 뒤에는 할머니를 만나야 하는데, 그러면 할머니가 화가 나서 할아버지를 막 때릴지도 몰라요."

"어허, 그건 무섭겠다."

"그러니까 그만 돌려보내세요."

"인정이라는 게 있지. 저희들이 좋아서 한사코 따라오는데 어찌 야박하게 쫓아버리누?"

인정이라는 그 말에 소걸이 피식 웃고는 할아버지의 가슴을 가리키며 다시 말했다.

"그들이 할아버지가 좋아서 따라오겠어요? 그 비급 때문에 그러는 거지."

거기에는 양존이 두 손으로 받들어 올린 초대 마교의 진경이자 강호 제일의 보물인 무상광명신공 비급이 있었다.

겉으로는 종남파의 도경인 척하고 있었지만 당 노인은 금방 그 정체를 알아보았다.

음양쌍존 등은 그 비급에 대한 미련이 남아 있어 저렇게 쫄래쫄래 뒤따라오고 있는 중이었다.

저희들 딴에는 훔쳐 내거나 강탈해 갈 기회가 오기만을 바라고 있을 것이다.

"커흠."

헛기침으로 멋쩍음을 감춘 노인이 짐짓 근엄한 얼굴을 하고서 말했다.

"그리고 너는 아직 그놈과 싸우지 않았잖아."

"뭐라고요?"

"낮짝에 금 간 놈 말이다. 내가 그랬지? 너는 그놈과 싸워서 이겨야 한다고."

추혼랑 갈평을 말하는 것이다.

소걸의 얼굴이 금방 새파랗게 질렸다.

"말도 안 돼요!"

"흘흘, 내가 된다면 되는 거야."

"내가 뭐 할아버지 같은 줄 아세요?"

"그래도 내가 이긴다면 이겨."

"에휴—"

대체로 노인들은 한 번 고집을 부리기 시작하면 막무가내인 법이다. 그걸 꺾을 수는 없다.

이제는 소걸의 한숨도 음양쌍존 등의 그것과 닮아갔다.

어쩌면 노인은 야생의 수련법을 택한 건지도 모른다.

호랑이는 새끼가 아직 굴속에서 재롱을 떨 때 다 자란 너구리를 붙잡아 넣어준다지 않던가.

살기 위해서 필사적으로 덤벼드는 너구리를 상대로 싸움 연습을 하면서 범 새끼는 사냥의 기술을 습득해 간다.

하지만 그렇게 생각하기에 갈평은 너무 크고 지독한 너구리였다. 어쩌면 호랑이 새끼를 물어 죽이고 달아날지도 모른다.

그런 것을 생각이나 하는 건지 어쩐지, 당 노인이 무심한 얼굴로 덧붙였다.

"낮짝에 금 간 놈뿐만 아니라 저놈들 모두가 너의 좋은 스승이 되어줄 게야. 추괴성이나 강명명, 천종 등과 같이 말이다."

"에, 할아버지는 벌써 알고 계셨군요."

멋쩍어진 소걸이 혀를 내밀었다.

추괴성 등이 자기에게 두어 가지씩의 초식을 가르쳐 준 건 비밀이었다.

염 파파나 당 노인이 알면 벼락이 떨어질까 봐 그들이 절대로 비밀을 지키게 했던 것이다.

하지만 할아버지가 훤히 알고 있으니 할머니도 그럴 것이다.

그러면서도 그들에게는 한마디도 내색하지 않았다.

짐짓 모르는 척해준 건 두 노인의 생각이 같았기 때문일 것이다.

'그렇디먼 니쁘지민은 않지.'

소걸이 엉뚱한 생각을 품었다.

무공 배우기를 열망하는 소년 아니던가.

할아버지와 할머니가 제대로 된 무공을 가르쳐 주지 않는 게 서운하고 속상해서 삐친 적이 한두 번이 아니었다.

때로는 원망도 하고, 서운해서 엉엉 울기도 했다. 그러다가,

'흥, 좋아요. 그렇다면 다른 사람들한테서 배우고 말지, 뭐.'

이런 오기가 발동한 게 오 년 전이었다.

그때부터 기회가 생기는 대로 가리지 않고 이것저것 주워 배웠다.

잡다하고 흔해빠진 시시한 무공 초식들이었지만 그걸 열심히 배우고 익히는 걸로 당 노인과 염 파파에게 시위한 것이다.

한심하게 여겨지면 직접 나서서 가르쳐 줄 거라고 생각했지만 두 노인은 보고도 못 본 척할 뿐 신경조차 쓰지 않았다.

그 덕에 소걸은 무려 이십여 개의 서로 다른 무공 초식들을 나름대로 뒤섞어서 저만의 독특한 체계를 잡아가고 있었다.

물론 그 자신도 허접한 무공 초식들이 제 안에서 그렇게 진화해 가

고 있다는 건 몰랐다. 그냥 자연스런 현상으로 여길 뿐이다.

그러던 중에 추괴성과 천종, 강명명 등으로부터 비로소 절기라고 할 수 있는 제대로 된 무공 초식들 몇 가지를 배웠다.

소걸의 안목은 그 일로 두어 단계나 뛰어올랐고, 몸에 배어 있던 삼류의 초식들도 그렇게 되었지만 역시 그것도 알지 못했다.

무공에 관한 한 그의 흡수력은 유사 이래 그런 적이 없었다고 할 만큼 대단하다.

마른 솜이 물을 빨아들이고 자석이 쇳가루를 끌어당기는 것처럼 가르침을 받는 족족 남김없이 흡수해 버리는 기이한 신통력이 있다.

할아버지의 말을 듣고 난 지금, 그 신통력이 소걸을 자꾸 충동질했다.

그래서 맛있는 음식을 바라보듯 음양쌍존과 갈평 등을 힐끔힐끔 훔쳐본다.

그들에게서 새로운 초식을 한껏 우려낼 생각만 해도 벌써 가슴이 쿵쾅거리며 뛰었다.

2

천탕산을 넘어 촉도를 바라보는 곳에 이르렀을 때쯤 날이 저물었다.

마을을 한참 지나쳐 왔으니 마땅히 묵을 곳을 찾아볼 수 없었다.

더 가면 다른 마을이 나올지 모르나 산중의 밤은 갑작스럽게 깊어졌으므로 사위가 이미 칠흑처럼 어두워져 있었다.

망설이던 당 노인이 뒤를 돌아보고 손짓했다.

"너, 이리 와봐."

"저 말인가요?"

나란히 서 있던 설중교와 갈평이 동시에 제 코를 가리키며 물었다.

"조금이라도 젊은것이 와야지, 수염 허연 늙은 것이 와서야 쓰겠어?"

그 즉시 갈평이 바람처럼 달려와 당 노인 앞에 우뚝 섰다.

싸늘하고 무표정한 그의 얼굴은 경직되어 있었다.

"얼마나 더 가야 마을이 있을 것 같으냐?"

"잔도를 지나 검각을 넘을 때까지는 없지요."

"뭐시라?"

하루종일 더 가야 마을이 나타난다는 얘기였다.

당 노인의 허연 눈썹이 꿈틀했다. 그 순간 갈평의 가슴이 철렁 하고 떨어졌음은 물론이다.

육십 년 전에는 검각에 이르기 전에 두어 개의 마을이 있었는데, 그새 다 없어진 모양이다.

세월이 지날수록 마을이 번창해야 살기 좋은 세상이다.

그런데 그렇지 않은 걸 보니 지금 세상 인심이 어떻게 돌아가고 있는지 절로 알아진다.

한숨을 쉰 당 노인이 푸념처럼 중얼거렸다.

"옛날이 좋았어. 젊은것들이야 지금이 다인 것처럼 시시덕거리며 으스대고 미래를 어쩐다느니 하고 떠들지만 나이 들어보면 알 거야. 옛날이 훨씬 좋았다는걸."

"……."

동의하지 않는다. 갈평은 아직 젊기 때문이다.

"가서 하룻밤 이슬 피할 데가 있는지 찾아보고 와라."

당 노인이 귀찮다는 듯 손을 내저었다.

달이 밝고 바람이 선선하다.

가만히 앉아 있으니 자글자글거리는 풀벌레 울음소리가 개울물 흐르듯하고, 머리 위에서는 별똥별이 떨어진다.

내일은 검각을 넘을 것이다. 그러면 그리운 본향, 당문의 보(堡)가 거기 있다.

무련(武連) 북쪽, 청학봉(靑鶴峰)과 백원봉(白猿峰) 사이의 깊은 골짜기에 각원사(覺苑寺)라는 오래된 절이 있는데 당가보(唐家堡)는 그 곁에 있었다.

성도에도 당문이 있다. 하지만 그곳은 당가의 식솔들이 모여 사는 장원에 지나지 않다. 살림집인 것이다.

강호에서 알고 있는 당문의 힘은 바로 그곳, 검각제일관을 머리 위에 두고 있는 깊은 골짜기 속에 들어 있는 당가보에 있다.

"그곳은 아직 거기에 잘 있겠지."

당 노인의 중얼거림에 쓸쓸함이 묻어났다.

'과연 나를 알아보는 자가 있기나 할지……'

하는 생각과 함께, 세상에서 완전히 지워 버렸던 지난 육십 년의 세월이 이 어둠만큼이나 깊은 무게로 그의 어깨를 눌렀다.

후회는 하지 않았다.

의형 장풍한의 죽음을 생각하고, 지금까지도 한결같이 아끼고 사랑하는 홍염마녀 염빙화를 생각하면 아릿한 아픔과 간절함이 있을 뿐이다.

하지만 내일이면 당문에 돌아가게 된다는 그 설렘이 지금은 당 노인을 초조하게 만들고 있었다.

반 시진쯤 그렇게 지났을 때 휙, 하는 바람 소리와 함께 갈평이 불쑥
나타났다.

"오 리쯤 위에 낡은 사당이 한 곳 있습니다."

"그래? 그럼 가야지."

당 노인이 가슴을 무겁게 하던 상념을 떨치고 일어섰다.

가파른 비탈, 우거진 삼나무 숲 속에 숨 듯이 서 있는 사당은 잡초가
무성하고 음산했다.

옛날에는 향화객이 끊이지 않았을 텐데, 주변의 마을이 사라져 버린
뒤부터는 인적이 끊겨서 버려진 헛간처럼 변했다.

공명을 모신 승상당(丞相堂)이다.

촉도에서 한중에 이르기까지 곳곳에는 공명을 모신 신당들이 있었
다. 그는 이곳에서 신으로 추앙받는 존재가 되어 역사의 한 자락을 깔
고 앉아 있는 것이다.

거미줄이 주렴처럼 늘어진 신당 안에는 공명의 낡은 초상과 위패,
향로 등이 아직 남아 있었다.

대충 제단의 먼지를 털어낸 다음 향을 피워 경배하고 각자 자리를
찾아 앉았다.

아무도 입을 열지 않았다.

신당 안에 남아 퀴퀴한 냄새로 떠돌고 있는 세월의 더께처럼 답답한
침묵이 이어졌다.

저마다의 상념이 얼마나 깊으면 그렇게 될까 싶을 만큼 무겁고 지루
한 시간이 물 흐르듯 흘러갔다.

조는 듯 지그시 눈을 감고 앉아 있던 당 노인이 번쩍 눈을 떴다. 한

줄기 맑고 강렬한 신광이 쭉 뻗어나가 허공을 태웠다.

"지금 해보자."

뜬금없는 말에 모두가 어리둥절해서 바라보았다.

소걸만이 꾸벅꾸벅 졸고 있을 뿐이다.

"일어나라!"

당 노인의 낮은 꾸짖음.

소걸이 그것보다는 허벅지를 꼬집는 할아버지의 아픈 손길에 깜짝 놀라 눈을 떴다.

"싸울 때가 되었느니라."

"예?"

"가서 싸워. 무찔러 버려라!"

여태까지와는 다르게 엄숙하다.

할아버지가 이럴 때는 그저 순종하는 게 약이라는 걸 소걸은 잘 알고 있었다.

놀리고 농담할 때와 그렇지 않을 때가 있는데, 지금의 할아버지는 그렇지 않을 때다.

소걸이 벌떡 일어섰다.

모두들 무슨 일인가 싶어서 어리둥절한 얼굴로 빤히 바라본다.

뚜벅뚜벅 걸어간 소걸이 추혼랑 갈평 앞에 우뚝 섰다.

입술을 꼭 깨물고 낯빛이 창백하게 질려 있지만 결연한 의지로 눈빛이 번쩍였다.

"싸우겠어."

"응? 뭐라고 했느냐?"

소걸의 당돌한 말에 갈평이 멍한 얼굴이 되어 바라보았다.

두 주먹을 땀이 나도록 움켜쥔 소결이 한자한자 힘주어 다시 말했다.

"나는 당신과 싸우겠어."

"허—"

어이가 없으리라.

입을 딱 벌리고 기막혀 하던 갈평이 휘딱 당 노인에게로 눈길을 돌렸다.

이글거린다. 살기마저 띠고 있는 지독한 눈빛이 쏘아졌다.

"나를 모욕하려는 것입니까?"

어금니 사이로 스산하게 말했다.

한 줌 혈수가 되어 녹아 없어질지언정 모욕은 견딜 수 없다.

상대가 아무리 천하제일의 고수요, 기인이라고 해도 그렇다.

칼 한 자루에 의지해서 자유롭게 살아온 자신의 존재를 모욕하고 짓밟을 수는 없는 것이다.

차라리 목을 내줄지언정 그것을 참아 넘길 수 없다.

그런 갈평의 단호한 의지를 물끄러미 바라보던 당 노인이 흐흐, 웃었다.

"분하냐?"

"갈평은 죽이는 걸 꺼려하지 않듯이 죽는 것도 두려워하지 않습니다."

"죽이지도 말고 죽지도 말거라."

"예?"

"네가 지닌 재주로 저놈을 때려줘 봐. 내 마음을 흡족하게 한다면 상을 주마."

"추혼랑 갈평이 고작 어린 소년을 상대로 싸울 것 같습니까?"

"너는 해야 해."

거기서 갈평이 벌떡 일어섰다.

칼자루를 움켜쥐고 어깨를 늘어뜨린 채 매섭게 당 노인을 노려보며 소리쳤다.

"나는 차라리 노선배와 싸우겠소!"

그를 노려보는 당 노인의 이글거리는 눈에 노여움이 떠올랐다.

단번에 죽여 버릴지 말지 고민하는 기색이 역력하지만 갈평은 이를 악물고 노려볼 뿐 더 이상 두려워하지 않았다.

죽으면 되지 않겠느냐, 하는 악에 받친 것이다.

그러나 그는 아직 당 노인을 모르고 있다고 해야 한다. 그뿐만 아니라 모두가 그렇다.

저마다 절기를 지니고 있으며, 강호에서 쟁쟁한 명성을 얻었다.

자신들의 무예에 대한 자부심이 있으므로 당 노인을 두려워는 하지만 진심으로 굴복하지는 않고 있었다.

그가 아무리 천하제일의 고수라고 해도 나를 죽이려면 쉽지 않을 거라는 생각들을 품고 있는 것이다.

하지만 그들은 크게 착각하고 있었다.

당 노인이 올라서 있는 무공의 경지는 이미 도에 접근해 있다.

소걸에게 저 하늘 높이 떠 있는 매를 가리키며 그게 염 파파와 자신의 모습이라고 했듯이, 까마득히 높은 곳에서 강호를 내려다보는 경지에 다다라 있었던 것이다.

차원이 다른 곳에 머물러 있는 사람이라고 해야 하리라.

그들이 상상할 수 있는 것보다 훨씬 저 멀리에 있는 사람.

그게 당 노인과 염파파였다.

추괴성 등은 일찍이 그것을 느끼고 알아보았다. 그래서 진심으로 감복하고 두려워했다.

그들이 갈평 등보다 더 뛰어나고 똑똑해서가 아니다.

그들에게는 내가 최고라는 아집이 없기 때문이다.

강한 자에게 굴복하고 약한 자를 밟아주는 생리에 젖어 있기 때문인지도 모른다.

그래서 본능적으로 알아본 것이라면, 갈평 등은 그렇지 않았다.

그를 지그시 쏘아보는 당 노인의 눈 깊은 곳에 언뜻 조소가 스쳐 갔다.

'이런 놈들은 어떻게 다루어야 하는지 잘 알지.'

무지막지하게 짓밟아 버리지 않으면 죽어도 제 고집을 버리지 않는다.

어설프게 건드렸다가는 오히려 손가락을 물리고 말리라.

그렇다고 통쾌하게 죽이는 것은 그가 원하는 걸 해주는 짓밖에 되지 않는다.

상상조차 할 수 없는 큰 힘으로 단번에 그 높은 자존심을 남김없이 까부수어 버려야만 한다.

히죽, 차가운 비웃음을 흘리던 당 노인이 퍽, 하고 꺼져 버렸다.

3

갈평은 이를 악물었다.

'여기서 죽으리라!'

그런 지독한 마음이 두려움을 쫓아버렸다.

그는 강호에 이름을 날리는 무적의 도객인데, 특히 쾌도(快刀)의 솜씨가 뛰어나 일절로 꼽혔다.

이 한 번으로 살고 죽는 걸 결정짓겠다는 비장한 각오를 하자 온몸에 투지와 전의가 넘쳐 났다.

그것이 고스란히 참룡도(斬龍刀)라고 불리는 그의 보도(寶刀)에 실렸다.

핑—

찰나를 열, 백으로 쪼갠 순간이다.

보이지 않는 칼.

그것이 와락 덮쳐 오는 당 노인을 향해 내려친 그의 칼이다.

아무것도 그 맹렬함을 견디지 못할. 것이고, 아무것도 그 쾌속함에 비교될 수 없을 것이다.

그것이 당 노인의 정수리에 박혔다.

아니, 한줄기 서늘한 기운과 한가닥 번쩍이는 번갯불이 그대로 꽂혀든 것이라고 해야 하리라.

단 한 번의 칼.

발도(拔刀)가 곧 직격(直擊)이 되어버리는 무시무시한 칼이다.

"앗!"

소걸이 놀라 비명을 터뜨렸다.

할아버지가 그 칼 아래 두 쪽이 나버릴 것 같았다.

땅!

급하고 맑은 쇳소리가 한 번 들렸다.

아직 모두의 귓전에는 윙윙거리는 칼바람 소리가 맴돌고, 모두의 눈에는 내리 꽂히는 그것의 잔상이 남아 있는데, 피와 죽음이 없다.

"……!"

지켜보던 자들이 눈을 부릅떴다.

부러진 칼이 흰 빛을 뿌리며 허공을 나는 게 언뜻 보였다.

윙윙거리는 바람 소리를 비명처럼 토해놓으며 빙글빙글 돌고 있다.

픽!

그것이 맞은편 벽에 깊이 박혀 부르르 떨었다. 그리고 갈평이 와르르 무너졌다.

손에 쥐고 있는 반 토막의 검이 덧없이 떨어져 구른다.

뗑그랑—

그 소리가 천둥소리처럼 모두의 가슴을 두드렸다.

도대체 어떻게 된 건지, 왜 저렇게 되었는지 알아본 사람이 아무도 없었다.

당 노인은 어느덧 원래의 자리로 돌아가 처음의 모습 그대로 태연히 앉아 있을 뿐이다.

그는 움직인 것 같지 않았다.

그렇다면 헛것을 보았단 말인가?

하지만 부러진 보도와 사지를 활짝 벌리고 자빠져 있는 갈평은?

사람들의 혼란한 머리 속에 그때까지도 허공에 떠돌고 있는 칼바람 소리가 윙윙거리며 파고들었다.

갈평은 죽지 않았다. 반듯이 누운 채 눈을 뜨고 멍하니 곧 무너질 듯한 서까래를 바라보고 있을 뿐이다.

무거운 침묵.

그 속에서 사람들은 갈평의 싸늘한 뺨을 타고 천천히 흘러내리는 한

방울의 눈물을 보았다.

그가 운다.

도살귀로 불리는 지독한 사내.

얼음장보다 더 차갑고 나찰보다 더 악독하다는 자.

그 추혼랑 갈평이 소리없는 울음을 울고 있다.

이제 갈평은 알게 되었다. 제가 상대했던 당 노인이 어떤 존재인지. 그의 무공이 어떤 경지인지.

사람으로서 상상하고 넘볼 수 있는 한계점에 서 있는 유일한 존재.

그게 갈평의 눈에 비로소 보인 것이다.

그래서 그는 울고 있었다.

분해서 흘리는 눈물이 아니다.

수치를 견딜 수 없어서 쏟아지는 눈물이 아니다.

그는 무어라고 말할 수 없는 벅찬 어떤 감흥을 느꼈던 것이다.

죽어가는 순간에 불쑥 찾아온다는 뜨거운 희열 같은 것이기도 했고, 숨이 끊어지는 그 순간에 보인다는 이계(異界)의 황홀함에 취한 것이기도 하다.

방금 당 노인의 손가락 하나가 보여주었던 그 강렬함, 그리고 완벽함.

그것이야말로 갈평 자신이 목숨을 걸고 찾아다니던 무(武)의 절대 경지였다.

자신의 평생을 걸고 오직 무도의 끝을 보기 원했던 사내.

그는 그것을 당 노인의 손가락에서 보았다.

그 황홀함이 감격이 되었고, 분하고 슬픈 모호한 감정 속으로 그를 빠뜨렸다.

그건,

'왜 내가 아니고 당 노인이어야 하는가. 왜 그 경지를 내가 아닌 남에게서 보아야 하는가!'

하는 질투이면서 허탈함이기도 했다.

자신의 일격은 여태까지 뽑아 쳤던 그 어떤 칼과도 비교할 수 없을 만큼 맹렬하고 빨랐다. 그래서,

'내가 원하던 궁극의 경지가 바로 이것이다!'

하고 소리칠 만큼 기쁨에 사로잡히기도 했다.

찰나에 스쳐 간 그런 감동은 당 노인이 가볍게 뻗어낸 손가락 하나로 인해 무참하게 부서져 버렸다.

칼이 정수리로 파고들기 직전의 그 짧은 순간을 어떻게 표현해야 할까.

당 노인의 손가락은 그 짧은 순간을 억겁의 시간으로 늘려 버리기라도 하는 것 같았다.

가볍고 유쾌하게 뻗어 나온 손가락.

그것이 칼몸을 한 번 튕겼다.

노인이 보여준 건 그게 다였다.

그리고 갈평은 평생 처음 느껴보는 어마어마한 충격에 부딪쳤다.

항거할 수 없는 힘에 붙잡혀 버린 것처럼 숨이 콱 막히고 의지와 기력이 산산이 흩어져 버렸던 것이다.

그 놀람 때문에 그의 의지를 떠났던 육신이 서서히 그의 것으로 다시 돌아왔다.

갈평이 천천히 몸을 일으켰다.

무기력해진 손을 들어 눈물을 훔치더니 무릎을 꿇는다.

"허어—!"

사람들은 말을 잃었다. 무어라고 말한단 말인가.

추혼랑이면서 도살귀라는 갈평이 무릎걸음으로 다가가는 것을……

"종이 되기를 원합니다."

그가 당 노인 앞에 머리를 조아렸다.

평생 처음 패배했고, 평생 처음 다른 사람 앞에 이렇게 머리를 조아리는 것이다.

"저의 오만이, 저의 자부심과 자존심이 얼마나 덧없고 하찮은 것이었는지 알았습니다. 이제야 눈을 크게 떴으니 비로소 세상을 보게 된 갓난아기처럼 새롭게 되었습니다."

"흘흘, 종이 되겠다고? 고달플 텐데?"

"곁에서 느끼고 배울 수만 있다면 육신이 찢기는 고통도 기쁨일 것입니다."

결연하고 단호하며 거짓없는 의지와 마음이 보인다.

빙긋 웃은 당 노인이 턱으로 소걸을 가리켰다.

"이제 싸워보겠느냐?"

밖으로 나가 희미한 달빛이 비치는 뜰에 마주 섰다.

무릎을 덮은 무성한 잡초들이 바람에 흔들린다.

갈평은 부러진 보도 대신 칼집을 들었고, 소걸은 마른 나무토막 한 개를 주워 들었다.

"재주껏 쳐들어와라."

갈평이 눈빛을 번쩍이며 말했다.

그는 노인이 무엇을 원하는지 비로소 짐작할 수 있게 되었다.

소걸에게 가르쳐 주라는 것이다.

누구에게 무엇을 가르쳐 준다는 건 아직까지 한 번도 생각해 본 적이 없는 갈평이었다.

싸우기 위해 마주 섰으면 죽이거나 죽을 뿐 사정을 봐준다거나 한 수 가르쳐 준다는 따위의 사치스런 감정은 가지고 있지 않았다.

하지만 지금은 사정이 다르다.

갈평은 이왕 가르쳐 줄 거면 저의 그런 생각과 각오를 먼저 가르쳐 주어야 한다고 여겼다.

사정 따위는 봐주지 않는다.

죽음의 공포를 맛보게 하리라.

그것을 이겨내는 것부터 배워야 하는 것이다.

초식은 그 다음의 일이다.

그가 발끝으로 조금씩 미끄러졌다.

다가온다.

갈평의 번쩍이는 눈빛이 아주 조금씩 가까워지고 있다.

소걸에게 그건 처음 맛보는 두려움이었다.

이를 악물었다.

소걸은 저를 노려보는 갈평의 차갑고 이글거리는 눈 속에서 적의와 살기를 읽었다.

불선다루의 후원, 백림향 뜰에서 자신을 노려보던 팔검이라는 자의 눈빛이 그랬다.

그것을 떠올리자 눈앞의 갈평은 사라지고 팔검의 적의 가득한 얼굴이 불쑥 다가왔다.

소걸은 한시도 그때의 일을, 그 치욕과 분노를 잊어본 적이 없었다.

금검보의 옥룡팔검수(玉龍八劍手)라는 자들에 대한 증오가 되살아나 증폭된다.

난간 위에서 백의녀 곁에 붙어선 채 싸늘한 조소를 띠고 비웃던 용문검(龍紋劍) 상관청(上官靑)이라는 자.

옥룡검대의 대주라는 그자의 비웃음이 불길이 되어 가슴을 태운다.

이제는 소걸의 눈 속에도 이글거리는 불길이 담겼다. 분노와 적의가 생생하게 살아나 쏟아진다.

그것을 느낀 갈평이 밀어내던 발끝을 우뚝 멈추었다. 한쪽 볼이 씰룩거리고 입가에 얇은 비웃음이 걸린다.

그게 기어이 소걸의 분노를 폭발시켰다.

갈평은 사라지고 팔검이, 상관청이, 빙궁의 소궁주라는 백의녀가 비웃고 있는 것이다.

"이얍!"

소걸이 끓어 넘치는 적의와 분노를 한순간 터뜨리며 힘껏 땅을 박찼다.

씨잉—

날카로운 바람 소리와 함께 몽둥이가 허공을 갈랐다.

그 순간, 그것이 흘러든 소걸의 진력을 한껏 싣고 우웅— 하는 울음을 토했다.

갈평이 흠칫 놀라 눈을 크게 떴다.

갈평과 마주 선 순간부터 소걸은 할머니에게서 배운 월보강의 내공 심법을 운기하고 있었다.

그에 따라 일어선 기운이 넘칠 듯 부풀어 올랐는데, 몸을 날린 것과 동시에 그것을 한 바퀴 돌려 나무토막에 밀어 넣은 것이다.

그러자 막힘없이 흐르는 진기가 그의 뜻대로 손을 타고 뻗어나가 나무토막으로 흘러들었다.

그것이 발전하면 검기(劍氣)를 운용하는 운기의 비법이 된다.

소결은 뜻하지 않게 그 비결을 알아버린 것이다.

그 운기법은 누구도 가르쳐 준 적이 없다.

소결은 분노가 터진 순간에 할아버지가 귓속말로 전해주었던 은하비의 운기법대로 진기를 이끌었는데, 미처 의식하지 못한 일이었다.

원래의 은하비가 또 다른 형태의 운기 비법이 되어 다시 태어나고 있는 순간이다.

은하비는 이끌어 모은 진기가 손가락에서 뻗어 나와 던져 낸 암기와 나를 하나로 묶는 것이다.

소결은 그 대신 제 손을 통해 뿜어낸 진기를 나무토막에 응집시켰다.

은하비의 운기법이되 또 다른 무엇으로 변해 버린 그것.

아직 이름도 얻지 못한 그것이 나무토막을 무쇠덩이보다 단단하게 만들었다.

【第五章】

제삼의 세력

1

"밥을 주랴?"

"흥!"

"고기는 어때? 네가 좋아하는 잉어 튀김은?"

"쳇!"

"저기 좀 봐라. 저 산이며 골짜기가 정말 아름답지 않니?"

"실컷 구경하세요!"

"고촉잔도(古蜀棧道)를 넘어올 때 기분이 어땠어? 짜릿했지?"

"아, 시끄러워요!"

당 노인이 무슨 말을 해도 소걸은 화가 풀어지지 않았다.

얼굴에 든 시퍼런 멍이며 터져서 아직도 퉁퉁 부어올라 있는 입술이 애처롭다.

"쯧쯧, 아프겠구나. 할애비가 좀 만져 줄까?"

소걸이 당 노인의 손을 매몰차게 뿌리치고 소리쳤다.

"제기랄! 그놈의 잔도는 왜 그렇게 튼튼한 거야? 쪼개져서 확 떨어져 죽어버리면 좀 좋았겠어?"

"응? 무슨 소리냐? 네가 죽으면 할미랑 할애비는 무슨 낙으로 살라고. 다시는 그런 소리 하지 마라."

"흥! 얻어터져서 낯짝이 복 두꺼비 등짝처럼 되는 건 보기 좋고 기분 좋은 모양이지요?"

"흘흘, 그거야 네 실력이 모자라서 그런 거니 누굴 탓하겠어?"

"흥! 흥! 할머니에게 죄다 일러줄 테니 두고 봐욧!"

"에그, 에그, 무섭구나."

그러면서도 당 노인은 실실 웃음을 흘렸다.

고촉잔도는 광원(廣元) 북쪽의 명월협(明月峽)에 걸려 있는 마루판이다.

깎아지른 듯한 절벽에 지지대를 박아놓고 나무판을 걸쳐 놓았으므로 아슬아슬하기 짝이 없다.

한 사람이 겨우 지나갈 정도밖에 되지 않는 잔도 아래는 끝이 가물가물한 천애의 절벽이다.

잠깐 한눈이라도 팔다가 발을 헛디뎠다가는 그대로 굴러 떨어져 살과 뼈가 산산이 흩어져 버릴 것이다.

그 잔도를 건너는 데는 무공의 고수와 하수가 다 필요 없다. 모두 진땀을 흘리며 조심조심 제 발끝만 보고 천천히 나아갈 뿐이다.

그런데 소걸은 성난 망아지처럼 펄쩍펄쩍 뛰었다. 나무판이 부서지고, 지지대가 부러져 버리기를 바라는 사람 같았다.

당 노인과 추혼랑 갈평 등이 큰 소리로 주의를 주어도 막무가내였다.

떨어져 죽어버리겠다고 작정했다면 그냥 뛰어내리면 될 일인데, 쿵쾅거리며 나무판을 굴러대니 아마도 다 같이 떨어져 죽자는 심보인지도 몰랐다.

그래서 모두는 오십여 장쯤 되는 잔도를 그렇게 가슴 졸이고 진땀을 흘리며 건넜다.

하지만 무사히 지나온 게 그렇게 억울한 모양인 듯 툴툴거리는 소걸의 얼굴이 볼 만했다.

온몸에 든 멍은 보이지 않으니 다행인데, 이 모든 게 갈평 때문이었다.

어젯밤의 일이다.

소걸의 나무토막이 살기를 띠고 씽씽거리며 종횡으로 떨어졌지만 갈평의 머리카락 하나 건들지 못했다.

매번 그의 칼집에 두드려 맞고, 발길에 걸어차이고, 주먹에 볼통이를 쥐어 박혀 나뒹굴었을 뿐이다.

그래도 항복하지 않고 소걸은 제가 지닌 재주를 모두 내쏟았다.

뼈가 부러지고 살이 으깨져도 그를 그만두게 할 수 없을 것 같아서 나중에는 갈평이 땀을 다 흘렸을 정도였다.

죽어야 끝나거나 제 뜻대로 갈평을 흠씬 두드려 패야만 끝날 것 같았다.

호되게 얻어맞고 몇 번이나 기절했는지 모른다.

그래도 제정신이 돌아오면 다시 벌떡 일어나 몽둥이를 휘두르며 달려드는 데에는 갈평뿐 아니라 구경하던 사람들이 모두 혀를 내둘렀다.

순박하고 천진스러워 보이는 소년의 어디에 저렇게 지독한 악바리 근성이 숨어 있는 건지 믿을 수 없기도 했다.

소걸이 그렇게 대단했다면, 그를 상대하는 갈평도 그 못지않았다.

어지간하면 당 노인의 눈치를 봐서라도 대충 몇 대 맞아주고 끝내거나 살살 달래서 몇 가지 재주를 가르쳐 주고 끝낼 텐데 갈평은 그러지 않았던 것이다.

누가 더 근성이 있고 누구의 뚝심이 더 지독한지 해보자는 듯 매번 소걸을 후려치고 걷어차고 두들겨 팼다.

그 앞에서 소걸은 죽음의 공포를 느껴도 몇 번이나 느꼈으리라.

하지만 소걸은 절대로 항복하지 않았다.

엉엉 울면서도 이를 박박 갈아대며 몽둥이를 휘두르고 주먹을 내질렀다.

그래 봐야 돌아오는 건 갈평의 떡메 같은 주먹일 뿐이라는 걸 뻔히 알 텐데도 그치지 않았던 것이다.

저러다가 죽어버리는 건 아닐까? 하는 걱정이 모두에게 들었다.

그렇게 되면 당 노인이 어떤 벼락을 내릴지 몰라 두려웠지만 갈평은 야속하게도 주먹질에 조금의 사정도 봐주지 않았다.

기어이 소걸이 쓰러져 길게 누웠다. 완전히 정신을 잃어버린 것이다.

"수고했다."

당 노인의 그 한마디가 너무나 뜻밖이라 갈평조차도 어리둥절해졌다.

"할미나 나는 저놈에게 너처럼 할 수가 없어. 그래서 아직까지도 응석받이라 걱정이 태산이었지."

당당한 어른이 되는 훈련을 시켜야 할 텐데, 눈에 넣어도 아프지 않을 만큼 귀엽고 사랑스럽기만 하니 차마 꾸짖지도, 모질게 매질을 하지도 못했던 것이다.

그 일을 갈평이 속 시원하게 해주었다.

물론 그걸 지켜보는 당 노인의 가슴이야 찢어질 듯 아팠다. 당장 인정머리 없는 갈평, 저놈을 갈가리 찢어 죽이고 싶기도 했다.

하지만 그래서는 영영 소걸에게 강호의 매운맛을 보여줄 수가 없다.

언제까지 치마폭에 감싸서 데리고 살 수 있을 것인가.

당 노인은 자신의 천명이 나해간나는 길 잘 알고 있었다. 엄 파파 역시 그럴 것이다.

곧 껍질을 벗어버리고 선계로 훨훨 날아오를 텐데, 그럼 혼자 남은 소걸은 어떻게 될 것인가.

내가 할 수 없으니 남의 손을 빌어서라도 독하고 강한 놈으로 만들어줄 수만 있다면 대성공이다.

당 노인이 굳이 소걸을 데리고 이처럼 길을 나선 데에는 바로 그와 같은 속셈이 있었다.

할아버지와 할머니에게 의지하지 않고 제 스스로 운명을 당당히 헤쳐 나갈 수 있는 사내가 되도록 틀을 잡아주는 것이다.

소걸이 쓰러져 다시 일어나지 못하자 당 노인이 애써 웃으며 갈평을 손짓해 불렀다.

"이리 오너라. 약속대로 상을 주마."

그를 신당 안으로 데리고 들어간 노인은 음양쌍존에게서 빼앗은 도경을 꺼내 들었다.

잡다한 경구는 다 필요 없고, 구절과 구절 사이에 교묘하게 숨겨져

있는 무상광명신공의 구결들을 아주 쉽게 찾아내더니 그중 갈평에게
어울릴 한 구절을 들려주고 해설해 주었다.

갈평은 미칠 듯 기뻐했다.

노인이 해설해 들려준 것은 하나의 원리이고 무예의 이치였다.

여태까지 배워왔던 그 어떤 것보다, 스스로 깨달았다고 여겼던 그
어떤 경지보다 월등히 높은 곳에 있는 것이었다.

갈평은 머리 속에 가득했던 안개가 활짝 걷히고 밝은 태양이 찬란하
게 빛나는 것 같은 희열을 맛보았다.

권장을 장기로 하는 자가 그 구결을 들었다면 새로운 권법의 절기를
만들어낼 것이고, 검을 쓰는 자가 들었다면 절정의 검법이 하나 탄생할
것이다.

원리와 이치란 그런 것이다.

갈평은 도객답게 그것을 제 칼에 적용시켜 생각했다.

그러자 단지 생각만으로도 그의 칼은 지금까지보다 몇 배는 더 무서
워졌다.

조금 더 깊이 수련한다면 무서움을 넘어서 도의 경지에 이르게 될지
도 모른다.

어째서 무상광명신공이 천하제일의 보물로 손꼽히고 강호의 무리라
면 목숨을 걸고서라도 그것을 얻으려 하는지 이해가 되었다.

갈평에게 그것은 기연 중에서도 기연을 얻은 거나 다름없었다.

그러한 것을 안 음양쌍존과 백의남학 설중교, 종남광도 도굉은 부러
움을 넘어 질투마저 느꼈다.

그래서 그들은 더욱 당 노인 곁을 떠나지 못했다. 사탕을 얻으려는
아이들처럼 얼굴을 부드럽게 하고 눈빛을 공손하게 하면서 애태우고

있는 것이다.

갈평에게 찾아온 행운이 어쩌면 저희들에게도 오지 않을까? 하는 희망을 품었으리라.

고촉잔도를 무사히 지난 그들은 느릿느릿 걸어 명월협을 지나 천불애(千佛崖) 건너의 황제사(皇濟寺)까지 왔다.

날이 저물었으니 더는 길을 가기가 힘들다.

어두워지자 콸콸거리고 우당탕거리며 흘러내려 가는 가릉강(嘉陵江)의 물소리가 더 요란해셨나.

이곳에서는 저렇게 좁고 급하게 흐르는 물이지만, 성도에 이르러 장강과 만나면 바다처럼 크고 넓은 것이 되어 유유히 대륙을 가로지른다.

당 노인은 소결도 그렇게 되기를 바랐다.

"제가 앞서 가 준비해 두겠습니다."

갈평이 달려와 당 노인 앞에 머리를 조아리고 그렇게 말했다.

노인이 고개를 끄덕이자 쏜살처럼 어둠을 뚫고 사라진다.

그는 충직한 종으로 스스로를 바꾸었다.

바라는 건 오직 하나. 당 노인의 깨우침을 배우고, 그래서 저도 당 노인처럼 무의 궁극에 오르기를 원할 뿐이다.

선각자를 보고, 그의 말 한마디를 듣는 것만으로도 나에게는 깨달음의 인연이 닿지 않겠는가.

당 노인은 천천히 걸어 검각제일관(劍閣第一館)에 이르렀다.

고촉도를 따라 험한 길을 걸어온 사람들이 광원에 들기 전 쉬어 가는 곳이다.

가릉강의 물소리가 들리고, 천불애의 아득한 벼랑과 원숭이 휘파람 소리가 들리는 곳에 삼층의 누각이 우뚝 서 있다.

주변의 풍광이 아름다우니, 그것과 어울린 누각은 보는 것만으로도 황홀해질 만했다. 그래서 어느덧 고촉도의 명소가 되어버린 곳.

그 검각제일관에서도 가장 경치가 좋은 삼층의 동쪽 창가에 있는 탁자가 푸짐한 음식들로 가득 찼다.

누각 안에는 서로 어깨가 닿을 만큼 사람들이 빼곡히 들어 있었으니 그 좋은 자리가 비어 있었을 리 없다.

하지만 지금 그곳은 비어 있고, 갈평이 두 손을 공손히 모은 채 계단 위에 서서 기다리고 있었다.

그를 흘겨보는 점소이와 주객들의 시선이 곱지 않았지만 누구 하나 작은 소리로라도 수군거리는 사람이 없었다.

검을 찬 강호의 무리들이야 더 말할 것도 없다. 갈평과 눈이라도 마주치게 될까 봐 푹 숙인 머리를 들지도 못한다.

그가 추혼랑 갈평이라는 걸 아는데 누가 감히 그가 탁자를 빼앗았다고 뭐라 할 것인가.

그를 아는 사람들은 갈평이 저렇게 공손히 서서 기다리고 있는 사람이 누구인지 이제는 그게 궁금해서 미칠 것 같았다.

오만하고 무례하기로 둘째가라면 서러워할 도살귀 갈평.

제거할 수 없는 강호의 골칫덩이인 그가 마치 주인을 기다리는 종처럼 머리마저 숙인 채 계단을 지키고 있지 않은가.

그랬으므로 아래층에 있는 자들은 올라오고 싶어도 올라오지 못했고, 위층에 있던 자들은 내려가고 싶어도 내려갈 수 없었다.

2

수수한 옷차림의 백발노인이 들어선다.

등 뒤로 늘어진 머리카락과 가슴에 닿는 수염과 볼에 흘러내린 긴 눈썹이 모두 눈처럼 희다.

붉고 윤기가 흐르는 얼굴이며 당당한 체구에 의젓한 걸음걸이까지 더해지니 영락없이 어쩌다 하계에 내려온 신선의 모습이었다.

검각제일관에 가득한 사람들이 눈을 크게 뜨고 노인을 바라보았다.

그리고 그 뒤를 따라 들어오는 사람들을 보았다.

추레한 차림의 소년 하나.

노신선과 동행이라는 게 믿어지지 않을 만큼 엉망으로 깨진 얼굴에 불만이 가득한 표정이었다.

머리를 갸웃거리던 사람들 속에서 놀란 탄성이 터져 나왔다.

"음양쌍존이다!"

"백의남학 설중교!"

사람들 속에 섞여 있던 강호의 몇몇 고수들이 그들을 알아본 것이다.

음양쌍존을 모르는 자들도 그 이름은 안다. 설중교 또한 마찬가지다.

그들의 이름이 거론된 그 순간 술렁이던 주청이 싸늘하게 얼어붙었다.

종남광도 도굉이 맨 마지막으로 험상궂은 얼굴을 들이밀었지만 이제 사람들은 더 이상 놀라지 않았다.

누군가 한숨 섞인 중얼거림을 흘렸을 뿐이다.

"종남광도 도굉까지……."

종남산의 미친 도사라면 강호의 물깨나 먹은 자치고 모르는 자가 없을 만큼 유명했다.

어지간해서는 산에서 내려오는 일이 없으므로 그의 얼굴은 몰라도 이름만은 섬서와 사천무림에 쩡쩡 울려 퍼진다.

용케도 그를 알아보는 사람이 검각제일관에 있었던 것이다.

하나같이 보기 힘든 고인들. 조금 전에는 추혼랑 갈평이 오더니 음양쌍존과 설중교, 도굉이 떼지어 왔다.

그런데 그들의 앞에 백발 백염의 낯선 노인이 있지 않은가.

한 번도 본 적 없는 정체불명의 노인인데, 음양쌍존 등이 마치 상전을 모시고 온 것처럼 겸손하게 손을 모으고 그 뒤를 따르고 있다.

그것이 사람들을 놀라고 어리둥절하게 했다.

대체 저 노인의 정체가, 신분이 무엇이기에 저와 같이 쟁쟁한 자들을 수하처럼 거느리고 있단 말인가.

사람들의 그런 놀람은 당 노인이 삼층으로 올라갔을 때 절정에 달했다.

"모시겠습니다."

계단 곁에 버티고 서 있던 갈평이 공손히 말하며 머리를 조아렸기 때문이다.

그리고 허리를 펴지 않은 채 노인을 창가에 마련된 탁자로 인도했다.

사람들은 이제 숨을 쉬는 것도 잊었다.

설중교는 백도의 대협이며 도굉은 명문정파의 제자다.

그런 그들이 흑도의 거물로 오래전부터 악명을 떨친 음양쌍존과 동행하고 있다는 게 믿어지지 않았다. 게다가 최근 들어 강호를 어지럽게 하고 있는 도살귀 갈평과 일행이라니…….

백도연합인 광명천의 천주가 행차한다 하더라도 저와 같은 자들을 수하로 대동하기는 힘들 것이고, 마교인 암흑천교의 교주가 행차한다고 해도 역시 그럴 것이다.

그렇다면 아무도 모르는 사이에 그들 외에 제삼의 세력이 생겼단 말인가? 하는 의문과 두려움이 사람들을 꽁꽁 얼려 버렸다.

또 하나의 의문이 사람들의 눈길을 당 노인 등에게서 떼지 못하게 했다.

용속한 놀쌀의 소년이 음양쌍존이나 길평 등과 같은 무시무시한 미두들을 조금도 두려워하지 않으니 그렇다.

처음에는 노인의 수발을 드는 종인 줄 알았는데, 소년이 떡하니 노인 앞에 앉아서 함부로 음식을 집어 먹는 것을 보고는 기겁을 했다.

음양쌍존 등이 오히려 종처럼 보였다. 그들은 감히 노인의 탁자에 앉지도 못했다. 곁에 따로 마련된 탁자에 옹기종기 모여 앉아서 소리 내지 않으려고 조심하며 음식을 우물거리고 있지 않은가.

눈앞의 상황을 이해할 수가 없었다.

"도대체 뭐가 어떻게 된 거야?"

무정철수(無情鐵手) 왕려경(王勵擎).

철사신권(鐵沙神拳)으로 불리는 고수이면서 광명천 사천 분타의 남향주이기도 한 그가 일행을 돌아보며 물었다.

그를 접대하던 자들이 손가락으로 입을 가리고 눈을 흔들었다.

왕려경의 낯이 잔뜩 찌푸려졌다.

'사천무림에 내가 모르는 세력이 있다는 건 말이 안 된다.'

힐끔힐끔 당 노인의 탁자를 훔쳐보는 그의 얼굴에 어떤 결연함이 떠올랐다.

"지금이다. 즉시 전서구를 날려."

그의 속삭임을 들은 한 명이 소리없이 자리에서 일어나 밖으로 나갔다.

지금의 이 상황이 늦어도 이틀 뒤에는 성도의 분타에 전해질 것이고, 다시 닷새 뒤에는 형산(衡山)에 있는 광명천 총단에 전해질 것이다.

그때 이층의 주청에서도 한 사람이 조용히 자리를 뜨고 있었다.

"만약 또 다른 세력의 등장이라면 내가 제일 먼저 이 일을 보고하는 게 될 테니 공을 세우는 거지. 흐흐흐―"

쥐눈을 반짝이는 음침한 인상의 중년인이었다. 철각비표(鐵脚飛豹)라고 불리는 흑도의 고수 곽기첨(郭寄沾)이다.

암흑천교의 밀행사자(密行使者)가 되어서 사천무림을 정탐히는 중에 뜻하지 않은 수확을 한 것이다.

이것을 즉시 안탕산(雁蕩山)에 있는 총교단에 보고한다면 큰상을 내릴 게 분명했다.

주위를 두리번거리던 그가 지켜보는 사람이 없다는 걸 확인하고 쏜살처럼 어둠 속으로 몸을 날렸다.

그들뿐만이 아니다.

삼층의 누각이 침묵과 두려움에 잠겨 있다면 이층과 일층에서는 눈에 띄지 않는 작은 소동들이 여기저기에서 일어나고 있었다.

최대한 기척을 죽여가며 바쁘게 움직이는 자들은 모두 무림인들이었다.

더러는 소리없이 어둠 속으로 사라지기도 했고, 더러는 잔뜩 긴장한 얼굴로 일행과 무어라 귓속말을 주고받으며 사태를 예의 주시했다.

이곳은 당가보의 세력권에 들어 있는 곳이다. 그러니 당문의 눈과 귀에 이 일이 들어가지 않을 리가 없다.

당가보에 이르는 길목. 당문의 제일관문이라고 할 수 있는 청평산 천향채(天香寨)에도 당 노인 일행에 대한 소식은 그 즉시 들어갔다.

"음양쌍존이 검각제일관에 나타났다고?"

막 침상에 들었던 채주 당평지(唐坪地)가 벌떡 일어났다.

"추혼랑 갈평과 백의남학 설중교, 송남광노 노생이 동행하고 있답니다."

"무엇이? 아니, 그놈들이 무얼 얻어먹을 게 있다고 소식도 없이 본가의 영역에 기어들어 왔단 말이냐?"

"아직 자세한 사정은 보고 들어온 바 없습니다. 하온데 한 가지 이상한 일이……."

보고를 하는 순찰당의 무사가 머뭇거렸다. 당평지가 잔뜩 인상을 썼다.

그는 당문의 이대제자들 중 특출한 솜씨를 지닌 자로서 이미 강호에 이름이 알려진 고수였다.

그래서 당가보의 외곽을 지키는 막중한 임무를 맡고 나와 있으니 아무리 사소한 일도 그냥 지나칠 수가 없다.

"뭐냐? 빠뜨리지 말고 보고해."

"그들이 정체를 알 수 없는 노인 한 사람을 호위하고 있답니다."

"뭐야? 그런 말도 안 되는 소리를!"

당평지가 버럭 화를 냈다.

음양쌍존과 설중교 등이 함께 어울려 있다는 것 자체가 불가사의한 일인데, 그들이 한 노인을 호위하다니. 상식적으로 생각해도 있을 수 없는 일이다.

"도대체 어떤 정신 나간 놈이 그따위 보고를 해왔단 말이냐? 오늘 외곽 순찰 조장이 누구야!"

"당소삼인뎁쇼?"

"당소삼?"

그렇다면 헛소리가 아닐 확률이 높다.

그는 눈이 정확하고 발이 빠르기로 당문에서도 이름난 자였다. 그래서 특별히 외곽 순찰조를 이끄는 책임을 맡겼다.

잔뜩 눈살을 찌푸리고 무엇을 생각하던 당평지가 벌떡 일어나더니 빠르게 옷을 찾아 걸치며 명령을 내렸다.

"즉시 보에 알려라. 지원이 필요하다고 해. 나는 다섯 명을 데리고 검각제일관으로 가겠다. 최대한 빠르게 움직여라!"

"합!"

순찰당의 무사가 날 듯이 달려나갔고, 당평지는 천향채에 나와 있는 당문오걸을 급히 불러냈다.

그들이 말을 달려 검각제일관으로 향하는 동안 스쳐 지나간 무림인들이 열 명도 더 되었다. 무언가 암중으로 바쁘게 움직이고 있다는 게 느껴졌다.

긴장과 흥분이 어둠 속에 은밀히 떠돌고 있었던 것이다.

검각제일관으로 뛰어들어 간 순간 당평지는 그러한 기운을 더욱 뚜렷하게 느낄 수 있었다.

알 수 없는 답답함이 가슴을 눌러온다.

"그들은 삼층에 있습니다."

재빨리 다가와 보고하는 자는 당소삼이었다. 당평지가 천천히 주청에 있는 사람들을 둘러보며 말했다.

"다른 일은?"

"아직 아무런 움직임이 없습니다."

"지금부터 이곳을 봉한다. 개미 새끼 한 마리도 밖으로 나가지 못하고, 들어오지도 못한다."

"존명!"

그를 호위해 온 당문오걸이 머리를 숙이고 당소삼을 앞세워 누각 밖으로 나갔다.

이곳에서 절대적인 힘을 발휘하는 곳은 당문이다. 지척에 당가보가 있으니 누가 감히 그들의 일을 방해하겠는가.

사람들은 더욱 숨을 죽이고 눈알만 뒤룩거리며 불똥이 자기들에게 튀지 않을까 전전긍긍했다.

병장기와 품에 있는 암기며 독물들을 점검한 당평지가 큰 걸음으로 계단을 향해 나아갔다.

'음양쌍존이 왔다니 범굴에 제 스스로 대가리를 들이민 꼴이지. 잘됐어.'

당평지의 눈빛이 야무지게 빛났다.

그들이 종남파에서 무상광명신공을 탈취했다는 소문은 당문에도 흘러들었던 것이다.

당평지는 오직 그것을 빼앗을 생각만 할 뿐, 다른 일에는 별 관심을 두지 않았다.

"배가 부르냐?"

"……"

"마음은 좀 풀어진 게야?"

"……"

"어떠냐. 이런 곳에서 이렇게 푸짐한 음식들을 앞에 두고 우아하게 식사를 하는 것도 괜찮지?"

"몰라요."

"흘흘, 녀석, 소갈머리가 그래 가지고서야 어디 사내라고 할 수 있겠어? 사내란 자고로 마음이 넓고 이해심이 많으며, 제 자신에게는 냉정하지만 남에게는 너그러워야 하는 게다."

"흥!"

"물론 원한을 잊으면 안 되고 받은 걸 돌려주지 않아서도 안 되지."

그래도 소걸은 당 노인과 눈을 마주치려 하지 않았다.

믿었던 할아버지가 제 보호자의 역할을 해주지 않았다는 것에 대한 서운함과 원망이 크다.

당 노인은 소걸을 사내답게 만들려 하지만 소걸의 마음은 이제 사춘기에 든 소년의 그것에서 아직 벗어나지 못했다.

할아버지의 큰 뜻을 이해할 수 없고, 갈평의 주먹질을 너그럽게 받아들일 수가 없는 것이다.

그래서 다른 말은 다 귀에 들어오지 않았어도 마지막, 받은 걸 돌려주지 않으면 안 된다는 그 말은 귀에 쏙 들어와 박혔다.

저쪽 탁자에서 느긋하게 차를 마시고 있는 갈평을 무섭게 노려보았다.

갈평이 마주 보며 씩 웃어주었는데, 나름대로 친밀한 감정을 전하기 위해 애쓴 것이다. 하지만 소걸에게는 그것마저도 얄밉고 괘씸하기만 했다.

그래서 할아버지에게 불쑥 말했다.

"할아버지의 무공을 가르쳐 주세요."

"왜?"

"그래서 저 아저씨를 신나게 때려주고 싶어요."

"흘흘, 나는 가르쳐 주고 싶다만 네 할미가 무서워서 그럴 수가 없느니라."

"할머니한테 절대로 말하지 않을 게요."

"차라리 귀신을 속이는 게 쉬울 게다."

"흥!"

그렇다면 할 수 없다. 치맛자락을 붙잡고 울며불며 매달려서라도 할머니의 무공을 배우는 수밖에 없다.

당 노인이 그런 소걸의 속을 훤히 들여다본 듯 빙긋 웃었다.

"꿈 깨라. 네 할미가 너에게 가르쳐 주려고 했다면 벌써 그렇게 했을 거야."

"아, 정말 속상해요!"

소걸이 버럭 소리쳤으므로 숨죽이고 있던 사람들이 모두 깜짝 놀라 바라보았다.

탁자를 두드리며 벌떡 일어난 소걸이 허리에 두 손을 척 얹고 신선 같은 노인을 노려보며 씩씩거리기까지 하는 것 아닌가.

'대체 저놈의 정체가 뭐길래?'

그런 의문이 들지 않을 수 없었다.

음양쌍존과 갈평 등이 절절매는 노인 앞에서 꾀죄죄한 소년이 바락바락 악을 써대고 있으니 머리가 다 어지럽고 지끈거린다.

그때 쿵쾅거리며 한 사람이 계단을 거침없이 올라왔다.

"드디어 당문이 나섰다."

"천향채주인 연화비수(連火飛手) 당평지(唐坪地)가 직접 왔군."

"지금쯤 밖에는 당문의 고수들이 쫙 깔렸겠지."

"어쩌면 문주까지도 달려올지 몰라."

"그렇다면 목숨을 걸고 구경할 만한걸? 이런 기회가 아니면 언제 당문의 문주를 볼 수 있겠어?"

"쉿, 소리 좀 죽여."

여기저기에서 사람들이 낮게 수군거리는 소리가 들려왔다.

두리번거리는 당평지의 눈매가 매서웠다.

내 집 앞마당이나 같은 곳이니 거리낌이 없고 두려울 게 없는 것이다.

당 노인을 본 그가 살짝 이맛살을 찌푸리더니 머리를 갸웃거렸다. 그리고 천천히 음양쌍존 등을 바라보았다.

입가에 싸늘한 미소가 떠오른다.

성큼성큼 다가간 그가 음양쌍존 등이 앉아 있는 탁자 앞에 버티고 섰다.

"여기서 그 유명한 음양쌍존을 뵙게 되다니, 당 모의 영광이외다."

포권하고 의젓하게 말하지만 말투 속에 비웃음이 담겨 있었다.

음양쌍존이 그를 바라보았다.

눈살을 한 번 찌푸린 걸로 그만, 상대하지 않겠다는 듯 묵묵히 술을 마시고 고기를 집어 먹을 뿐이다.

"흥!"

코웃음을 친 당평지가 이번에는 갈평에게 포권했다.

내 집에 찾아온 손님이니 어쨌든 예의는 갖추겠다는 듯한 태도요, 표정이었다.

"갈 형의 대명은 귀가 따갑게 들었는데 이제야 보게 되었소."

"별말씀을. 나는 그리 뛰어난 사람이 아니니 어디 귀하의 눈에 들기나 하겠소?"

갈평의 어투에도 냉랭함이 배어 있다.

피식 웃은 당평지가 백의남악 설중교와 노승에게 정중히 포권했다.

음양쌍존과 갈평을 대할 때와는 다른 진지함이 엿보였다.

"두 분의 고인이 오시는 걸 몰랐으니 부끄럽습니다. 진작 기별이라도 했으면 영접했을 텐데, 그러지 못해 죄송합니다. 소생은 당문의 이 대제자인 당평지라 합니다."

설중교와 도굉이 자리에서 일어나 마주 포권하여 인사를 받았다.

"허허허, 감당할 수 없소. 당문에 사천왕이 있는데 그중 그대가 뛰어나다는 말을 오래전부터 들었소이다. 이렇게 보게 되니 기쁘기 짝이 없구려."

설중교가 점잖게 응대했고, 도굉은 어딘지 풀이 죽고 어두운 얼굴로 짧게 '종남산의 도굉이오' 하고 말했을 뿐이다.

'이 종남광도가 정신이 오락가락해서 종잡을 수가 없다더니, 오늘은 어째 풀 죽은 강아지 꼴이로군.'

속으로 중얼거린 당평지가 머리를 갸웃거리고 그들과 마주 앉으며 힐끔 당 노인을 바라보았다.

풍채가 그럴듯하지만 낯선 노인이다. 게다가 저 꾀죄죄한 소년은 또 뭐란 말인가.

아무리 뜯어봐도 무림의 고인이라거나 한 세력의 우두머리다운 장엄함이 없어 보였다. 그저 곱게 늙은 노인일 뿐이다.

'당소삼 이놈이 뭘 착각한 게야.'

나중에 단단히 혼을 내주어야겠다고 생각했다.

꿍꿍이속이 있을 텐데 당평지가 아무 내색도 하지 않고 앉아 있기만 했으므로 그게 궁금하다.

설중교가 더 참지 못하고 물었다.

"그대가 우리를 찾아온 이유를 모르겠군?"

"하하, 좀체 만나보기 힘든 분들이 이처럼 왕림했으니 서로 인사나 나누자는 거지요."

"그렇다면 저 밖에 있는 사람들은 뭔가? 설마 천독절진(千毒絶陣)이라도 쳐놓은 건 아니겠지?"

"험, 험……."

창밖을 가리키며 하는 말에 당평지가 멋쩍은 듯 헛기침을 터뜨렸다.

도굉이 부리부리한 눈을 부릅뜨더니 퉁명스럽게 말했다.

"이보시오, 당신은 설마 이 객잔에 있는 사람들을 모두 녹여 없애려는 건 아니겠지? 아니면 입맛에 맞는 독이라도 새로 개발했소?"

"그런 게 아니라……."

"아니든 말든 독은 왜 풀고 지랄이야!"

도굉이 탁자를 내려치며 버럭 소리쳤으므로 모두가 깜짝 놀라 바라보았다.

어느덧 도굉의 눈에 흉광이 이글거리기 시작했다. 그가 침을 튀겨가며 악을 썼다.

"사내자식이 불만이 있으면 말로 하고, 말로 안 되겠으면 주먹질을 하든지 칼을 꺼내서 해결하는 게 통쾌하지, 치사한 겁쟁이처럼 구석에 숨어서 슬쩍 암기질이나 하고 독 가루나 뿌려대서야 되겠어? 앙!"

말은 당평지에게 하고 있었지만 당 노인에게 터뜨리는 불만이나 다름없었다.

그동안 참고 참았던 불만이 천독절진이라는 말에 터져 버렸으니 그를 말릴 수가 없다.

도굉이 당평지에게 삿대질까지 하며 고래고래 고함을 쳐댔다.

"도대체 이래서 나는 원래 당가 성을 쓰는 것들이 마음에 들지 않았단 말이야! 불알 달린 사내자식들이 떳떳하지가 못해!"

"말 다했소!"

새파랗게 질린 얼굴로 듣고 있던 당평지가 기어이 버럭 화를 터뜨렸다.

그러자 도굉이 더욱 화가 나는 듯 길길이 날뛰었다.

"그래! 덤벼봐, 이 자식아! 당문인지 지랄인지 모조리 오라고 해! 우리 정정당당하게 힘으로 겨뤄보자!"

"이, 이런 개망나니가 있다니!"

"뭐라고? 개망나니? 흥! 너희 당가들은 쥐새끼다! 치사하고 비겁한 짓을 빼면 봐줄 만한 게 뭐가 있어?"

당평지는 화가 머리꼭지까지 치솟았지만 용케 참아냈다.

오결과 당소삼 등을 밖으로 내보내 당문의 독진으로 세간에 잘 알려진 천독절진을 치게 한 건 사실이다. 그러니 그 일로 도굉이 비난하는 걸 나무랄 수는 없었다.

그의 말이 지독한 모욕이었지만 당장 싸움을 벌인다면 자기 혼자 힘으로는 이자들을 감당할 수 없다는 계산도 섰다.

당가보에서 응원군이 올 때까지는 어떻게든 참아야 하는 것이다.

그들의 다툼을 물끄러미 바라보던 당 노인이 흘흘, 웃었다.

"저 미친 도사 놈이 오히려 정신 멀쩡한 놈보다 낫단 말이야. 흐흐, 아주 통쾌하게 잘 말하는구만 그래."

"할아버지를 욕하는 거 같은데요?"

"사내자식이 욕하고 싶으면 하는 거지, 쥐새끼처럼 이 눈치 저 눈치 나 봐서야 어디 불알 달린 놈이라고 하겠어?"

은근히 음양쌍존과 백의남학 설중교를 비웃어준다.

【第六章】

당백아(唐白兒)가 출도했다!

1

옷자락 스치는 가벼운 소리가 들리더니 십여 명의 고수가 바람처럼 삼층으로 올라왔다.

세 명의 노인과 세 명의 중년 대한, 그리고 네 명의 영기 발랄해 보이는 젊은이들이다.

얼굴을 붉히며 도굉과 대치하고 있던 당평지가 즉시 물러서서 허리를 숙였다.

"삼공을 맞습니다."

세 노인은 당문의 삼공(三公)으로 불리는 일세대 고수들로, 실질적으로 당문을 이끌어가는 원로들이기도 하다.

그들이 당문의 사천왕으로 불리는 이대고수들 중 나머지 세 명을 모두 이끌고 왔으니 당문에서 이 일을 얼마나 중요하게 여기는지 알 수 있었다.

저쪽에서 삼공을 힐끔 바라본 당 노인이 중얼거렸다.

"많이들 컸군."

모두 알 만한 얼굴들이었던 것이다.

비록 주름살이 가득하고 수염이 늘어졌지만 어렸을 때의 모습이 다 사라지지는 않았다.

당 노인이 마지막으로 보았을 때 그들은 칠팔 세의 꼬마들이었는데, 총명하고 자질이 뛰어나서 귀여움을 독차지했었다.

그런 꼬마들이 어느새 칠십을 바라보는 나이가 되어 있으니 세월이 무상하다는 걸 새삼 느끼게 된다.

하지만 삼공은 당 노인을 알아보지 못했다.

그들이 문중의 웃어른들로부터 귀여움을 받는 재롱둥이 소동(小童)이었을 때, 당백아는 이미 가문의 비전을 모두 물려받은 절세의 고수이자 강호의 주목을 받는 기린아였던 것이다.

그러니 그들은 사숙인 당백아를 자주 만날 기회가 적었고, 몇 번 보았지만 어렸을 때의 일이라 기억이 가물거렸다.

그래도 느낌이라는 게 있어서였을까? 당 노인을 유심히 바라보던 대공 당문파가 머리를 갸웃거렸다.

하나 그것뿐이다.

그가 음양쌍존에게 포권하고 점잖게 말했다.

"조 형, 왕 형, 우리가 만난 지 오래전이지만 이처럼 두 형은 여전히 옛 모습을 간직하고 있구려."

"당 형은 오히려 젊어진 것 같으니 부럽소."

양존 조백령이 빙긋 웃으며 마주 포권했다.

그들 두 사람과 당문의 대공인 당문파는 젊었을 때 두어 번 만나 서로 싸운 적이 있기에 잘 알았던 것이다.

당문파는 당문에서는 예외라고 할 만큼 무공이 정심하고 내력이 뛰어났다. 거기에 암기술과 용독술까지 지니고 있으니 강호에서 그를 상대할 만한 자가 흔치 않았다.

음양쌍존이 대강 남북을 오가며 무적의 악명을 드날릴 때 그들도 당문파와 두어 번 싸워보고는 그를 꺼려하게 되었다.

당문파 역시 음양쌍존의 고강한 무예에 깊이 탄복했던 터라 적이면서도 존중하는 마음을 품게 되었다.

당문파의 등장은 종남산이 미친 도사에게도 무형의 압력을 가했다. 당평지를 잡아먹을 듯 으르렁거리던 그가 얌전한 얼굴을 하고 물러섰던 것이다.

당문파가 그런 도굉을 향해 빙긋 웃으며 머리를 끄덕였다.

"오랜만일세. 장문인께서도 건녕하시겠지?"

"건강하십니다. 다만 이 못난 제자의 정신이 날로 오락가락해지는 게 심해져서 걱정하실 뿐이지요."

"그래도 자네는 스승의 가르침을 잘 받아들여 도에 뿌리가 깊지 않은가. 완전히 미쳐서 마귀가 될 일은 없을 거네."

도굉이 멋쩍은 얼굴로 뒤통수를 긁었다. 미친 소처럼 날뛸 때는 눈에 뵈는 게 없더니, 당문파 앞에 서자 주눅이 드는 모양이었다.

당문파가 백의남학 설중교에게도 포권했다.

"설 형, 한동안 소식을 들을 수 없어서 걱정했는데 오늘 이처럼 뵈니 마음이 놓이오."

"별말씀을. 그동안 당 형께서는 더욱 정진하여 나이를 잊게 된 듯한데, 소제는 십 년 전이나 지금이나 똑같을 뿐이니 부끄럽소이다."

설중교의 얼굴에 진정으로 부끄러워하는 기색이 어렸다.

당문파를 보고, 그의 의젓하고 당당한 모습을 대하자 비급에 대한 욕심 때문에 스스로를 망친 거나 진배없는 자신의 모습이 상대적으로 초라하게 여겨졌던 것이다.

당문파가 마지막으로 갈평을 지그시 바라보다가 빙긋 웃고 말했다.

"그대가 추혼랑 갈평이로군. 부러질지언정 꺾이지 않는다는 곧은 성품과 매서운 솜씨에 대해서는 귀가 따갑게 들었네."

"과찬이오."

당문파가 좋은 평을 해주었으나 갈평은 조금도 기쁘지 않다는 듯 건성으로 포권하고 외면했다.

다들 눈살을 찌푸렸지만 당문파는 개의치 않았다.

"좋소, 좋아. 이렇게 귀한 손님들이 많이 찾아왔으니 당문의 영광이 아닐 수 없지. 자, 여기에서 이럴 게 아니라 당가보로 자리를 옮깁시다. 지금쯤은 커다란 연회석을 마련하고 여러분을 맞을 준비가 다 되었을 것이오. 문주님께서도 보 밖에 나와 여러분을 기다리고 계시오."

"말은 분명하게 합시다."

음존 왕무동이 음침하게 말했다.

"우리는 당문에 볼일이 있어서 온 게 아니고, 당문에서는 우리를 기다린 게 아니지 않소? 그러니 당 형의 그 말은 우리를 납치해 가겠다는 것으로 들리는구려."

"왕 형, 당신은 당문의 초대가 달갑지 않다는 듯하구려?"

"흥! 그대가 이처럼 많은 사람과 함께 찾아오고, 또 저 아이가 객잔 밖에 독진을 벌여서 아무도 나가지 못하도록 붙잡아둔 것은 모두 한 가지 이유 때문이 아니겠소?"

"그건······."

"솔직하게 말합시다. 당신네 당문은 우리가 종남파에서 훔쳐 왔다는 무상광명신공이 탐나는 것 아니오?"

"······."

대공 당문파의 얼굴이 부끄러움으로 붉어졌다.

음존 왕무동의 입에서 무상광명신공이라는 말이 나오자 객잔이 곧 탄성으로 가득 찼다.

그들을 바라보는 사람들의 눈에는 하나같이 탐욕이 떠올라 이글거렸다

당문파가 곧 평정을 되찾고 여전히 점잖게 말했다.

"신공 비급은 본래 주인이 따로 있는 게 아니오. 인연이 닿는 자에게 돌아가기 마련인데, 이제 그것이 두 형에게 있다는 걸 알았으니 당문에서도 인연을 한번 시험해 보고 싶지 않겠소?"

"흥! 애석하게도 그 물건은 이미 우리의 품을 떠나 다른 곳으로 갔다오. 그러니 당 형, 당신은 헛물을 켠 게지."

"웅? 그건 또 무슨 말이오? 누가 음양쌍존의 품에 든 물건을 빼앗아 갈 수 있단 말이오?"

당문파가 어리둥절해하며 눈을 크게 떴다.

이번에는 양존 조백령이 싸늘한 비웃음을 띠고 말했다.

"저기 저분, 노신선께서는 능히 그렇게 하실 수 있지. 내가 장담하건 대 현 무림에서 우리 품에 있는 물건을 가져갈 수 있는 사람은 저 노신선 한 분뿐일 것이오."

그의 입가에 묘한 웃음이 매달렸다. 조롱하는 것 같기도 하고 비웃는 것 같기도 해서 당문파는 더욱 어리둥절해졌다.

그가 천천히 양존이 가리키는 곳을 바라보았다. 거기에는 신선 같은 풍모의 노인과 꾀죄죄한 소년이 앉아 있었다.

당문파의 눈길을 받은 당 노인이 한숨을 쉬며 투덜거렸다.

"저 고약한 놈이 기어이 나를 만천하에 알리고 마는구나. 괘씸한 놈 같으니."

"사실을 말했을 뿐인데요, 뭐. 할아버지가 가져갔잖아요."

"이놈아, 너도 이제는 내 편을 안 들어줄 셈이냐?"

"제가 어릴 때부터 할아버지는 늘 말했잖아요. 속이고 거짓말하는 건 사내로서 할 짓이 아니니, 너는 언제나 떳떳한 사람이 되라고."

"에그, 내 발등을 내가 찍었구나."

당 노인이 울상을 하고 투덜거렸다.

늙고 어린 두 사람은 눈앞의 일에는 아랑곳없다.

당문파가 비로소 당 노인에게 다가갔다.

"노인장께서는 강호의 고인이셨습니까? 이 당 모가 안목이 부족하여 미처 알아보지 못했으니 부끄러울 뿐입니다."

정중히 말을 건네면서도 이글거리는 눈으로 당 노인을 쏘아보았다. 음양쌍존의 말이 사실이라면, 이 낯선 노인이야말로 그 무엇보다 위험한 인물이라는 생각이 들었던 것이다.

정체를 알 수가 없으니 더욱 그렇다.

당문파를 바라보는 음양쌍존과 갈평 등의 얼굴에 비웃음이 떠올랐다. 그들은 이 기세등등한 당문의 무리들이 조금 뒤에 어떤 얼굴을 하게 될 것인지 매우 궁금해졌다.

당문파의 눈짓을 받은 당문의 고수들이 슬금슬금 다가와 거리를 벌려 섰다. 은연중에 당 노인과 소걸을 포위한 것이다.

삼공을 따라온 네 명의 청년은 하나같이 허리에 불룩한 가죽 주머니를 매달고 있었는데, 손을 늘어뜨려 그 주머니에 붙이고 있었다.

당 노인이 그것을 보고 피식 웃었다.

삼공과 사천왕, 그리고 독 주머니를 가진 네 명의 청년이 에워쌌으니 작은 천라지망(天羅之網)의 진세가 펼쳐진 것이나 다름없다.

당문파는 눈앞의 노인이 설혹 하늘을 나는 재주가 있다 해도 결코 벗어나지 못할 것이라고 믿었다.

당문파가 느긋한 여유를 되찾고 말했다.

"비급은 어느 한 사람이 지니기에는 너무 위험한 물건이니 노인께서는 그것을 당문에 양보하심이 어떠하오?"

"에휴, 이렇게 되었으니 할 수 없지. 이걸 이놈들에게 내줘야 할까 보다."

당 노인이 탄식하며 품에서 낡은 경전을 꺼내 들었다. 그 순간 탐욕으로 번들거리는 모두의 시선이 일제히 노인의 손에 집중되었다.

"이게 종남파에 숨겨져 있던 무상광명신공 비급이다. 당문에서 이걸 가져가면 이제부터 하루도 편할 날이 없을 텐데, 너는 그걸 감당할 수 있겠느냐?"

당 노인이 비급을 당문파의 눈앞에 흔들어 보이며 태연하게 말했다.

당문파가 잔뜩 눈살을 찌푸렸다. 자기보다 별로 나이가 많아 보이지도 않는데 대뜸 아랫것을 대하듯 반말을 하는 게 영 귀에 거슬렸던 것이다.

하지만 상대를 알 수 없으니 우선은 조심할 수밖에 없다.

그가 불쾌한 낯빛을 애써 감추고 조용히 말했다.

"그것이 강호에 나가면 피가 피를 부르고, 죽음에 죽음이 더해져서 강호의 원기가 크게 상하게 될 것이오. 그러니 당문에서 굳게 봉해 지키는 게 강호를 위해서도 바람직한 일이지 않겠소?"

"히히, 네놈은 마치 당문이 천하제일인 것처럼 우쭐대는구나? 종남파의 말코 도사 놈들도 이것을 지키지 못했고, 저 음양쌍존이라는 것들도 그랬는데, 너희 당문은 그들보다 뛰어나냐?"

"허—!"

"노부가 이것을 가장 안전하게 보관할 수 있는 한 사람을 알고 있느니라. 나는 이 애물단지를 그에게 주어서 다시는 강호에 나타나지 않도록 할 셈이니 그리 알아라."

"그 사람이 누구요? 나는 혼자서 천하의 무림인 모두를 억누를 수 있는 사람이 있다고는 믿지 않소."

"히히, 누구긴 누구야? 바로 나와 육십 년을 함께 붙어 산 할망구지."

"당신은 지금 나를 놀리는 것이오!"

기어이 당문파가 노성을 터뜨렸다. 그러나 당 노인은 여전히 장난스럽기만 했다.

"이놈아, 목청 큰 놈이 먹기로 했다면 이 비급은 벌써 저 미친 도사 놈에게로 돌아갔어야 할 게다. 멱에 칼 맞은 돼지처럼 꽥꽥거리지 말고 재주가 있으면 빼앗아 가봐."

그리고는 비급을 마구 펄럭거렸다. 눈앞에 맛있는 사탕을 흔들며 아이를 놀려대는 것 같았다. 기어이 우는 걸 봐야겠다는 못된 심보를 가진 삼촌이 따로 없다.

2

“잡아라!”

화가 난 당문파가 뒤로 물러서며 소리쳤다. 그래도 체면이 있어서 제가 직접 나서지는 못한 것이다.

그 즉시 사천왕들이 손을 뻗어 비급을 낚아채는 한편, 권장으로 어지럽게 당 노인을 가격했다. 그가 미처 비급을 회수해 들일 새가 없도록 정신없게 몰아치는 것이다.

그러자 저쪽에서 잔뜩 노려보고 있던 갈평이 번개처럼 몸을 날려 당문의 고수들을 덮쳤다.

“너희들이 감히 내 주인님에게 손을 대다니!”

“응?”

뒤로 물러선 당문파가 깜짝 놀라 제 귀를 의심했다.

‘주인님이라고?’

갈평의 외침이 그의 머리를 혼란스럽게 했다.

하지만 더 생각할 겨를이 없다. 갈평의 위맹한 권격이 코앞에 닥쳐든 것이다.

“이놈!”

당문파가 버럭 일성을 터뜨리며 마주 주먹을 뻗었다.

위잉― 하는 바람 소리가 요란하다.

꽝!

두 사람의 주먹이 정면으로 부딪쳤다.

갈평이 눈살을 찌푸린 채 슬쩍 몸을 틀어 충격을 흘려보냈고, 당문파도 눈살을 잔뜩 찌푸린 채 어깨를 흔들었다.

한 번 부딪친 것만으로 그는 갈평의 명성이 조금도 과장되지 않았다는 걸 절실히 느꼈다.

주먹에 실린 힘이 자신의 내공에 조금도 밀리지 않았기 때문이다.

기회를 엿보던 네 청년 중 두 명이 재빨리 돌아서서 당문파를 보호했고, 갈평은 훌쩍 몸을 날리더니 탁자 두 개를 건너뛰어 무림인으로 보이는 장한 한 놈을 향해 덮쳐 갔다.

의외의 일이라 모두가 어리둥절해할 때 그놈이 '으악!' 하는 비명을 터뜨리며 벌렁 나자빠졌다. 갈평의 발길질이 대뜸 머리통을 걷어찼던 것이다.

갈평이 노린 것은 그자가 가지고 있는 칼이었다. 그것을 빼앗아 든 갈평이 한 손으로 탁자를 치고 그 반동을 빌어 다시 힘껏 몸을 날렸다.

발이 땅에 닿지도 않은 채 이리저리 오가는데, 그 재빠름이 마치 제비가 물을 차고 나는 것 같았다.

그가 번쩍이는 칼을 휘두를 때 그를 막아선 두 청년도 주머니 속에서 한 움큼의 암기를 꺼내 들고 있었다.

일제히 손을 뻗자 쐐아— 하고 쇠털같이 가느다란 우모침(牛毛針)이 갈평에게 쏟아져 나갔다. 모두 극독을 바른 것들이라 피부에 스치기만 해도 위험하다.

그러나 갈평은 소나기처럼 떨어지는 우모침을 조금도 두려워하지 않았다. 그는 오직 조금이라도 더 빨리 당 노인 곁으로 다가가려 할 뿐이다.

"이얍!"

기합성을 터뜨리며 맹렬하게 칼을 휘둘렀다. 허공을 접으며 달려오는 기세를 조금도 늦추지 않은 채 자신의 도법 중 가장 무서운 일심만상도(一心萬象刀)를 쳐낸 것이다.

당 노인으로부터 무상광명신공 중 한 구절을 전해받고 깨우침을 얻은 뒤 그의 도법은 한순간에 이전보다 몇 배는 강해졌다.

도법 중의 정교한 담연비용(潭煙飛溶) 초식을 펼치자 그 엄밀함이 안개가 사물을 뒤덮듯 우모침을 모조리 가두어 버렸다.

따다당!

요란한 소리가 쉴 새 없이 터져 나왔다. 그리고 갈평은 병아리를 채는 솔개처럼 두 청년의 머리 위로 날아들었다.

씨잉―

벼락처럼 떨어지는 그의 칼을 피하기에는 이미 늦었다.

두 청년이 사색이 되어 어쩔 줄 몰라 할 때 곁에서 당문파가 큰 고함을 터뜨리며 맹렬하게 일권을 내뻗었다.

땅―!

그것이 갈평의 칼을 두드려 겨우 두 청년의 목숨을 구할 수 있었지만 그에게 길을 열어준 것과 마찬가지가 되고 말았다.

갈평이 당문파를 버리고 사천왕의 뒤를 덮쳤다.

"이놈!"

성난 당문파가 품에서 두 자루의 단봉을 꺼내 들고 쫓아 들어가며 번갈아 무섭게 후려쳤다. 그의 이름을 강호에 널리 알리게 한 원무추풍(猿舞秋風)의 수법이었다.

흰 수염과 옷자락이 펄럭이는 중에 두 개의 단봉이 매서운 바람 소리를 내며 들락거리니 어느 게 먼저이고 어느 게 나중인지 구별할 수가 없다.

그 두 자루의 단봉은 현란한 그림자를 뿌리며 마구 늘어나 손오공의 여의봉처럼 조화를 부렸다. 그런가 하면 때로는 판관필이나 비수가 되어서 어지럽게 찔러댄다.

그 변화무쌍함에 구경하던 사람들은 과연 일품이라는 감탄성을 터뜨리지 않을 수 없었다.

갈평의 칼을 상대하기 위해 돌아섰던 사천왕 중 두 명이 다시 돌아서서 당 노인을 향해 달려들었다.

한 명은 재빠른 손놀림으로 비급을 낚아채려 하고, 한 명은 가슴을 움켜쥐려는 듯 열 손가락을 좍 뻗어 들이쳤다.

당 노인은 여전히 비급을 흔들며 그저 허허, 웃을 뿐이다.

곁에 있던 소걸의 눈이 반짝 빛났다.

할아버지의 가슴을 잡아채 오는 열 손가락이 부리는 조화를 본 것이다.

사천왕 중 둘째인 당경인데, 조화철조(造化鐵爪)의 수법을 극성으로 익혀서 고수의 반열에 들었다.

그가 어지럽게 휘두르는 손 그림자는 춘지교영(春枝交影)이라는 수법이었다.

한 번 흔들자 두 개의 손이 열 개가 된 듯하고, 두 번 흔들었을 때는 열 개의 손가락이 백 개가 된 듯하여 어느 곳을 잡아오고 어느 곳을 할퀴려는 것인지 알 수가 없었다.

그러나 소걸은 그 복잡하고 정교한 초식을 무찌를 방법을 생각해 냈다.

바로 화산파의 오행장 중 일초인 마보직권(馬步直拳)이다.

불선다루에서 그는 화산의 장로라던 운봉 노도로부터 그 오행장의 비결을 배운 바 있었다.

그 생각이 떠오른 즉시 소걸의 손이 무의식적으로 쭉 뻗어 나가며 한 주먹을 내질렀다.

마보직권은 그 이름처럼 대단히 단순한 초식이다. 그만큼 그것에 실린 힘이 크고 두텁지만 이미 강호에 널리 알려져 있는 수법에 불과했다.

화산파의 입문 무공이니 강호에서는 삼류의 무공이라고 치부되는 공부인 것이다.

그 단순하고 간단한 일권이 현란하고 어지럽기 짝이 없는 춘지교영을 뚫었다.

"으헛!"

당경이 깜짝 놀라 급히 손목을 움츠리고 어깨를 뒤로 뺐다.

후웅― 하는 바람 소리가 들렸는가 싶었는데, 커다란 몽둥이로 손목을 내려치듯 하는 주먹질이 쏟아져 들어왔기 때문이다.

그것은 마치 온갖 교묘함으로 치장한 여인네의 머리카락을 한순간에 흩뜨려 놓아버리는 돌개바람 같았다.

후웅―

그 주먹이 다시 뻗어 나갔다.

이번에는 섬서 동가장의 입문 초식인 사방추(四方椎) 중 십기발분(十騎發分)이라는 수법이었다. 동가장의 셋째인 대막신조(大漠神鳥) 동평우(董平佑) 노인에게서 배웠다.

그것 또한 매우 단순하면서 강맹한 초식이다. 그것이 막 당 노인의 손에서 비급을 낚아채려던 첫째 당운문의 턱을 노리고 들어갔는데, 교묘하게도 당운문의 어지러운 수법을 파훼하는 것이었다.

당운문 또한 크게 놀라 급히 물러서며 머리를 한껏 뒤로 젖혀 겨우 턱을 강타당하는 꼴을 면했다.

따당―!

그와 동시에 갈평 쪽에서 날카로운 쇳소리가 한차례 울렸다.

갈평의 칼이 번개처럼 빠르고 바람처럼 가볍게 좌우를 휘저어서 대공 당문파의 쌍단봉을 무찔러 버린 것이다.

가볍게 움직이는 칼에 태산 같은 힘이 실릴 수는 없다. 그러나 갈평의 그 한 수는 그렇지 않았다.

빠르고 가벼우면서 웅장한 힘을 고스란히 간직하고 있으니 불가사의하기만 하다.

놀란 당문파가 즉시 단봉을 거두고 물러섰다. 갈평을 바라보는 눈에 놀람이 가득했다.

그건 소걸을 바라보는 사천왕의 첫째와 둘째도 마찬가지였다.

그들은 비로소 자신들의 초식을 깨뜨린 게 어린 소년이고, 그 수법이 고명한 무림의 절기가 아니라 누구나 다 아는 삼류의 초식이라는 걸 알았다.

경악으로 벌어진 입이 다물어질 리 없다.

"헤헤, 별것도 아니었네. 역시 사람은 겪어봐야 알고, 싸움은 해봐야 안다니까."

소걸이 으쓱해서 되는대로 지껄였지만 누구도 대꾸하지 못했다.

놀라기는 그 모습을 낱낱이 지켜보았던 음양쌍존이나 백의남학 설중교라고 다르지 않았다.

'그런 삼류의 초식이 저렇게 교묘한 위력을 발휘할 수도 있단 말인가?'

해답을 찾을 수 없는 의혹으로 머리가 다 지끈거렸다.

사람들은 모르는 게 있다.

단순하고 간단한 삼류의 초식에도 그것이 완성되기까지는 수많은 수정과 보완이 이루어지고, 그래서 처음 그 초식이 선보였을 때는 강호의 절기로 꼽혔었다는 것을.

그러던 것이 이제는 누구나 다 알고 쉽게 익혔으므로 그만 모두로부터 외면당하는 삼류 초식으로 전락한 것이다.

하지만 그 안에는 어떤 절정의 무공 못지않은 사상과 원리가 들어 있다. 그것을 창안해 낸 고인의 심득이 녹아들어 있는 것이다.

거리의 약장수들도 선보이는 소림사의 나한권 십팔로에 저 위대한 달마 조사의 선(禪)에 대한 깨우침이 깃들어 있지 않다고 누가 장담할 것인가.

그러니 소걸이 제가 배운 오행권과 사방추의 초식으로 당경과 당운문의 절기를 깨뜨린 게 이상할 것도 없다.

그는 그들의 초식을 한 번 보고 그 맥을 제대로 집어낼 수 있었던 것이다. 그게 비결이라면 비결인 셈이다.

내공 심법을 배우고 그것을 이끌어 쓸 수 있게 되면서 저도 모르는 사이에 눈이 한층 밝아지고 머리가 맑아졌는데, 날이 갈수록 그 깊이가 저절로 깊어져 갔다.

할머니로부터 배운 무당파의 내공 심법인 월보강(月寶罡)을 제대로 소화하고 있다는 증거였다.

운기하는 동안 계속해서 내공의 증진이 이루어진다고 했던 염 파파의 말처럼 그렇게 되어가고 있는 중이었던 것이다.

그러니 하루가 다르게 소걸은 변해가고 있었는데, 정작 본인은 아직도 그것을 실감하지 못하고 있었다.

이렇게 된 이상 할 수 없다.

이제는 물러서고 싶어도 그럴 수 없게 된 것이다.

여기서 뜻대로 하지 못한다면 무슨 면목으로 강호에 나설 수 있을 것이며, 사람들의 비웃음을 어떻게 면할 수 있을 것인가.

사람들은 범이 제 아가리에 들어온 토끼도 씹지 못하고 놓쳤다 할 것이다.

당문도 늙고 쇠해서 이제 주춧돌이 빠지고 서까래가 무너질 지경이 되었다고 비웃지 않겠는가.

모질고 독하기가 때로는 사마의 무리보다 지독한 게 당문의 오랜 전통이고 기질이다.

그들이 정도를 걷지 않았다면 그 어떤 흑도 방회보다 더 위협적인 존재가 되었을 것이고, 강호가 하루도 편할 날이 없었을지도 모른다.

궁지에 몰리자 그런 당문인의 기질이 유감없이 드러났다.

당문파가 대뜸 한 주먹의 철련자(鐵蓮子)를 꺼내 움켜쥐고 소리쳤다.

"당문에 대항하는 자는 모조리 죽여도 좋다! 예외란 없다!"

그리고 제일 먼저 그것을 갈평에게 뿌리며 와락 덮쳐 갔다.

쏴아아—

삼공의 나머지 두 명과 사천왕, 그리고 네 청년이 일제히 암기를 꺼내 당 노인과 갈평에게 던져 대자 센바람이 부는 소리가 진동했다.

하나같이 극독을 품은 것들이다.

그들은 이제 더 이상 망설이지 않고 지난바 모든 재간을 펼쳐 기어이 당 노인과 갈평, 소걸을 죽여 버리겠다고 나섰다.

그러자 눈에 보이는 공간이 모두 암기로 뒤덮였다. 마치 촘촘한 그물을 활짝 펼쳐 덮는 것 같다.

"아!"

놀란 소걸이 비명을 터뜨리며 할아버지의 품으로 뛰어들었고, 갈평도 낯빛이 핼쑥하게 질린 채 당 노인을 가로막고 서서 맹렬하게 칼을 휘둘러 엄밀한 호신의 장막을 쳤다.

땡강거리는 소리가 귀 따갑게 터져 나왔다. 그 많은 암기들이 갈평의 칼에 맞아 튕겨 나가고 칼바람에 휩쓸려 낙엽처럼 우수수 떨어졌다.

하지만 하나의 칼로 어찌 수백, 수천 개의 암기의 폭우를 견뎌낼 수 있을 것인가.

눈 깜짝할 사이 갈평의 몸에 수십 개의 암기가 박혔다.

놀란 주위의 사람들이 도망가느라고 순식간에 삼층의 주청이 난장판이 되어버렸다.

"흐흐흐, 재미있다, 재미있어!"

당 노인이 음침한 웃음을 흘리며 벌떡 몸을 일으켰다.

후우웅—

들고 있던 비급을 부채처럼 좌우로 휘젓자 고막을 멍멍하게 하는 웅장한 바람 소리가 터져 나왔다.

지척에 쇄도해 들었던 암기들이 그 한 번의 바람을 견디지 못하고 사방으로 어지럽게 튕겨 나갔다.

"차합!"

암기를 뒤따라 맹렬하게 파고든 사천왕이 네 방위를 점하고 우렁찬 기합성을 터뜨리며 일제히 검을 찔러 넣었다.

암기를 쳐내느라 정신이 분산되어 있는 틈을 노린 것이니, 누구라도 그 검격 앞에서는 꼼짝하지 못하고 온몸이 산적처럼 꿰뚫리고 말 것이다.

당 노인의 수염이 부르르 떨렸다.

순간 그의 옷자락이 바람을 잔뜩 머금은 듯 부풀어 올랐고, 마치 옅은 안개에 감싸인 것처럼 그의 주위에 한 겹의 기 장막이 쳐졌다.

투두두둑―

그 앞에서 수많은 암기들이 힘을 잃고 쏟아졌다. 우박이 떨어지는 듯한 소리가 쉬지 않고 들린다.

당 노인이 선뜻 손을 뻗어 유엽표(柳葉鏢) 한 개를 낚아챘다. 그리고 가볍게 튕겼다.

삐이이이―

정균산 아래의 숲 속에서 망혼금편을 던져 올렸을 때처럼 날카로운 소성이 사람들의 귀를 찔렀다.

유엽표가 유성처럼 허공을 가르며 나는데, 스스로 눈이 있어서 상대를 쫓아가며 쪼아대듯 자유롭게 방향을 바꾸고 속도를 더하거나 덜하며 난다.

귀를 찌르는 날카로운 소리에 정신이 몽롱해지니 벼락처럼 쳐 나가는 유엽표를 피하기가 어려웠다.

게다가 그것이 도검과 권장의 영역을 교묘하게 피하며 빈틈만을 찾아 꽂히고 훑어가는 것 아닌가.

위기를 느낀 당문의 고수들이 모두 목을 움츠리고 유엽표를 떨쳐 내기 위해 맹렬하게 장력을 뿌리고 병장기를 휘둘러 댔다.

땡강거리는 소리가 요란하게 터져 나왔다.

부러진 검편들이 사방으로 날고 머리를 묶은 띠가 모조리 잘려 너풀거렸다.

당문의 고수들은 혼비백산했다.

하나같이 산발한 머리카락이 어지럽게 흩날리고, 새처럼 자유롭게 날며 쪼아오는 유엽표를 피하기 위해 이리저리 비틀거리니 마치 술에 취해 몸을 가누지 못하는 주정꾼의 형상이 되어버렸다.

그건 대공인 당문파도 예외는 아니었다.

유엽표가 머리띠를 쪼개고 지나갔지만 피하거나 막을 수가 없었다. 그것이 조금만 아래로 내려왔더라면 그대로 이마를 꿰뚫리고 말았을 것이다.

당문파의 등줄기를 타고 섬뜩한 전율이 흘러갔다.

그가 넋이 나간 듯 중얼거렸다.

"오오, 은하비(銀河飛), 은하비다."

목숨을 위협하며 어지럽게 날고 있는 유엽표. 그것이 괴조의 울음처럼 토해내고 있는 휘파람 소리가 아직도 날카로운데 당문파는 움직임을 멈추고 우뚝 서버렸다.

"은하비다. 은하비가 다시 나타났어……."

넋이 나가서 그렇게 중얼거릴 뿐이다.

그 소리를 들은 나머지 이공과 사천왕 등 당문의 고수들이 모두 경악으로 눈을 부릅떴다. 그리고 허공을 유유히 날고 있는 유엽표를 바라보았다.

점차 그들의 얼굴에 말할 수 없는 두려움이 떠올랐고, 갑자기 학질에라도 걸린 듯 몸을 덜덜 떨어댔다.

"은하비다! 은하비가 출현했다!"

누군가의 입에서 놀람에 가득 찬 외침이 비명처럼 터져 나왔다.

그 소리에 퍼뜩 정신을 차린 당문파가 느릿느릿 당 노인을 바라보았다.

이제 허공을 날던 유엽표는 힘을 잃고 천천히 떨어지더니 팍, 하는 가벼운 소리와 함께 당 노인의 탁자에 꽂혀 버렸다.

그것을 보고 당 노인을 바라보기 몇 번이던가.

당문표가 와들와들 떨며 조심히 말했다.

"우, 우리 당문에…… 그 절기를 대성한 분은…… 딱 한 분이 있었습니다."

"흥!"

"오래전에 그분께서 실종되신 후…… 당문 최고의 암기 공부인 그것은…… 사라져 버려 다시 나타나지 않았습니다."

"커흠."

"호, 혹시…… 아니, 제가 감히 노인장의 성함을 물어도 되겠습니까?"

말투에 지극한 두려움과 공경이 깃들었고, 당 노인을 바라보는 눈길에 간절함과 어떤 흥분이 가득 담겨 떨렸다.

당 노인이 그런 당문파의 말에는 대꾸하지 않고 저쪽 구석에 서서 넋이 나가 멍하니 바라보고 있는 양존 조백령에게 버럭 소리쳤다.

"이놈아! 네가 산통을 다 깨뜨려 버렸으니 네 주둥이로 어디 한번 말해봐라! 내가 누구냐?"

양존은 당 노인이 펼쳐 보인 암기술에 놀라 혼백이 달아날 지경이었다.

그는 망혼금편으로 불패의 신화를 남겼던 인물이다.

암기술에 있어서 자신의 상대가 될 자는 천하에 없다고 자부하며 살아왔는데, 그 생각이 얼마나 유치하고 가소로운 것이었는지 깨달았다.

정군산의 객잔에서 소결이 한 번 던져 보인 어설픈 솜씨에도 놀랐지만 지금과는 비교할 수가 없다.

커다란 쇠망치로 머리통을 얻어맞은 듯한 충격 때문에 얼이 빠져 있다가 당 노인의 호통 소리를 들었다.

그가 무의식적으로 입을 열어 말했다.

"당신은, 당신은…… 당문의 기린아, 당백아…… 당 노선배이십니다."

"으흑!"

그 말을 들은 사람들이 비명을 터뜨렸다.

당문의 고수들뿐 아니라 이 난리통을 똑똑히 구경한 모든 사람들이 양존의 한마디에 눈을 까뒤집은 것이다.

"흘흘, 그게 바로 나야."

당 노인이 아무것도 아니라는 듯 손을 툭툭 털며 말했다.

"오오―!"

주춤 다가서던 당문파가 한마디 신음 같은 경악성을 흘리더니 그대로 털썩 무너졌다.

"진정 소사숙이시란 말입니까!"

이마를 쿵쿵 찧어대다가 벌떡 일어나 당 노인을 바라보며 부르짖었다. 그리고 다시 제 몸을 던지듯 엎드려 이마를 찧어댄다.

"소사숙!"

비로소 당 노인을 알아본 나머지 이공도 제 몸을 당 노인의 발 아래 던지며 부르짖듯 외쳤다.

"흘흘, 많이들 컸어. 아니, 이제는 같이 늙어가는 처지가 되었구만 그래? 흘흘흘—"

그때까지도 당문의 고수들은 넋이 나가 우두커니 서 있었다.

삼공은 어렸을 때 당백아를 본 적이 있지만 나머지 이세대 고수들이야 전설처럼 전해지는 이야기를 들었을 뿐 본 적이 없다. 그러니 눈앞의 상황을 보면서도 실감이 나지 않았다.

삼공의 둘째인 당추걸의 호통이 벼락처럼 그들의 정수리 위에 떨어졌다.

"이것들이 죄다 눈알을 뽑히고 정강이가 으깨지고 싶으냐! 감히 사조님을 앞에 두고 대가리를 뻣뻣이 들고 있다니! 어서 꿇지 못해!"

깜짝 놀라 펄쩍 뛰어오른 자들이 그대로 떨어지며 납작 엎드렸다.

쿠쿠쿠쿵—

무릎으로 바닥을 찧는 소리가 우렛소리처럼 터져 나왔다.

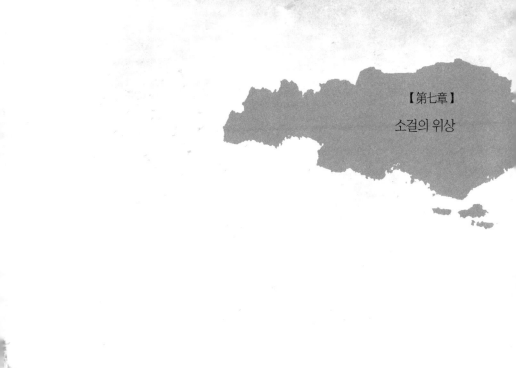

【第七章】

소걸의 위상

1

미친 듯 달려오고 달려가는 말들로 명월협에서 광원성에 이르기까지의 고촉도가 살벌하달 만치 분주해졌다.

모두가 당문의 고수들이니 누가 뭐라고 할 수도 없다.

그들을 염탐하는 암흑천교의 정탐꾼들은 물론 광명천의 첩자들도 넋이 달아나고 안색이 긴장으로 새파랗게 변했다.

당문의 기린아 당백아가 살아 돌아왔다.

그 소식은 마른하늘에 날벼락처럼 강호를 뒤흔들었다.

육십 년 전 홀연히 사라져 다시는 나타나지 않았으므로 모두들 그가 이름없는 골짜기에서 죽었다고 믿었던 것이다.

그런데 육십 년 만에 멀쩡하게, 신선처럼 우아한 풍모를 번쩍이며 검각제일관에 모습을 드러냈다.

어찌 충격과 경악이 아니겠는가.

그것도 혼자의 몸이 아니라 음양쌍존과 백의남학 설중교, 추혼랑 갈평, 종남광도 도굉을 수행 종사로 거느리고 있었으니 더욱 기가 막힐 일이었다.

강호에서 그들의 비중이 한 문파의 장문인과 자리를 나란히 할 만큼 높으니 더욱 그렇다.

그 당백아가 위세도 당당하게 당가보로 향하고 있는 중이다.

시시각각으로 파발마들이 미친 듯 달려가고 달려오는데, 하나같이 당백아의 행적을 당가보에 전하고, 당문주의 전갈을 가져오는 것들이다.

연도에 수많은 사람들이 모여서 그 어마어마한 모습을 구경했다. 원숭이들도 깎아지른 벼랑을 타고 이리저리 날뛰며 따라온다.

네 필의 윤기 자르르 흐르는 건마가 황금 꽃으로 장식된 무개마차를 끌었다.

그 위에 당 노인과 소걸이 의젓하게 앉아 있다. 천상의 신선이 소동을 데리고 하계에 내려온 듯했다.

마부석에 앉아 고삐를 쥔 자는 추혼랑 갈평이었다.

당 노인의 한마디에 삼공이 즉시 그의 몸에 박힌 암기를 뽑아주고 해독해 주었음은 더 말할 것도 없다.

당문의 제일원로인 삼공과 사천왕이 마차 곁을 따르며 호위했고, 그 뒤로는 음양쌍존과 백의남학 설중교, 종남광도 도굉이 따랐다.

다시 그 뒤로 당문에서 뽑아 보낸 백여 명의 씩씩한 청년 고수들이 호위대가 되어 기치창검을 번쩍이며 따르고 있었다. 과연 무림에 이만한 위세를 떨치며 당당히 행진할 사람이 또 있을 것인가.

그 위풍당당하고 기세등등한 행렬에 무림이 숨을 죽였다.

광원성 밖 십 리 지점에 있는 촉릉(蜀陵) 아래에 한 무리의 사람들이 질서 정연하게 모여 서 있었다.

당문을 상징하는 검은 바탕에 금빛 예어(鯢魚:도롱뇽)가 새겨진 깃발들이 바람을 맞아 씩씩하게 펄럭이는 곳에 귀족풍의 중년인 한 사람이 흰옷에 흰 비단 띠를 두르고 공손하게 서 있었다.

현 당문의 문주인 촉귀자(蜀貴子) 당시천(唐翅天)이다.

그 뒤에 다섯 사람의 백발노인이 시립하고 있는데, 당문의 오로(五老)들이었다.

다시 그들이 뒤로 나이를 짐작할 수 없는 한 명이 노파가 중년이 꽃다운 미부들 세 명의 시중을 받으며 차양 아래 서 있었다.

당문의 태대부인으로 최고의 어른이다. 전전대 문주의 부인이었으니 곧 당백아의 형수이기도 하다.

그 모두를 좌우에서 에워싸듯 단갑에 전포를 두른 삼십여 명의 영준한 청년들과 일백여 명의 검은 무복을 입은 자들이 넓게 방진을 펴고 시립해 서 있다.

저 멀리 언덕을 돌아 황금빛을 번쩍이며 마차가 모습을 나타냈다.

그것을 본 노부인의 눈에 벌써 눈물이 그렁그렁해졌다.

"그가, 그가 정말 저기 오고 있단 말이냐?"

오래전에 사별한 남편의 생각이 더 간절해졌다. 그는 벌써 살과 뼈가 삭아 흙이 되었을 텐데, 어린 시동생인 당백아는 살아서 당당하게 돌아오고 있기 때문이다.

"모셔와라."

촉귀자 당시천이 좌우에 명했고, 그 즉시 황금빛 단갑에 붉은 전포를 두르고 보검을 찬 두 명의 영준한 청년이 흰 말에 뛰어올라 나는 듯 달려나갔다.

당문주 촉귀자의 제자이면서 장차 당문을 이끌어갈 인재들이다.

그들이 익숙한 솜씨로 백마를 달려 마차 앞에 나아간 뒤 날렵한 신법으로 뛰어내리더니 무릎을 꿇고 예를 올렸다.

"당문의 삼대제자 문량과 문수가 태사조님을 뵈옵니다!"

우렁차게 외치는 소리가 산중에 쩌렁쩌렁 울려 퍼졌다.

마차 위의 당 노인이 그들을 내려다보며 흐뭇한 미소를 지었다.

"제법 생겼구나."

"예?"

의외의 첫마디에 대제자 당문량(唐文亮)과 이제자 당문수(唐文秀)가 어리둥절해져서 고개를 들고 바라보다가 급히 눈길을 깔았다.

"흘흘, 그렇다는 말이다. 역시 당문에는 예나 지금이나 인물들이 끊이지 않아. 이것도 다 본 문의 복이지. 암, 그렇고말고."

사문의 엄숙하고 절제된 분위기에 젖어 있던 그들에게는 이 벼락같은 태사조의 유쾌한 말이 너무나 뜻밖이었다.

그렇게 당문의 조사이자 강호에서 가장 높은 배분을 지닌 당백아가 돌아왔다는 소식은 곧 무림 구석구석으로 퍼져 나갔다.

*　　　　　*　　　　　*

세월은 유수와 같이 흐른다.

소걸이 당가보에 온 지도 어느덧 보름이 지났다.

이제는 새로운 환경에 적응이 되었음직도 하건만, 소걸에게 당문은 여전히 낯설고 어색하기만 했다.

"소사숙님."

제비처럼 경쾌하고 낭랑한 음성이 그를 불렀다.

"쳇, 그렇게 부르지 말라니까 정말 말 안 듣네."

"호호호, 하늘 같으신 사숙님인데 그럴 수 있나요?"

"아, 시끄러! 사숙 안 할 테니까 그냥 소걸아, 그래. 아니면 오라버니 그러든지. 커흠."

"그랬다가는 당장 이 예쁜 목이 뎅겅 잘려서 장대에 걸리고 말걸요?"

"에휴, 뭐가 이리 복잡하냐, 그래. 성발 싫나, 싫어."

소걸이 한숨을 쉬고 머리를 설레설레 흔들었다. 그 앞에서 방긋방긋 웃고 있는 소녀의 눈 가득 장난기가 넘쳐흘렀다.

열세 살. 한창 호기심 많고 장난이 지독할 나이의 계집애였다.

당예향(唐霓香)이라는 예쁜 이름을 가지고 있는 소녀인데, 문주인 촉 귀자 당시천의 하나뿐인 딸이다.

고집 세고 천방지축인데다가 말썽꾸리기여서 당문의 골칫거리로 이름난 소녀였다. 문중의 제일 어른인 삼공과 오로마저 그녀가 다가오면 눈을 가리고 귀를 막은 채 달아나기 바빴다.

그런 당예향이 소걸을 처음 본 날부터 졸졸 따라다니며 한시도 떨어지지 않았다.

어쩐 일인지 소걸에게만은 심술을 부리기는커녕 싹싹하고 다정하기 짝이 없다.

하지만 꼬박꼬박 사숙님이라고 불러대는 건 공경심이 있어서가 아니라 놀려대는 거였다.

주위를 두리번거려서 아무도 없다는 걸 확인한 소걸이 손가락을 까닥거렸다.

"왜요?"

예향이 좋아라고 쪼르르 다가왔다.

그녀에게 소걸은 신기한 사람이었다. 저보다 겨우 두 살 많은 소년일 뿐인데 문주인 아버지가 소형제라고 부르지를 않나, 문량과 문수, 두 사형이 사숙이라고 부르며 절절맨다. 다른 사람들은 말할 것도 없다.

도도하고 오만한 그 두 사형의 그런 모습이 예향에게는 신기하고 재미있기만 했다.

하지만 그것보다 더 그녀를 우습게 만든 건, 늘 근엄하고 퉁명스러운 삼공 할아버지들이 소걸을 소사질이라고 부르며 귀여워해 준다는 거였다.

그것처럼 그녀에게 뜻밖이면서 우스운 일도 없다. 그래서 소걸에 대한 어린 계집아이의 호기심은 갈수록 더 커졌다.

다가온 그녀가 스스럼없이 소걸의 팔짱을 끼고 매달렸다. 헤죽헤죽 웃는 얼굴을 턱 아래로 들이밀고 빤히 바라본다.

물끄러미 그녀를 바라보던 소걸이 냅다 두 볼을 쥐고 흔들어댔다.

"아야, 아야, 아프단 말이야!"

"그러니까 사숙님 어쩌구 하지 말라구. 알았어? 아주 징그러워서 소름이 다 돋는단 말이다."

"안 그러면 혼나는걸?"

"네가 혼나지 내가 혼나냐? 어쨌든 시키는 대로 하지 않으면 볼 때마다 이렇게 볼을 흔들어줄 테다. 볼기도 때려줄 거야."

"너무해."

소걸이 눈을 부라리자 그녀가 울먹였다. 금방 마음이 짠해진다. 소걸이 머뭇거리다가 헛기침을 하며 수정안을 냈다.

"커흠, 좋아. 그러면 어른들 있는 데서는 아예 나를 부르지 마라. 그리고 둘이 있을 때는 그냥 오라버니라고 해. 그러면 아무도 알지 못할 거 아니겠어?"

"알았어, 오라버니 사숙님."

"뭐야? 이것이 정말!"

대뜸 손을 뻗어 볼을 움켜쥐려 하였지만 똑같이 당하고 있을 예향이 아니다.

까르르 웃으며 재빨리 몸을 틀어 저만큼 물러서는데, 사의여향(裟衣麗香)이라는 우아하고 경쾌한 경신법이었다.

당문의 여자들에게만 전해지는 당가 비전의 보법이기도 하다.

헛손질을 한 소걸이 쿵쿵거리며 달려들었다. 두 손을 마구 휘젓지만 작은 소녀는 꽃 사이를 오가는 나비처럼 팔랑거리며 요리조리 빠져나갔다.

땅 위에 드리워진 그녀의 그림자가 아름다운 춤을 추듯 어지럽게 맴돈다.

"호호호, 오라버니 사숙님, 오라버니 사숙님."

"너 거기 안 서?"

"이것도 못 잡는 게 무슨 사숙님이고 오라버니람? 소걸아, 소걸아, 네 걸음은 소보다 굼뜨고 네 손은 장님의 지팡이 같구나."

"볼기를 때려줄 테다!"

"이렇게?"

철썩! 하는 소리가 났다. 어느새 뒤로 돌아간 그녀가 작고 고운 손바닥으로 소걸의 볼기를 때린 것이다. 그리고 까르르 웃으며 저만큼 달아나 버린다.

"이, 씨앙!"

드디어 화가 났다. 잡히기만 하면 다리를 걸어서 넘어뜨린 다음에 꼼짝 못하도록 깔고 앉아서 늘씬 두들겨 패줘 버리겠다는 지독한 마음이 되었다.

하지만 잡을 수 없으니 말짱 헛일이다.

작은 소녀는 살랑거리는 봄바람이고, 소걸은 뒤뚱거리는 거위다. 꽥꽥거리지만 소녀의 옷자락 하나 건들지 못했다.

"두고 보자."

씩씩거린 소걸이 매섭게 눈을 흘기고 홱, 돌아섰다. 상대하지 않는 게 제일이라는 깨달음을 얻은 것일까?

"오라버니 사숙님, 안 놀아?"

대꾸도 하지 않고 씩씩거리며 달려가는 소걸에게는 오직 한 생각뿐이었다.

'경신법이란 말이지? 흥! 좋다. 까짓 하루만 배우면 고약한 네년 머리꼭지에 올라앉을 수도 있어. 기다려라.'

2

씩씩거리며 소걸이 찾아간 곳은 당문의 뇌옥이었다.

보의 구석진 음침한 곳. 깎아지른 듯한 벼랑 아래 깊은 굴을 파고 중죄를 지은 자들을 수감하는 곳이다.

들어가고 나오는 곳은 오직 한 사람이 머리를 숙이고 겨우 통과할

만한 좁은 입구뿐이니, 한 번 들어가면 다신 나올 수 없는 곳이었다.

뇌옥 곁에 두 채의 나무 집이 있는데, 옥사장과 옥졸들이 상주하는 숙소다.

뇌옥 입구에는 건장하고 우락부락하게 생긴 두 청년이 웃통을 벗어 젖힌 채 보기에도 무시무시하게 생긴 낭아봉과 당파를 들고 지키고 있었다.

그들이 씩씩거리며 다가오는 소걸을 보고 어리둥절해졌다.

"소사숙, 여기는 어인 일이십니까?"

"안으로 들어가려고."

"예?"

"귀가 먹었어? 안으로 들어가야겠단 말이야!"

"허어—"

두 옥졸이 난감한 얼굴을 하고 한숨을 쉬었다.

이제 소걸을 모르는 당문 사람은 없다. 그의 신분이 당문에서도 아주 귀하고 높다는 것도 다 안다.

하지만 그렇다고 아무나 들여보내 주고 꺼내줄 수 없는 게 뇌옥 아닌가.

"소사숙, 이곳은 문주님의 허락 없이는 누구도 함부로 들어갈 수 없는 곳이랍니다."

"그래서, 안 된다는 거야?"

"문중의 율법이 그러하니 감히 저희가 그걸 어길 수가 없다는 겁죠."

"정말 안 돼?"

매섭게 노려보자 불곰 같은 덩치의 두 청년이 우물쭈물했다.

소걸은 문주와 같은 배분이 아닌가. 명을 받들지 않을 수 없지만, 또 문규를 어길 수도 없다.

"좋아."

그들을 한껏 노려본 소걸이 씩씩거리며 나무 집으로 향했다.

꽝!

거침없이 문을 걷어찬다.

옥사장인 당문장이 어리둥절한 얼굴로 바라보다가 급히 침상에서 내려와 옷매무새를 단정하게 했다.

"소사숙, 이곳에는 어쩐 일이십니까?"

"열어라."

옥사장의 떨떠름한 얼굴을 바라보던 두 장한이 말없이 커다란 자물쇠를 열고 비켜섰다.

당문장은 직속상관이니 따르지 않을 수 없다.

또한 수시로 뇌옥 안을 들락거리며 상태를 감시할 수 있는 유일한 권한을 가지고 있는 사람이다.

문주의 허락이 없더라도 언제든지 뇌옥을 출입할 수 있다는 얘기다.

그가 수인들을 점고하겠다는데 누가 뭐라고 할 것인가. 하지만 소걸은 그 경우에 해당되지 않는다.

"못 본 걸로 해."

당문장이 눈을 찡긋했다.

"나 혼자 뇌옥 안의 수인들을 점고하러 가는 것이다. 알겠지?"

"옙!"

이 어린 사숙이 무슨 수단을 발휘해서 옥사장을 끌고 왔는지 모른다. 하지만 이왕 일이 이렇게 되었으니 이제는 모르는 척해주는 게 저희들의 신상에도 이로울 것이라고 생각했다.

뇌옥 안은 음습하고 냉랭했다. 죽음의 기운이 떠도는 음산한 곳이다.

저벅거리는 발소리가 커다랗게 울렸다.

지금 뇌옥 안에 들어 있는 수인은 딱 네 명이었다.

당문의 사천왕들이다.

그들의 죄목은 조사를 몰라보고 불경을 저질렀다는 것인데, 어느 문파에서나 그렇듯이 당문에서도 윗사람에 대한 불경죄는 참수를 당해도 할 말이 없는 중죄다.

원래는 검각제일관에 있던 자들 모두가 벌을 받아야 했다. 그래서 문주가 즉시 집법당주를 불러 형을 집행할 것을 명했는데, 당 노인이 그걸 반대했다.

"그놈들은 나를 몰랐지. 내가 말해주지 않았거든. 내가 누구인지 알았다면 감히 저희들이 그 행패를 부렸겠어?"

"하오나……."

"흘흘, 철부지 손자 놈이 수염을 잡아당겼다고 패 죽이는 할아버지를 봤니?"

"……."

"아주 귀여운 것들이더라. 모르고 한 짓이니 봐줘."

"예."

문주인 당시천이 머리를 조아리고 사조의 명을 받들었다.

내심 기쁘기 짝이 없었다. 그도 실은 삼공이며 사천왕 등을 벌주고 싶지 않았던 것이다.

아무것도 모르고 있었으니 그 상황에서라면 자기라도 그렇게 했을 거라고 생각했다.

대전 아래 부복하고 있는 삼공과 사천왕이 들릴 듯 말 듯 안도의 한 숨을 쉬었다. 그들은 자신들의 목숨이 지금 당 노인의 한마디에 달려 있다는 걸 잘 알았다.

그런데 감히 조사를 능멸한 죄를 용서해 주겠다지 않는가. 저승사자 의 손에서 풀려난 게 아닐 수 없다. 이처럼 고맙고 감격스러울 수가 없 다.

형당의 고수들을 이끌고 와 대전 좌우에 늘어서서 명만을 기다리고 있던 형당주의 얼굴에도 안도의 빛이 떠올랐다.

그때 당 노인이 머리를 갸웃거리더니 다시 입을 열었다.

"하지만……."

갑자기 말을 튼다. 얼굴에 사뭇 엄숙하고 냉랭한 기운이 감돌아서 당시천은 어리둥절해졌다.

"사천왕이라나 뭐라나 하는 저 괘씸한 놈들은 안 돼."

"예?"

그 즉시 사천왕의 얼굴이 사색이 되었다.

"어린것들이 감히 내게 손찌검을 했단 말이거든. 이걸 그대로 놔두 면 당문의 수치지. 안 그러냐?"

"예? 예, 예……."

당시천이 진땀을 흘렸다. 방금 전에는 모르고 한 짓이니 죄다 용서 해 주라며 허허, 웃지 않았던가. 그게 금방 변해서 서슬 퍼렇게 호통을 치니 정신을 차릴 수가 없다.

그렇게 따지자면 삼공, 그중에서도 대공인 당문파가 제일 먼저 벌을 받아야 한다. 그가 명령을 내렸기 때문이다.

　사천왕이야 그 명에 복종한 것밖에 더 있는가.

　그런데 이 하늘 같은 사조의 노여움은 무엇 때문인지 사천왕에게만 집중되고 있었다.

　'노망이 드신 건가?'

　당시천에게 그런 의심이 불쑥 드는 게 당연했다.

　구십이나 된 노인이니 정신이 온전하지 않은 건지도 모른다.

　당 노인이 진땀을 흘려대는 당시천에게 매섭고 독하게 말했다.

　"저놈들을 모두 뇌옥에 가두고 죽을 때까지 꺼내주지 마!"

　"예?"

　"왜? 싫으냐?"

　"그게 아니오라, 그건 좀……."

　"좀이라니? 내 말이 말 같지 않다 이거냐?"

　"아니, 그럴 리가 있습니까? 다만 사조께서 조금 전에 하신 말씀과는 영 다른지라……."

　"모르고 한 짓이니 용서해 주라고 해서? 그랬는데 갑자기 다른 소리를 해서?"

　"예, 예."

　"그거야 내 맘이지."

　"예?"

　"그러니까 너는 지금 내가 노망이 들어 정신이 오락가락하는 거라고 의심하는 것 아니냐?"

　"소손이 어찌 감히……."

더욱 종잡을 수가 없다. 그래서 당시천은 쩔쩔매기만 했다. 당문의 문주라는 어마어마한 신분도 이럴 때는 다 소용 없다.

한 항렬 위인 삼공이나 오로도 당시천을 감히 함부로 대하지 못했다. 항렬을 떠나서 그가 당문을 이끄는 문주이기 때문이다.

하지만 당 노인은 이미 그러한 틀에서 벗어나 있는 거라고 해야 옳았다. 당문의 제일 어른인 것이다. 그것도 유일하게 생존해 있는 사조님이다.

당시천이 아무리 문주라고 해도 공경하고 받들어 모시지 않을 수 없는 것이다.

쩔쩔매는 문주를 물끄러미 바라보던 당 노인이 흘흘, 웃었다.

"좋아, 그렇다면 이렇게 하자."

"……?"

"내가 저 못된 놈들에게 아주 어려운 일을 한 가지 시키겠어. 저놈들이 그걸 해내면 공을 세운 걸로 치고 깨끗이 용서해 주지."

"……."

"하지만 해내지 못하면 쓸모없는 놈들이니 저놈들은 평생 뇌옥에서 썩어도 싸."

"대체 무슨 말씀이신지 소손은 잘… 모르겠습니다."

"별거 아니야. 저 괘씸한 놈들에게 내가 은하비의 비결을 전해줄 텐데……."

"아!"

"오오—!"

모두의 입에서 경악과 경탄의 외침이 비명처럼 터져 나왔다.

"이십 일 안에 그것을 깨우쳐야 한다. 그걸 못하면 뇌옥 안에서 그냥 뒈지는 거야."

이제 사천왕은 두려움 대신 감격으로 온몸을 떨었다.

상대적으로 문주와 삼공의 얼굴에는 부러움이 떠올랐고, 실망감으로 허탈해지기까지 했다.

"늙은 것들이야 새로운 걸 배울 게 뭐 있어? 그냥 지닌 걸 잘 간직하면 다행이지. 그리고 어린것들은 철딱서니가 없어서 절기를 얻으면 저 잘났다고 뺀질거릴 게 뻔해. 그래서야 절기가 오히려 해가 되어서 스스로를 망치기 십상이거든."

그 말을 하는 당 노인의 얼굴 가득 회한의 그늘이 드리웠다.

그렇게 해서 사천왕은 뇌옥 안에 갇힌 채 사조로부터 전수받은 당문 제일의 암기 공부인 은하비를 익히기에 여념이 없었다.

뇌옥 안으로 들어갈수록 허공을 가르는 바람 소리가 날카롭고 커다랗게 들려왔다.

남은 날은 이제 닷새. 그 안에 절기를 익히지 못하면 죽을 때까지 이 안에서 나갈 수 없다. 그러니 그들로서는 손목이 떨어져 나가고 손가락이 문드러질 때까지 암기를 던지고 또 던지는 수밖에 없었다.

죽기를 각오했으니 그 결심이 얼마나 대단할 것인가.

3

세 개의 비표가 비좁은 석실 안을 어지럽게 난다.

윙윙거리는 바람 소리가 귀를 따갑게 해 소걸이 눈살을 찌푸렸다.

사천왕 중의 첫째인 웅풍비협(雄風飛俠) 당운문(唐雲門)이었다.

그는 벌써 세 개의 암기를 던져 자유롭게 움직일 만큼 진전을 보이고 있었다.

맞은편 석실에서도 한 사람이 땀을 뻘뻘 흘리며 암기를 던지고 조종하는 데 몰두해 있었는데, 그 역시 세 개의 암기를 자유자재로 움직였다.

사천왕의 둘째인 소면비표(素面飛豹) 당경(唐庚)이다.

옆의 석실에서는 셋째이자 천향채주인 연화비수(連火飛手) 당평지(唐坪地)가 있었고, 그 맞은편 석실에는 넷째인 낙일비응(落日飛鷹) 당도담(唐渡潭)이 있었다.

모두 세 개의 비표를 자유자재로 다룰 수 있을 만큼 그 성과들이 뛰어났다.

"응? 소사제가 여기에 어쩐 일인가?"

소걸을 발견한 첫째 당운문이 놀라서 물었다.

말하는 중에도 자유롭게 비표를 날리고 거두어들이기를 계속하고 있었으니 그의 성취가 보통이 아니라는 걸 알 수 있었다.

"사형과 나 중에 누가 더 할아버지와 가깝죠?"

"하하, 그거야 소사제지 누구겠나."

"그럼 내가 돌아가서 할아버지에게 네 분 사형 중 첫째 사형의 솜씨가 가장 형편없다고 말한다면 할아버지는 내 말을 믿겠군요."

"무엇이?"

놀란 당운문이 급히 숨을 들이마시고 비표를 거두어들였다.

"소형제, 그게 무슨 소린가? 사제들이 정말 나보다 뛰어나단 말인가?"

"내가 보기에는 그렇군요."

"이런, 이런."

당황하여 눈을 뒤룩거리던 그가 껄껄 웃었다.

"하하하, 이제 보니 소사제에게 다른 속셈이 있군 그래?"

"할아버지는 사형들에게 당문 최고의 절기를 물려주었어요."

"그렇지, 그래서 매우 감격하고 있다네."

"나는 할아버지와 십오 년을 함께 살았어요. 그런데 할아버지는 고작 한 번 보았을 뿐인 사형들에게만 절기를 전해주더군요."

"그럴 리가 있나? 아마도 소사제에게는 더 훌륭한 절기를 남기셨을 것 같은데?"

"쳇, 그랬으면 내가 그 조그만 계집애에게 놀림을 당했겠어요?"

"응? 누가? 오호라, 예향이 그것이 또 버릇없이 군 모양이로군."

"흥!"

"그 녀석은 원래 그래. 아주 골치 아프다네. 소사제는 도량 넓은 사내대장부 아닌가. 그저 허허, 웃고 말아야지."

"하지만 나는 사내지만 아직 대장부는 아니고, 그래서 도량이 넓지 못한 걸 어쩝니까? 반드시 그 앙큼한 계집애를 붙잡아서 볼기를 때려주고 말 테예요."

"응? 볼기를 말인가?"

놀라서 눈을 크게 뜨고 두리번거리던 당운문이 무얼 생각했는지 호탕하게 웃었다.

"하하하, 그래야지. 아주 멋진 장면이 되겠군 그래. 자고로 속 썩이는 꼬마 계집애를 혼내주는 데는 그것보다 좋은 방법이 없다네. 암, 그렇고말고."

두 사람의 말을 나머지 사천왕이 모두 들었다. 음침한 석실 안에 걸

걸한 웃음소리가 가득 찼다.

"그래, 그 앙큼한 녀석이 어떻게 사제를 놀리던가?"

"신법을 자랑하며 달아나는데 잡을 수가 없었어요."

"아니, 사제는 신법을 배우지 않았단 말인가?"

"말했잖아요. 할아버지는 지독한 구두쇠라 내게는 아무것도 가르쳐 주지 않았다고."

맞은편에 있던 둘째 당경이 큰 소리로 부정했다.

"나는 믿을 수 없어. 그렇다면 사제가 검각제일관에서 나를 놀라게 했던 그 한 수는 무엇이란 말인가?"

그는 소걸의 주먹질에 자칫 손등을 얻어맞을 뻔하고 깜짝 놀라 조화 철수를 거둔 기억을 떠올렸다.

분명 수법은 화산파의 시시한 오행권이었지만 그 안에 깃들어 있는 오묘함은 그 어떤 절기 못지않았다.

당경은 그것이 사조께서 소걸에게 남다른 비결을 전해주었기 때문이라 여기고 있었다. 그렇지 않고서야 삼류의 초식에 어찌 그런 신묘함이 깃들 수 있을 것인가.

첫째 당운문도 엄숙한 얼굴로 말했다.

"둘째의 말이 맞아. 그날 사제는 주먹 하나로 나까지 놀라 물러서게 했지. 그게 섬서 동가장의 보잘것없는 사방추 수법이었다는 걸 나는 지금도 믿을 수 없다네. 그러니 자네는 사조님으로부터 무언가 대단한 비법을 전수받은 게 틀림없어."

"쳇, 그렇다고 쳐요. 하지만 그것으로는 그 작은 계집애를 붙잡을 수 없으니 말짱 헛일 아니겠어요?"

아무리 절세의 무공을 지녔다 해도 달아나는 자를 잡을 수 없다면 때릴 수 없으니 소용이 없다.

"그래서 사제는 그 작은 계집아이를 잡을 수 있는 경신 공부를 얻으러 온 거로군?"

"맞아요. 할아버지가 사형들에게만 절기를 전수해 주었으니 나는 사형들에게서 무언가 얻어야 덜 속상하지 않겠어요?"

"어째서 하필 우리들인가? 내가 보기에는 음양쌍존이나 백의남학 설중교, 갈평과 도굉 등의 무공이 우리보다 오히려 더 뛰어날 것이네. 그들에게서 배우면 더 좋을 텐데?"

소걸은 차마, '그늘에게서는 언제는지 부숭을 얻어낼 수 있겠지만 당신들과는 헤어질 날이 며칠 남지 않았는걸?' 이라고 말할 수가 없었다.

그가 짐짓 더욱 화가 난 얼굴을 하고 통명스럽게 말했다.

"그 계집애가 당문의 경신 공부로 나를 놀리니 나도 당문의 절기로 잡아야 승복하겠지요."

"하하하, 그렇겠군. 소사제의 말이 맞아."

첫째 당운문이 껄껄 웃었다.

그에게도 속셈이 있었다.

만약 소걸이 음양쌍존 등에게서 경공의 절기를 배워 예향을 혼내준다면, 그 작은 떼쟁이 계집애는 당장 아버지를 졸라댈 것이 분명했다.

어째서 당문의 경신법이 남보다 못하냐, 그건 아버지가 일부러 나에게 제대로 된 공부를 가르쳐 주지 않아서 그렇다.

이렇게 억지를 쓰며 울기 시작하면 그 화가 고스란히 사천왕에게 돌아올 수밖에 없었다.

당문에서 그녀를 보호하고 돌보는 책임을 그들이 지고 있었기 때문이다. 말하자면 그들은 예향의 사숙이면서 대부이기도 한 것이다.

그 귀찮은 짓을 면하려면 소걸에게 당문의 경공 절기를 가르쳐 주는 수밖에 없었다. 그러면 그녀도 아무 소리 하지 못할 것이기 때문이다.

그런 속셈을 감춘 채 당운문이 넌지시 말했다.

"우리 중에서 경공과 경신의 공부라면 단연 넷째지. 그의 별호가 낙일비응인 것만 봐도 알 수 있지 않은가? 그에게 가르쳐 달라고 하게."

"그럼 대사형은 아무것도 주지 않겠다는 건가요?"

"하하, 나는 사제에게 나의 절기인 화양금나(華陽擒拿)의 수법을 가르쳐 주지."

"좋아요. 그럼 이사형은 그 조화철조라는 걸 가르쳐 주세요. 그리고 삼사형은 뭘 가르쳐 줄 건가요?"

이미 그렇게 하기로 정해졌다는 듯 소걸은 전혀 거리낌없이 말했다. 뻔뻔하다면 그렇게 뻔뻔할 수가 없지만 사천왕은 사조님과 그의 사이를 잘 알고 있으니 거절할 수가 없었다.

셋째인 당평지가 쓴웃음을 짓고 말했다.

"좋아, 그러면 나는 사제에게 한 가지 장법을 가르쳐 주지. 연화구장(連火九掌)이라는 것인데, 마음에 들 거야."

"그럼 먼저 넷째 사형에게서 경신 공부를 배운 다음에 차례차례 배우기로 하지요."

"그런데 그 네 가지 공부를 모두 배우려면 몇 년은 족히 걸릴걸? 당장 예향이를 혼내줄 수는 없을 거야."

그건 당평지뿐 아니라 모두가 같은 생각이었다. 다른 세 사람은 소걸이 떼를 쓸 기미가 보이자 얼렁뚱땅 넘어가려고 했지만 고지식한 당평지는 그렇지 않았던 것이다.

소걸이 피식 웃었다.

"투로만 배우면 되는데 무슨 몇 년씩이나 걸려요? 오늘 하루도 많겠네."

"응?"

다들 눈이 휘둥그레졌다.

자신들이 배웠을 때를 생각하면 투로를 제대로 익히는 데도 몇 달은 족히 걸려야 할 것이기 때문이다. 그러니 몇 년을 얘기한 것도 매우 적게 잡은 것이다.

게다가 투로는 그 초식을 구현하기 위해 만들어진 고정된 틀이다. 그것만 배워서야 어디 싸움을 할 수 있을 것인가. 남들 앞에서 시범을 보이는 데에는 쓸 수 있을지도 모른다.

초식의 변화와 응용을 제대로 소화하자면 평생을 익혀도 부족하다. 그런데 투로만 배우면 되고, 게다가 하루도 많다니.

소걸의 말에 어이없어하던 네 사람은 또 똑같은 생각을 했다.

'아직 철이 없으니 뭘 몰라도 한참 모르는군. 좋아, 네가 그렇다면 그런 거겠지 뭐. 까짓 대충 흉내만 내게 해주면 그만이지 않겠어?'

"하하, 어린 사제의 자신감이 아주 좋군. 그럼 우선 나의 절정 경공 신법인 낙일비응의 수법을 가르쳐 주지. 이리 오게."

넷째 당도담이 소걸을 불렀다.

경공 신법에는 막중한 내력의 뒷받침이 필요하다. 그것은 하루아침에 되는 게 아니지만 운기의 비법과 몸의 움직임, 그리고 그에 따른 정교한 보법을 배우는 데는 그리 많은 시간이 걸리지 않는다.

먼저 운기의 비법을 전해준 당도담이 신법의 시범을 보였다.

"한 번 더요."

한 번 보고 머리를 갸웃거리더니 두 번 보고는 알겠다는 듯 턱을 끄덕였다. 그러더니 세 번째 시범을 요구한다.

당도담의 복잡하고 교묘한 보법은 보는 사람의 눈을 어지럽게 할 만했다.

그는 첫 번째는 천천히, 그리고 두 번째는 빠르게, 세 번째에 이르러서는 대적을 앞에 두고 움직이듯 신속하고 경쾌하게 움직여 보였다.

어지간한 사람으로서는 몇 걸음 기억하다가 순서며 몸놀림이 뒤죽박죽 뒤엉켜 버려서 골머리를 감싸 쥐고 주저앉을 만했다.

그런데 소걸이 당도담의 시범을 세 번 눈여겨보고 나더니 빙긋 웃으며 말하는 것 아닌가.

"됐어요. 뭐, 그렇게 어려운 것도 아니네."

"뭐라고?"

당도담이 어이없다는 얼굴로 입을 딱 벌렸다가 눈을 부릅뜨고 노려보았다. 불쾌한 기색이고, 가까스로 화를 눌러 참는 표정이다.

"소사제, 절기를 가르치고 배우는 건 장난이 아닐세."

"누가 장난이라고 했어요? 사실이 그렇다는 거지."

"그럼 나처럼 할 수 있단 말인가? 만약 하지 못하면 벌을 내리겠네."

"좋아요. 달게 벌을 받지요. 하지만 내가 해 보인다면 대신 다른 걸하나 더 가르쳐 줘야 해요."

"좋아."

그 말이 떨어지자 입을 삐죽 내밀어 보인 소걸이 움직이기 시작했다.

그리고 모두 지나친 놀람으로 딱 벌어진 입을 다물지 못했음은 물론이다.

【第八章】

주고받는 게 인간사지

1

“이리 와!”

“왜? 오라버니 사숙?”

“예뻐해 주려고 그런다.”

“칫, 조금 전에도 예뻐해 줬으면서.”

“안 오면 화낸다. 나 화나면 무서워.”

소걸이 눈을 부라렸지만 예향은 방글방글 웃기만 할 뿐이었다.

조금도 무서워하지 않는다.

잔뜩 벼르고 있던 소걸이 속으로 피식 웃음을 흘렸다.

눈을 반짝이며 헤죽헤죽 웃고 있는 예향의 앳된 얼굴이 너무 귀엽고 사랑스럽게 보였던 것이다.

도대체 저렇게 예쁘고 귀여운 얼굴을 한 계집애가 왜 그렇게 천방지축인지 알 수가 없었다.

'어쩌면 여자는 얼굴 생긴 것하고 속마음하고는 전혀 상관없는 요상한 존재가 아닐까?'

그래서 제멋대로 그런 정의를 내려 버렸다.

어쨌든 어느새 슬그머니 화가 풀려 버렸지만 겉으로 드러난 얼굴은 여전히 근엄하기만 했다.

소걸에게 그런 표정이 어울리지 않았던지 예향은 이제 손으로 입을 가린 채 키득거렸다. 어쩌면 또 골탕 먹일 생각에 벌써부터 재미있어 죽을 지경이 된 건지도 모른다.

그녀가 눈치 보는 고양이처럼 살금살금 다가왔다.

소걸은 뒷짐을 진 채 여전히 엄숙한 얼굴로 기다렸고, 드디어 가슴 앞까지 다가온 예향이 턱 아래 그 똘망똘망하고 장난기로 반짝이는 맑은 눈을 들이밀었다.

"왔어, 오라버니 사숙님. 어떻게 예뻐해 줄 건데? 볼을 쥐어뜯어 가면서? 아님 볼기를 때려가면서?"

"잘 아는군, 요 앙큼한 것!"

소걸이 소리치며 와락 손을 내밀었지만 예향은 그럴 줄 알았다는 듯 벌써 저만큼 휘돌아 떨어졌다. 그러면서 깔깔 웃는다.

"호호호, 또 엉덩이를 맞고 싶은 모양이지? 그렇다면 이번에는 발로 걷어차 줘야지."

여전히 가볍고 경쾌한 사의여향이라는 신법이었다.

소걸이 허둥댄다. 눈을 가리고 두 팔을 활짝 벌린 채 박수 소리를 쫓아 이리저리 맴도는 술래 같았다.

이미 한 번 그런 소걸을 놀려먹은 경험이 있는 예향이 더욱 재미있어 하며 다가오고 멀어지기를 거듭했다.

그러면서 똑같이 놀란다.

"소걸아, 오라버니 사숙님, 발걸음이 어찌 새끼 밴 암소같이 굼뜬가요? 그래 가지고 무슨 오라버니고 사숙이람? 이크크, 잡힐 뻔했네. 호호호호—"

그러던 한순간 그녀가 자지러지는 비명을 터뜨렸다.

"어맛!"

분명히 저만큼 떨어져서 허둥대던 소걸인데, 웃고 즐기는 사이에 어느새 코앞에 불쑥 다가섰던 것이다.

깜짝 놀란 예향이 이리저리 몸을 흔들고 머리를 틀었다. 볼을 쥐려고 뻗어 나오는 소걸의 손을 피하고, 가슴을 부딪칠 듯 쫓아오는 걸음을 피하기 위한 건데…….

"이, 이런, 에그머니나!"

그녀의 홍조 띤 볼이 새파랗게 질렸다.

소걸의 그림자가 마치 저의 그림자가 된 것처럼 붙어서 떨어지지 않았던 것이다.

온 힘을 다해 신법을 펼쳐 빠져나가려고 발버둥 치지만 결코 소걸의 한 걸음 밖으로 벗어날 수가 없는 것 아닌가.

기어이 그녀의 오동통한 두 볼이 소걸의 손 안에 잡혔다.

"아야야!"

그리고 몸이 홱 돌아가더니 토실토실한 엉덩이에 소걸의 두툼한 손이 사정없이 달라붙었다.

철썩, 철썩, 철썩!

거푸 세 대를 맞았다. 아무리 발버둥 치고 몸부림을 쳐도 결코 빠져나갈 수 없는 끈질긴 신법이고, 재빠른 수법이었다.

"나빠!"

예향이 기어이 털썩 주저앉아 버렸다. 빽, 소리치고 소걸을 째려보더니 어느덧 그 큰 눈에 눈물이 그렁그렁해졌다.

그리고 손가락으로 소걸을 가리키며 소리치는데, 울음과 뒤섞여 터져 나오는 욕이었다.

"나쁜 자식! 소걸아! 오라버니 사숙! 나쁜 놈! 내 엉덩이를 때리다니! 아버지에게 다 일러줄 거야!"

말끝은 맨 땅에 두 다리를 비벼가며 엉엉 울어대는 울음이다.

그러면서도 욕하는 걸 멈추지 않았다.

"넷째 사숙도 나빠! 셋째 사숙도 나쁘고, 둘째 사숙도 나쁘고, 대사숙도 나빠! 다들 나빠! 엉엉—"

저를 쫓아오던 소걸의 신법이 넷째인 당도담의 낙일비응이고, 뺨을 잡아오던 손놀림이 셋째 사숙의 연화구장이며, 엉덩이를 때리던 수법은 둘째 사숙의 조화철조의 손놀림이었다.

그리고 발버둥 치는 몸을 움켜쥐고 꼼짝 못하게 하던 건 언제나 말이 없고 무뚝뚝한 대사숙 당운문의 화양금나수였다는 걸 안 것이다.

작은 계집애 예향은 그 네 사숙이 소걸에게 절기를 전수해 준 게 야속하고 속상하기만 했다.

그를 시켜서 저를 괴롭히고 놀리려고 작정한 거나 다름없지 않은가. 그래서 더 억울하고 분하기만 했다.

하지만 소걸이 불과 한나절 만에 어떻게 그렇게 변할 수 있었는지는 미처 생각하지 못했다.

아침나절에 그는 자기에게 꼼짝 못하고 엉덩이를 얻어맞았다. 그런데 저녁 무렵에는 오히려 당했다.

한나절 동안 어떻게 그런 변화가 가능한 건지 믿을 수 없는 일이
다.

그렇게 소걸이 기어이 예향을 잡아서 울려놓고 코를 벌름거리며 좋
아하고 있을 때, 뇌옥 안에서는 네 사람이 거푸 내쉬는 한숨 소리로 굴
이 무너질 지경이었다.

사천왕들은 넋이 나간 사람처럼 멍한 얼굴로 차가운 돌 바닥에 주
저앉아 고개를 떨구고 있을 뿐, 더 이상 암기술을 익힐 생각조차 잊었
다.

"어떻게, 어떻게 그럴 수가 있지?"

"어떻게 한나절 만에 정말 그 모든 걸 다 해치워 버린단 말인가?"

"그놈은 사람이 아닌가?"

"나는 아직도 믿을 수 없어. 에휴―"

사천왕의 그런 탄식은 벌써 수십 번, 수백 번이나 되풀이되었다.

소걸이 한나절 만에 자신들의 절기를 배우고 좋아라고 손뼉을 치며
달려가는 걸 보고 나서부터 그들은 모든 의욕을 잃어버렸다.

비록 투로를 흉내 낼 수 있게 된 것뿐이지만 한나절은 그것조차 불
가능한 시간이다. 게다가 완벽하다니…….

그런데 자신들은 무려 열흘 동안이나 죽어라고 은하비의 수법을 익
히고 있으면서도 아직 세 개의 비표를 날리는 데 머물고 있지 않은가.

그런 비교와 열등감에 그들은 낙심하여 의욕과 투지를 잃어버리고
말았다.

소걸에게 소중한 걸 도둑맞은 것 같은 느낌을 지울 수 없다.

"재미있느냐?"

어둑어둑해지고 있는 저쪽, 백양나무 그늘 속에서 불쑥 음침한 음성이 들려왔다.

"엇?"

소걸이 깜짝 놀라 돌아본 곳에는 갈평이 우뚝 서 있었다.

언제부터 그곳에 몸을 감추고 서 있었던 건지는 모른다. 어쩌면 예향이를 놀려대던 중에 왔을 수도, 그전부터 뒤따라온 것일 수도 있다.

소걸은 그가 자신이 예향을 골탕 먹이던 걸 모두 훔쳐보았으리라는 생각에 얼굴이 새빨개지고 말았다.

"재미있느냐고 물었다."

갈평의 음성이 더욱 무겁고 칙칙하게 가라앉았다. 짙게 깔려오는 황혼 같다.

"무슨 뜻이죠?"

"하루종일 무얼 했나 했더니, 고작 작은 계집애를 희롱하려고 무공초식을 배웠더란 말이냐?"

"헛!"

그가 모든 걸 알고 있다는 게 뜻밖이라 소걸이 흠칫 놀랐다.

갈평이 천천히 짙은 나무 그늘에서 벗어나며 말했다.

"철없는 놈. 그만큼 혼이 났으면 무언가 달라졌으리라고 여겼다. 한데 네놈은 아직도 멀었구나."

"뭐, 뭐요? 대체 무슨 말을 하는 거죠? 다가오지 마욧!"

"무인에게 무공이란 삶이며 죽음 같은 것이다. 하찮은 장난거리가 아니란 말이다."

"내가 뭘 배워서 어떻게 쓰든 그게 무슨 상관이 있다고 참견이람. 쳇, 아저씨나 잘하세요."

아직도 그때 갈평에게 죽도록 얻어맞던 일을 잊지 않고 있었다. 그에 대한 마음이 꼬부라져 있으니 대꾸가 공손할 리 없다.

어둠 속에서 갈평의 눈이 하얗게 번쩍였다.

"나는 네놈이 무공을 장난거리로 여기는 걸 용납할 수 없다. 그건 무공을 제 목숨보다 더 소중히 여기는 사람 모두를 모욕하는 짓이다."

소걸은 갈평의 손이 칼자루에 닿는 걸 보았다. 그리고 살기를 띤 그의 번쩍이는 눈길이 불화살이 되어 이마에 박히는 것 같아 부르르 떨었다

갈평의 손에 잡히면 나뭇가지 하나도 무서운 흉기가 된다. 그런데 그가 칼을 뽑겠다는 의지를 내비친 것이다.

소걸이 두리번거렸다. 무엇이든 손에 쥘 게 없나 찾아보는 것인데 부러진 나무토막 하나 보이지 않았다.

어느새 열 걸음 앞까지 다가온 갈평이 입술 끝에 싸늘한 조소를 매단 채 으스스하게 말했다.

"어디, 너의 그 잘난 무공으로 나에게도 한번 장난을 쳐보아라. 내 엉덩이도 두드려 보란 말이다."

"대, 대체 왜 이러는 거죠? 설마 당신도 미쳤단 말인가요?"

"흐흐흐, 너를 가르치려는 거지."

"죽이려고 하면서……."

"흐흐, 내가 가르치는 방법일 뿐이야. 너에게 선택은 없다. 죽든지 달아나든지 마음대로 해봐."

그는 당 노인이 소걸과 싸우라는 엉뚱한 말을 했을 때 처음에는 노인이 자기를 놀린다고 생각했지만 곧 깨달았다.

당 노인은 가볍고 경망스러운 소걸의 사고방식을 뜯어고쳐 주기를 바랐던 것이다.

그가 진정한 고수가 되기 위해서는 우선 무공 앞에서 진중한 마음가짐부터 가져야 했다. 그렇지 않고 절기만 지니게 된다면 어린아이에게 잘 드는 칼을 준 것처럼 위태롭다.

소걸은 무공을 배우고 싶다는 열망만 가득할 뿐 제가 무엇 때문에 배워야 하는지, 무공이라는 게 어떤 의미를 갖는 건지에 대해서는 조금도 알지 못했다. 그저 장난 삼아 배우고, 배워서 우쭐거리고 싶다는 치기 어린 마음이 있을 뿐이다.

그게 잘못된 거라고 백 번 말해줘 봐야 스스로 절실한 마음을 갖게 되지 않는 이상 뼛속에 새겨 넣을 리가 없다.

그래서 당 노인은 갈평을 택했다.

소걸에게서 소년의 껍질을 깎아내 버리고 한 사람의 대장부로 탈바꿈시키는 데 그가 가장 적합한 사람이라고 여긴 것이다.

처음 그를 죽지 않을 만큼 때려주고, 이곳까지 동행해 오는 동안 갈평은 은밀히 소걸의 행동을 관찰해 왔다. 그리고 오늘 비로소 당 노인이 자기에게 무엇을 원하고 있는지 확신할 수 있게 된 것이다.

그렇다면 제 역할에 충실해야 한다. 그것이 주인으로 모신 분에 대한 충성이지 않겠는가.

'영 싹수가 없는 놈이라면 감당할 수 없게 되기 전에 차라리 죽여 버린다.'

갈평은 그게 소걸 자신을 위해서는 물론 강호를 위해서도 좋은 일이라는 생각을 가지고 있었다.

소걸을 노려보는 그의 눈길이 더욱 음산해졌다.

2

시잇―

갈평의 칼은 용서가 없다. 그것이 소리도 없이 바람을 가르고 떨어진다.

놀란 소걸이 재빨리 비켜서며 맴돌았다.

허둥거리는 기색이 완연한 몸짓이지만 가까스로 벼락처럼 쳐 나온 일격을 피했다.

서늘한 쇠 냄새.

그것이 뺨에 냉랭한 기운을 남기고 아슬아슬하게 스쳐 지나갔다.

"까악―!"

주저앉아 있던 예향이 비명을 터뜨렸다.

그녀의 눈에도 갈평이 정말 소걸을 죽이려 드는 것처럼 보였기 때문이다.

"안 돼!"

다시 칼을 겨누는 갈평에게 소리친 그녀가 발딱 뛰어 일어났다. 손이 본능적으로 허리춤을 더듬는다.

세 개의 철련자를 움켜쥔 예향이 달려들며 소리쳤다.

"오라버니 사숙님을 죽일 셈이야? 그건 예향이 허락하지 않아!"

악을 쓰며 낙화승풍(落花乘風)의 수법으로 와락 손을 떨쳤다.

바람을 찢는 날카로운 소리.

세 개의 철련자가 품(品) 자를 이루며 각기 갈평의 인중과 가슴을 향해 쇠뇌처럼 날아갔다.

어린 소녀의 가냘픈 손목에서 쏟아져 나온 것이라고는 믿을 수 없는 신속함이다. 그리고 강렬하다.

하지만 갈평의 빠른 눈보다는 빠르지 못했고, 그의 칼보다 강렬하지 못했다.

쟁강거리는 소리가 들리더니 철련자가 모두 두 토막이 되어 덧없이 떨어졌다.

"나서지 마라! 죽인다!"

갈평의 스산한 말과 차가운 눈빛이 다시 금사철(金沙凸)을 한 줌 던지려던 예향의 손을 붙들었다.

그렇게 지독하고 살벌한 눈길을 처음 받아보는 예향이었다. 저도 모르게 두려움으로 온몸이 얼어붙고 말았다.

독사의 눈길을 맞은 것 같다.

소걸은 위기를 느꼈다. 갈평은 장난하고 있는 게 아닌 것이다. 그가 이를 악물고 미끄러지듯 몸을 움직여 예향을 막아섰다.

"상대는 나야! 예향을 노리지 마!"

두 주먹을 움켜쥔 채 노려보는 그의 얼굴에서도 장난기가 싹 가셨다.

갈평을 무섭게 노려보는 중에 암암리에 공력을 최대한 끌어올렸다.

하지만 그것으로 갈평을 위협할 수는 없다.

어른과 아이의 싸움. 그 말이 딱 들어맞는 두 사람 간의 상황인 것이다.

예향을 가로막고 나서는 소걸을 노려보며 갈평이 소리없이 웃었다. 비웃음인 것도 같고, 칭찬인 것도 같은 그런 알 수 없는 웃음이다.

"간다!"

그 웃음기가 가시지도 않았는데, 버럭 소리친 그가 바람처럼 닥쳐들었다.

씨잉―!

정수리에 떨어지는 무시무시한 일격.

소걸이 이를 악물고 몸을 움직였다.

당도담에게서 배운 낙일비응의 경신 공부가 그의 그림자를 물 흐르듯 유연하게 흘려보낸다.

벼락처럼 쳐나온 세 번의 칼질이 아슬아슬하게 옷자락을 찢고 머리카락을 잘라내며 스쳐 갔다.

그리고 이번에는 소걸의 차례다.

갈평의 칼이 옆으로 흐른 순간 그가 두 손을 활짝 펴고 날랜 고양이처럼 덮친 것이다.

열 개의 비수 같은 손가락이 갈평의 어깨와 옆구리를 잡아갔다.

어지러운 손 그림자 속에 감추어진 암격(暗擊)이 위협적이다.

둘째 당경의 절기인 조화철조에 셋째 당평지의 연화구장 중 은밀하고 날카로운 암격의 초식을 섞어 넣은 것인데, 무성무영(無聲無影)의 악독한 암수였다.

"흠!"

갈평이 낮은 신음을 흘리고 훌쩍 뛰어 물러섰다. 그러자 기선을 쥐게 된 소걸이 이때를 놓칠 수 없다는 듯 발끝에 부쩍 힘을 실어 부딪쳐 갔다.

백원추풍(白猿追風)이라는 것으로, 낙일비응의 신법 중에서 가장 힘있고 재빠른 수법이다.

투로를 배운 지 고작 한 시진쯤 된 소년이 펼치는 것이라고는 믿을 수 없는 정교함이고, 교묘한 배합이었다.

그는 당문의 사천왕으로부터 단지 고정된 '틀'을 배웠을 뿐인데, 싸움에 임하여 목숨을 걸게 되자 어느덧 초식의 수순에 구애받지 않고 응용과 변화의 조화를 부리게 되었다.

돌이켜 보면, 불선다루에서 화산파의 장로인 운봉 노도가 처음 그에게 오행장을 통해 깨우쳐 준 바가 있었다.

"정직한 초식은 수련할 때나 필요한 거야. 배운 걸 풀어 쓸 줄 아는 감각이 중요한 것이다."

그때 소걸은 노도의 가르침을 한 번 받고 그 즉시 싸움의 요령을 터득하지 않았던가.

상대와 싸우는데 누가 곧이곧대로 배운바 투로(套路)를 고집하랴. 재빠른 변화와 임기응변이 중요하고, 그것을 위해서는 초식을 가리지 않고 자유롭게 풀어 쓰는 게 중요하다. 감각이라는 것이다. 그리고 그게 바로 타고난 재능이기도 하다.

소걸은 '얽매이지 않음'이라는 무학의 한 도리를 그때 깨우쳤고, 지금 그것을 마음껏 시험하고 있었다.

쉬익—

제법 앙칼진 내력을 실은 주먹이 여전히 갈평의 옆구리와 머리통을 노리고 따라붙었다.

그러다가 활짝 손을 펼쳐 장으로 후려치기도 하고, 눈을 후벼 팔 듯 손가락을 뻗었다가 목 줄기를 움켜쥐려고도 한다.

갈평은 순간적으로 당문의 사천왕 모두를 혼자 상대하고 있는 것 같은 착각을 느꼈다. 재빠르고 신랄한 수법의 변화에 눈이 다 어지러울 지경이었다.

"흐흥, 제법이로군."

그 아슬아슬한 위기를 즐기듯 잠시 공세를 멈추고 이리저리 움직이며 살펴보던 갈평이 코웃음을 쳤다.

"하지만 아직 멀었다! 확신이 부족해!"

소리친 그의 칼이 다시 한 번 바람을 갈랐다.

빠르다. 여태까지와는 비교할 수 없이 강력하다. 그리고 그답지 않게 화려한 도법이 있다.

따다다당—

소걸의 모든 수법과 초식이 그 한 칼에 여지없이 깨졌다. 칼몸을 두드리는 주먹과 손가락들이 요란한 소리를 터뜨렸지만 쇠뇌처럼 꽂혀오는 갈평의 칼을 밀어내지는 못했다.

"으악!"

소걸이 비명을 터뜨리며 질끈 눈을 감아버렸다.

'죽는다!'

번갯불처럼 스쳐 가는 생각.

처음으로 죽음이라는 말이 가져다주는 그 크고 깊은 두려움을 맛보았다.

죽는다는 것은 아직까지 한 번도 실감해 보지 못했고, 깊이 생각해 보지도 않았던 말이다.

그것이 견딜 수 없는 두려움으로 소걸을 묶어버렸다.

쿵—!

정수리에 부딪치는 무거운 충격이 소걸의 의식을 빼앗아가 버렸다.

죽음의 끔찍한 두려움이 어둠으로 한순간에 모든 것을 뒤덮어 버린 것이다.

"그리고 맹렬한 적의와 투지가 턱없이 부족하다."

갈평의 중얼거림이 까마득한 땅속 깊은 어둠 속에서 웅웅거리는 울림처럼 들려왔다.

*　　　*　　　*

"그래, 어떻더냐?"

당 노인이 붓을 내려놓고 느긋하게 건너다보는 곳에 무릎을 꿇은 갈평이 있다.

"많이 놀랐을 것입니다."

"흘흘, 그랬겠지."

"그리고 여태까지와는 다른 생각을 하게 될 것입니다."

"잘했다. 하지만 방심해서는 안 돼. 그놈이 보기보다 악착같고 지독한 놈이거든."

"저는 때와 장소를, 상대를 가리지 않습니다. 싸워야 할 이유가 충분하다면 최선을 다해서 싸울 뿐이니, 그의 손에 죽게 된다고 해도 상관없습니다."

"쯧쯧, 네놈에게도 아직 고쳐야 할 게 많다. 여유가 없어."

"……."

갈평이 머리를 숙였다. 그를 물끄러미 바라보던 당 노인이 내려놓았던 붓을 들었다.

그리고 다시 흰 종이 위에 깨알 같은 글씨를 써 내려가는 일에 몰두했다.

그런 노인을 경외지심을 가득 담은 눈으로 바라보던 갈평이 소리없이 물러났다.

"여행은 소년을 청년으로 만들어주는 법이지. 흘흘, 할망구가 그놈을 보면 깜짝 놀라고 말걸?"

짙은 그리움이 스며 있는 노인의 웅얼거림이 텅 빈 방 안에 맴돌았다.

3

분하다. 분해서 견딜 수가 없다.

"아, 울지 좀 마!"

애꿎은 화를 풀어낼 곳이 곁에 쪼그리고 앉아 훌쩍거리고 있는 예향이밖에 없었다.

소걸의 고함에 깜짝 놀랐던 예향이 더 크게, 더 서럽게 울었다.

당한 건 소걸인데, 제가 정수리를 갈평의 칼등으로 호되게 얻어맞은 것처럼 울고 있으니 그 속을 알 수가 없다.

예향의 그 흐느껴 우는 모습이, 울음소리가 조금씩 소걸의 마음을 가라앉혔다.

"쯧쯧, 너는 무공을 배우지 말고 우는 절기를 익히는 게 훨씬 낫겠다. 그게 더 무섭겠어."

타박을 주면서도 팔을 뻗어 그녀를 감싸주었다. 등을 토닥거려 주자 예향이 작은 몸을 와락 소걸의 가슴에 던지고 더 서럽게 흐느낀다.

"훌쩍, 죽는 줄 알았잖아. 훌쩍, 나쁜 놈이야. 훌쩍."

"내가?"

"아니, 훌쩍, 그 칼자국 난 사람. 아버지께 일러줘서 아주 혼내주라고 할 테야. 아니, 죽여 버리라고 할까?"

"에그, 되도 않는 소리 그만 지껄이고 어서 돌아가라. 너하고 한가롭게 노닥거릴 마음이 없단다."

"그냥 가?"

"그럼? 업어다 주기라도 하라는 거냐? 먼저 간다."

훌쩍거리는 그녀를 가슴에 안고 있으니 이상해졌다. 그녀의 작고 따뜻한 몸이 마치 토끼처럼 품에 쏙 들어오지 않는가. 파르르 떨리는 솜털이 가슴을 간질거리게 하고 목을 헛헛하게 한다.

처음 느껴보는 야릇한 느낌이고 감정인데, 소걸은 그럴 뭐라고 해야 하는지 생각해 낼 수가 없었다.

입 안이 마르고 머리가 뜨거워지는 게 보통 일이 아닌 것 같기는 했다.

'이크, 이게 무슨 요상한 조화냐?'

깜짝 놀라서 그녀를 밀어내고, 그 쑥스러움을 감추려고 부러 퉁명을 떨었다.

화가 난 사람처럼 쿵쿵거리고 멀어지는 그를 물끄러미 바라보던 예향이 발그레 붉어진 얼굴을 숙이고 옷자락을 만지작거렸다.

"그래? 갈평이 그렇게 말했단 말이지?"

"말해줘요. 어떻게 해야 복수를 할 수 있을까요?"

백의남학 설중교가 턱을 매만지며 빙긋 웃었다. 저쪽에 팔베개를 하고 벌렁 누워서 서까래 위를 오가는 쥐와 눈싸움을 하고 있던 종남광도 도굉이 쿵, 하고 콧방귀를 뀌고 지나가는 말처럼 한마디 했다.

"그냥 들이쳐. 그래서 콧잔등을 냅다 갈겨 버리는 거야. 그럼 끝이다."

"저런, 엉터리 도사 같으니!"

소걸이 버럭 화를 냈지만 도굉은 다시 쥐와 눈을 맞추느라고 여념이 없다. 설중교가 껄껄 웃었다.

"하하, 도굉 아우의 말이 맞다. 싸움은 그렇게 하는 거야. 너는 조금 전에 갈평에게서 그걸 배웠는데 아직도 모르겠단 말이냐?"

"뭘 배워요, 배우긴. 내 사리가 두 쪽이 날 뻔한 서밖에 없구만."

"흘흘, 싸우는 법을 아주 실감나게 배웠구만 그래. 갈평이 한 것처럼 그렇게 하면 돼. 그러면 죽거나 이기거나 둘 중의 하나를 확실히 얻게 된다."

"쳇, 모두들 나를 놀려먹기로 작당을 했군요?"

"이놈아, 싸움은 비무가 아니다. 목숨을 내놓고 하는 거야. 적당히라는 건 없다. 아무리 정교한 초식과 고절한 수단이 있어도 결국 단 한 번의 주먹질이나 칼질로 끝나는 거지. 패한 자는 죽고, 이긴 자만 살아남는다. 그게 강호의 싸움이야. 갈평은 너에게 그걸 가르쳐 준 거다. 단 한 번의 확실한 타격. 그 의미를 알라는 거야. 너는 갈평에게 머리 숙여 감사하다고 해야 할 거다."

그 말을 받아서 도굉이 다시 중얼거렸다. 쥐와 눈을 맞추고 있으면서도 설중교의 말을 귀담아듣고 있었던 것이다.

"그리고 그런 짓을 가장 잘할 수 있는 사람이 바로 갈평이지. 그에게는 무서운 게 있어. 그게 때로는 저보다 뛰어난 고수도 한 칼로 쪼개 버리는 그만의 장기이기도 해."

소걸의 귀가 솔깃해졌다.

"그게 뭔데요?"

"신념, 그리고 투지. 이긴다는 확신이면서 반드시 죽이고 만다는 지독한 오기다. 그런 놈을 만나면 나도 질려서 제 실력을 다 발휘할 수 없을 거야. 아, 정말 그놈은 싫어."

갈평이 일갈했던 바로 그 말이었다. 도굉에게서 똑같은 말을 다시 한 번 듣자 안개 속 같던 머리 속이 조금은 맑아졌다.

"예?"

문주 당시천이 크게 당황해서 입을 딱 벌렸다.

지금 당 노인은 한 권의 얇은 책을 흔들고 있었는데, 그걸 바라보는 당시천의 얼굴에 열망과 망설임이 번갈아 떠올랐다.

"왜, 싫어?"

"아, 아니, 싫은 게 아니오라……."

"흘흘, 사실 내가 오랜 은거를 깨고 강호에 다시 나온 건 너희들에게 바로 이것을 전해주기 위해서다."

"하오면 그냥 주시면 될 것을……."

"주는 게 있으면 받는 게 있어야 하고, 가는 정이 있으면 오는 정이 마땅히 있어야 하지 않겠느냐? 그게 사람 사는 세상의 이치고, 부자간에도 확실히 해야 하는 도리인 게야. 커흠."

"그, 그렇긴… 합니다만……."

"내 평생 심득을 기술한 절세적인 무공 기서다. 이걸 강호에 내놓으면 억만금을 싸들고 찾아오는 놈들이 십 리까지 늘어질 거야. 그런데 고작 화룡적보단(火龍赤寶丹) 한 알이 아까워서 망설여?"

"사조님께서도 잘 아시지 않습니까. 그 보단은 본 가의 엄밀지보(嚴密之寶)이고, 오래전에 한 알을 조사님께서 드신 탓에 이제는 겨우 두 알이 남았을 뿐이라는 걸 말입니다."

"그러니까 한 알 더 줘도 아직 한 알이 남잖아. 그거면 충분할 텐데 뭘 그리 주저하누? 쯧쯧, 사내대장부가 그렇게 쪼잔하면 큰일을 못해요."

"하오나……."

당시천은 차마 '머지않아 돌아가실 분께서 보단은 왜 탐내십니까?'라는 말을 할 수가 없었다. 이마에서 굵은 땀방울만 뚝뚝 떨어진다.

지금 당 노인이 흔들어 보이고 있는 책은 그가 지난 이십 일 동안 꼼짝하지 않고 서재에 틀어박혀 저술한 무공 비서였다.

그 안에는 당 노인의 심득은 물론 실전되었던 당문의 무공들이 망라되어 있고, 용독술이며 암기술들이 집대성되어 있었다.

한마디로 무가지보인 것이다. 강호에 흘러나간다면 정말 저 한 권의 얇은 책 때문에 피가 강을 이루고, 주검이 산처럼 쌓이는 혈겁이 벌어질 것이다.

당 노인은 그 책을 주는 대가로 당문에서 비장하고 있는 절세지보 한 가지를 요구하고 있었다.

당시천이 망설이고 망설이다가 용기를 내서 겨우 말했다.

"그것은 사조님께서 본 문의 중흥을 위해 저술한 비급 아니겠습니까? 이미 마음속에 이 못난 후학들에게 남겨서 당문의 무위를 크게 신장시키겠다는 거룩한 뜻을 품으셨을 텐데……."

"그래서, 그냥 달라고?"

"그러기 위해서 은거를 깨고 하산하신 거라고 조금 전에 말씀하셨습니다만……."

"그렇지. 내가 살면 얼마나 살겠어? 죽으면 본 가 전래의 비전 무공이며 용독술 등을 몽땅 저승으로 가져갈 텐데, 그건 너무 아깝지 않겠니? 그래서 너희들에게 죄다 물려주기 위해 마음먹고 내려왔다, 이 말이다. 어때, 고맙지 않으냐?"

"어찌 말로 그 고마움을 표할 수 있겠습니까? 사조님의 후생지덕에 우리 당문은 수년 내 강호제일의 세가로 우뚝 서게 될 것입니다. 후손들은 사조님의 공덕비를 세워 길이길이 찬양하고 제사를 받들어 모실 것입니다."

"다 필요 없어."

"예?"

"죽은 다음에 제사가 다 뭐야? 살아 있을 때 화룡적보단 한 알만 못하지 뭐. 그러니 나에게 그렇게 고마운 마음을 가졌다면 너도 성의를 표시해야 할 거 아니냐? 그게 바로 주고받는 정이라는 거다. 커흠."

점점 울상이 되어가던 당시천의 얼굴에 체념의 기색이 짙게 어렸다. 그걸 힐끔힐끔 훔쳐보는 당 노인의 얼굴에는 득의의 웃음꽃이 슬금슬금 피어나고 있었다.

*   *   *

떠나간다.

천둥번개를 동반한 비바람처럼 요란하게 왔던 사람들이 떠날 때는 소리없이 사라지는 아침 안개 같다.

야속하고 무정한 소걸은 뒤도 한 번 돌아보지 않았다. 그걸 안타까

위하는 딱 한 사람.

예향이 아버지의 손을 흔들며 울먹인다.

"아버지, 나는 언제나 강호에 나갈 수 있어요?"

"지금부터 열심히 수련해서 본 문의 절기들을 십성으로 익힌다면 그
때 강호 경험을 쌓도록 해주마."

"얼마면 그렇게 될까요?"

"글쎄, 너 하기 나름이겠지. 너도 뛰어난 자질을 타고났으니 아비의
생각에는 한 오 년쯤 게으름 부리지 않으면 되지 싶다."

"오 년……."

이제는 보이지 않는 저 먼 곳. 거기 아직도 소걸의 자취가 남아 있기
라도 한 것처럼 예향은 눈물이 글썽이는 눈으로 먼 허공을 하염없이
바라보기만 했다.

당 노인은 한사코 붙드는 모든 손을 뿌리치고 휘적휘적 떠났다.

"할멈이 기다려. 늦었다가는 맞아 죽는다. 커흠."

"대체 누구를 말씀하시는 겁니까? 세상에서 감히 사조님께 그렇게
할 사람이 누가 있단 말입니까?"

"에휴, 너는 모르는 게 속 편할 거다. 어쨌든 나는 제명대로 살고 싶
으니 더 말리지 마라."

딱 잡아떼는 당 노인의 고집 앞에서 당시천은 더 만류할 수가 없었
다.

그가 떠나니 소걸이 뒤따르고, 갈평은 말할 것도 없다.

음양쌍존과 백의남학 설중교, 종남광도 도굉도 쭈뼛거리며 뒤따랐
다. 아직 무상광명신공 비급에 대한 미련을 버리지 못했으니 그렇다.

그들은 감히 비급을 강탈할 생각을 버렸다. 대신 갈평처럼 단 한 줄,

한 구절이라도 전해 듣고 배우고 싶다는 열망으로 어느덧 당 노인의 그림자가 되어 떨어질 줄 모르는 것이다.

염 파파와 약속한 날이 열흘 앞이다. 그 안에 장안성 밖 종산(鍾山) 기슭에 있는 청운관(靑雲觀)까지 가지 못한다면 큰일이다.

"에그, 에그, 이러다간 늦겠다. 서둘러."

당 노인이 끙끙거리며 안절부절못하는 이유를 아는 사람은 소걸뿐이었다.

그의 얼굴에도 초조해하는 빛이 가득했다. 할머니가 그리웠던 것이다. 이렇게 한 달씩이나 떨어져 있어본 적이 없으니 그리움으로 더욱 애가 탔다.

【第九章】

불선객잔(不善客棧)을 세우다

1

그 무렵이다.

당 노인이 소걸의 손을 꼭 쥐고 부지런히 한중(漢中)을 지나가고 있을 무렵.

천 리 북쪽에 뚝 떨어져 있는 황량한 땅 황망계(黃蟒界)에서는 장차 강호에 풍운을 휘몰아올 작은 변화가 꿈틀거리고 있었다.

'누런 구렁이 고개' 라고 불리는 황망령(黃蟒嶺).

높다란 황토 언덕 위에 '불선다루(不善茶樓)' 는 여전히 쓸쓸하게 서서 지독한 바람을 가까스로 버티고 있었다.

언제나 그렇지만 오늘도 종일 북서쪽에서 불어오는 흙바람이 세상을 온통 누런 흙먼지로 뒤덮어 버렸다.

새 한 마리 날지 않고, 길짐승의 자취도 모조리 끊겨 버린 괴괴한 땅.

세상과는 이승과 저승만큼 아득하게 떨어진 그 고개를 힘겹게 올라오는 두 사람이 있었다.

온몸을 피풍으로 둘둘 감고 죽립의 턱끈을 단단히 조인데다가 수건으로 입을 가려서 두 눈만 빠끔히 드러났다.

마치 무덤을 헤치고 나온 목내이(木乃伊:미라) 같은 몰골들이었다.

"제기랄! 이렇게 지독한 곳인 줄 알았으면 멀더라도 장성을 끼고 대동(大同)으로 돌아갈 걸 그랬어."

"그러면 열흘은 늦게 된다. 그랬다가는 모가지가 그대로 붙어 있을까?"

"아, 정말 미치겠네. 오죽하면 그 망할 놈의 말들도 이곳으로는 가지 않겠다고 달아나 버렸겠어?"

생각할수록 기가 차고 화가 난다는 듯, 사내가 수건을 들추더니 퉤퉤! 하고 입 안 가득 버석거리는 흙을 뱉어냈다.

"조금만 참자. 저 위에 다루 하나가 있다더라. 거기서 좀 쉰 다음에 바람이 잠잠해지면 다시 서둘러 가자구."

"이 빌어먹을 곳에 웬 다루야?"

"우리 같은 사람을 위해서 헌신하려는 기특한 마음을 가진 미친놈도 있는 거겠지."

"하긴, 세상은 넓고 인간은 우라지게 많으니 그중에 별의별 놈들도 다 있긴 하지."

그렇게 투덜거리는 중에 자욱한 흙바람 건너 이층의 낡은 목조 건물이 보였다.

불선다루다.

"기분이 별로인걸?"

"그러게. 어째 음산해 보이는군."

이 자욱한 황사 속에서 그들의 눈에 비친 불선다루는 마치 지옥으로 들어가는 관문인 것 같았다.

사내들이 잠시 멈칫거렸다.

온통 누런 흙바람의 세상이고 누런 황토의 땅뿐인데, 그 복판에 홀로 우뚝 서 있는 낡고 시커먼 다루.

문이란 문은 죄다 닫혀 있고 괴괴한 정적에 감싸여 있는 것이 버려진 흉가 같았다.

그래도 지 인에 들어가면 이 지독한 바람을 피할 수는 있을 것이다.

두 사내는 경계의 눈빛을 번쩍이며 천천히 다루를 향해 걸음을 옮겼다.

쿵, 쿵!

누가 문을 두드린다. 바람은 아니다.

음침한 어둠 속에서 번쩍, 하고 두 개의 안광이 빛났다.

쾅! 쾅!

"어떤 염병할 놈이 이 바람 속에 찾아와서 저 지랄을 떤담?"

그 두 개의 안광 아래에서 느릿느릿한 중얼거림이 새어 나왔다.

"손님 왔다. 모셔야지."

막 잠에서 깬 듯한 잠긴 음성이 주방에서 흘러나왔다.

구석에서 끔벅거리던 두 개의 안광이 천천히 떠오르더니 훌쩍 키가 크고 마른 한 사람이 어둠을 벗어내듯 걸어나왔다.

팔비충 천종이다.

앞치마를 두르고 머리에는 누렇게 바랜 모자를 쓰고 있는 게 영락없이 다루의 나이 들고 게으른 종업원 꼴이었다.

쾅! 쾅!

"기다리슈. 젠장."

천종이 기지개를 켜며 퉁명스럽게 말했다. 그 순간 주방에서 다시 잠긴 음성이 중얼거렸다.

"어허, 손님이라니까. 친절하게 모셔야지."

말상의 긴 얼굴이 입을 삐죽거렸다.

구부정하게 어깨를 숙이고 두 손을 앞치마에 썩썩 문질러 닦은 천종이 어슬렁어슬렁 다가가 문을 열었다.

왈칵, 흙바람 한 무더기가 쏟아져 들어오고, 두 사람이 그것에 떠밀린 듯 쿵쾅거리며 뛰어들어 왔다.

"어서 옵쇼."

천종이 허리를 굽실했다.

"에, 퉤퉤! 입 안이 온통 빌어먹을 흙부스러기네."

"다행히 사람이 있었구만 그래."

투덜거린 두 사람이 빈 탁자에 털썩 주저앉아 죽립을 벗었다.

얼굴 가득 칼자국이 이리저리 나 있는 험상궂은 자와 새우눈에 매부리코, 핏기 없는 얇은 입술이 독사 같은 자였다.

칼자국사내가 부리부리한 눈으로 썰렁하고 음침한 다루 안을 휘둘러보고 천종을 보았다.

머리를 갸웃거린다.

매부리코의 사내는 연신 바튼 기침을 해댔다.

잔뜩 눈살을 찌푸리고 무언가 생각하던 칼자국이 물었다.

"당신이 점소이요?"

"그렇습죠."

"점소이치고는 너무 나이가 많은걸?"

"사람이 없으니 어쩌겠습니까."

"그건 그렇고…… 그런데 우리가 어디서 만났던 적이 있소?"

천종이 피식 웃었다.

'빌어먹을 후레자식아, 네놈이 안휘의 개백정 곽가라는 걸 이 어르신은 벌써 알아보았다.'

속으로 그렇게 이죽거렸지만 겉모습은 이다지나 공손하다.

"흘흘, 손님은 아마 나와 비슷하게 생긴 사람을 만난 적이 있는 것 같군요."

"그래도 그렇지……."

매부리코사내도 관심을 가진 듯 천종을 찬찬히 살펴보았다. 그러더니 깜짝 놀라 긴장했다.

"팔비충 천종?"

천종이 다시 속으로 투덜거린다.

'썩을 놈 같으니. 그것도 찢어진 눈구멍이라고 알아보긴 하는구만. 그나저나 이 두 개잡종이 여기는 웬일일까?

두 사내는 안휘의 무림에서 악명이 쟁쟁한 마졸들이었다.

칼자국은 추괴안(醜怪顔) 곽염(郭鹽)이라는 자이고, 매부리코는 혈독취(血毒鷲) 엄양(嚴洋)이다.

합비성(合肥城) 남쪽, 소호(巢湖) 일대에서는 한 쌍의 거머리라고 불리며 철저히 외면당하던 야비한 악당들이었다.

동창 안휘 지부의 앞잡이 노릇을 저희들의 소명인 양 열심히 했기 때문인데, 동창에서 군이 세간의 평판이 좋지 않은 그들을 붙여두고 있었던 건 그들의 특출한 능력을 인정해서였다.

남의 뒤를 캐고 이간질을 하며, 잡아온 놈을 고문해서 정보를 캐내는 데 나름대로의 일가견을 갖고 있었던 것이다.

한번 점찍고 달라붙으면 피를 다 빨아먹을 때까지 절대로 떨어지지 않는다. 그래서 백도는 물론이고 흑도에서도 경멸하는 야비한 자들.

게다가 지난바 무공까지 높아서 더욱 악명을 떨쳤다.

그놈들이 이런 날, 안휘성에서는 수천 리나 떨어진 이 황량한 곳에 나타났다는 게 천종으로서는 의문이었다.

"무슨 차를 드릴깝쇼?"

"아무거나 가져와. 우선 따끈한 물수건하고 시원한 물을 한 바가지 갖다 줘."

"그럽지요."

천종이 여전히 어깨를 구부정하게 굽힌 채 느릿느릿 주방 쪽으로 걸어갔다.

"괴이한 일이야."

칼자국 곽가가 잔뜩 눈살을 찌푸리고 중얼거렸다.

매부리코 엄가도 천종의 뒷모습에서 눈길을 떼지 못했다.

"그가 정말 팔비충일 리가 없지. 만약 그렇다면 어찌 우리를 알아보지 못하겠어?"

"그렇겠지? 그렇다면 안심이긴 한데……."

그때 이층에서 한 사람이 천천히 걸어 내려왔다.

걸레가 담긴 물통을 들고 목에 수건을 두르고 있는 것이 청소를 하고 내려오는 모양이었다.

낙타처럼 등이 굽고 왜소하게 생긴 못난 늙은이다.

그를 본 곽가가 찢어질 듯 눈을 부릅떴다.

"컥, 왜, 왜, 왜타자……."

"으헉, 정말 강…… 명명이란…… 말인가?"

그들의 비명 같은 중얼거림을 들었던지 왜타자 강명명이 힐끔 돌아보고는 피식 웃었다. 그리고 아무 말 없이 주방으로 들어간다.

콰당!

그때 문이 떨어질 듯 거칠게 열렸다.

다시 한 무더기의 흙바람이 미친 듯 쏟아져 들어왔고, 그것에 묻어 거구의 시커먼 그림자 하나가 후다닥 들어서더니 쾅! 하고 문을 닫았다.

"끄으으—"

그를 본 곽가가 입에 거품을 물고 눈을 까뒤집었고,

"흐, 흐, 흑불?"

엄가의 새우눈이 쭉 찢어졌다.

한 마리 검은 곰이 불쑥 일어선 듯한 시커먼 중.

목에 걸고 있는 백팔염주가 새파란 인광(燐光)을 띠고 번쩍거렸다. 사람의 뼈를 깎아 만든 것이라 그렇다.

그 괴이한 중이 굵은 철선장(鐵禪杖)을 집고 우뚝 서서 화등잔 같은 눈을 두리번거린다.

낯선 두 손님을 바라보던 흑불이 씨익 웃었다. 그러자 시커먼 입 사이로 드러난 누런 이가 반짝 빛났다.

2

껙, 껙!

매부리코 엄가가 숨넘어가는 소리를 냈다.

칼자국 곽가는 사지를 부들부들 떨고 있었는데, 찻잔을 쥔 손이 바람 앞의 사시나무처럼 요동을 쳐서 뜨거운 찻물이 손등으로 줄줄 흘러내렸다.

그러나 곽가는 그것도 모르는 듯 초점없는 눈을 최대한 부릅뜬 채 멍하니 허공만 바라보고 있었다.

지금 그들과 마주 앉아 턱을 괴고 바라보고 있는 사람.

백발 백염의 냉혹하게 생긴 노인, 서천금편 추괴성이었다.

왼쪽에는 왜타자 강명명이 새파랗게 번쩍이는 비수를 꺼내 손톱을 다듬고, 오른쪽에는 흑불이 푸르스름한 인광이 감도는 염주를 딸그락 딸그락 굴리고 있다.

팔비충 천종은 팔에 수건 한 장을 걸친 채 뜨거운 차 주전자를 들고 곽가와 엄가 사이에 끼어 있었다.

곽가의 찻잔이 비자 그가 다시 펄펄 끓는 찻물을 쪼르르 부어주었다.

여전히 와들와들 떨리는 손이니 그게 찻잔 안에 얌전히 담겨 있을 리가 없다.

어느덧 손등이 벌겋게 익어 무럭무럭 김을 피워 올리고 있었지만 곽가는 비명도 지르지 못했다.

"마셔. 괜찮으니까 마시래두?"

천종이 친절한 미소를 띠고 타이르듯 권했다.

곽가가 반은 쏟으며 찻잔을 입에 대었다. 덜거덕거리고 이와 찻잔이 마주치는 소리가 요란하다.

"험, 험."

헛기침을 한 추괴성이 느긋한 얼굴로 말했다.

"그러니까 너희들은 동창에 사표를 내고 나왔군."

기다리고 있었다는 듯 매부리코 엄가가 부지런히 머리를 끄덕이며
대답했다.

"예, 예, 그렇습지요."

"동창의 눈칫밥을 먹는 게 지겨워졌는데 때마침 암흑천교에서 손을
뻗쳐왔었단 말이지?"

"예, 오 년 전입지요."

"거기서 열심히 일한 공으로 북변정찰사(北邊偵察使)가 되어서 옥문
관에 상주하며 이것저것 정보들을 끌어 모았고."

"옙!"

"그런데 갑자기 안탕산 총교단에서 밀명을 내렸다 이거지?"

"그렇습니다요."

"그게 뭐냐?"

"그건, 그건……."

"말하면 죽는다고?"

엄가가 입을 꼭 다문 채 부지런히 머리를 끄덕였다. 금방이라도 찢
어질 것 같은 새우눈이 겁을 잔뜩 담은 채 바르르 떤다.

"입을 다물고 있으면 살 것 같으냐?"

"마셔, 자, 마시라니까."

옆에서는 천종이 곽가에게 펄펄 끓는 찻물을 자꾸 따라주며 재촉하
고 있었다.

곽가의 입 안은 이미 잘 익어버렸다. 그래도 차를 마시지 않을 수 없다.

그 곽가의 얼굴을 힐끔 바라본 엄가의 눈에 두려움이 더욱 커졌다.

"마, 말씀드리면…… 살려……."

"아니지. 그렇다고 살려주면 여기가 어디 불선다루겠어? 진선다루(眞善茶樓)라고 해야지. 안 그러냐?"

"그, 그렇습죠."

무슨 말인지 제대로 알아듣지 못한 모양이다.

당 노인과 염 파파가 있을 때는 그래도 분위기가 화기애애했다.

그 두 노인이 떠난 뒤 추괴성 등이 다루를 운영하게 되자 살벌해도 이렇게 살벌하게 변했을 수가 없으니, 역시 주인에 따라 영업장의 분위기가 정해지는 것인가 보다.

"말해도 너희들은 죽는다. 왜? 우리를 알아봤으니까."

추괴성의 무심한 말에 엄가가 원망을 담은 눈길로 곽가를 흘겨보았다.

그가 이곳에서 쉬어 가자고 하지만 않았던들 일이 이렇게 되지 않았을 거라는 생각 때문이다.

지금 한 탁자에 앉아 있는 사람들은 모두 흑도에서도 쟁쟁한 마두들이었다. 그러니 엄가와 곽가에게는 대선배들이자 저승사자인 셈이기도 하다.

엄가는 그들의 손에 걸린 이상 비밀이고 뭐고 지키고 있을 수가 없다는 걸 잘 알았다.

입술을 파들파들 떨던 그가 체념하고 술술 털어놓기 시작했다. 죽이더라도 편하게 죽여줄 거라는 애처로운 희망을 품은 것이다.

"오래전에 죽은 걸로 알려졌던 사천당문의 빌어먹을 당백아가 구십 먹은 늙은이가 되어서 다시 나타났답니다."

"호오, 그래?"

추괴성이 빙긋 웃으며 추임새를 주었고, 곁에서 손톱을 다듬던 왜타 자가 혼잣말인 것처럼 중얼거렸다.

"그런데 말이지, 그분의 이름을 함부로 부르면 안 되거든? 주둥아리 가 찢어져 뒤통수에서 서로 만나게 되는 수가 있어. 그러니까 나 같으 면 노신선님이라고 할걸?"

새파란 비수가 손톱을 긁어내는 시각시각 하는 소리에 소름이 돋는다.

왜타자와 그의 손에 있는 비수를 힐끔 바라본 엄가의 표정이 뜨악해 졌다.

그가 더욱 겁을 집어먹고 이제는 거의 훌쩍이다시피 주절거렸다.

"그 일로 사천무림이 떠들썩해졌고, 광명천과 암흑천교에 비상이 걸 렸습지요."

"무엇 때문에?"

"바야흐로 두 세력이 무림의 패권을 두고 한바탕 결전을 벌이려는 분위기가 무르익고 있지 않습니까?"

"그렇지."

"그러니 당백아…… 아차, 당 노신선의 등장은 광명천에서는 그야 말로 광명이 비친 것 같고, 암흑천교에서는 더 말할 것 없이 암흑천지 를 맞은 것처럼 아찔한 겁지요."

"그래서?"

"그때 저희들은 세외의 세력인 흑풍곡을 포섭하라는 밀명을 받고 옥 문관에 가 있었습지요."

"성공적으로 포섭하고 오는 길이라면서?"

"예."

"잘했군. 상을 받을 일이야."

"아, 어서 마시라니까? 몸에 좋은 거다. 계속 마셔."

"끅, 끄어어—"

추괴성과 엄가가 다정한 숙질 간인 것처럼 오순도순 이야기하고 있는 곁에서 칼자국 곽가는 숨이 넘어가고 있었다.

주전자의 찻물이 식을 만하면 천종이 삼매진화의 열기로 데우곤 하니 쉭쉭거리며 물 끓는 소리가 끊이지 않았다.

"그게 광명천이 끌어들인 북해빙궁을 견제하기 위한 것임은 두말할 것도 없습지요."

"그렇군. 흑풍곡이라면 빙궁의 고수들이 중원에 들어오지 못하도록 발목을 움켜쥐고 있을 수 있지."

"바로 그겁지요. 무사히 교주님의 밀서를 전해주어서 그 일을 성사시키고 느긋하게 쉬고 있는데 전서구가 날아들었지 뭡니까."

"쯧쯧, 그놈 참 말 길게 하네. 그렇게 해서 숨이 조금이라도 오래 붙어 있으면 행복한가 보지?"

왜타자 강명명이 손톱 가루를 훅, 불며 투덜거렸다.

엄가는 이제 울음을 터뜨리기 일보 직전이 되었다.

그가 울먹이며 비로소 추괴성이 궁금해하는 일에 대해 털어놓기 시작했다.

"저희들에게 급히 사천으로 가서 진상을 파악하고, 당백아, 아니, 당노신선의 행적을 따라붙어 감시하라는 것이었습니다."

"그러니까 미행을 하라는 것이었군. 그런데 그것뿐이냐?"

"민산에 있는 지옥혈(地獄穴)에 청부를 넣으라는 것도 있었습니다."

"응? 지옥혈?"

그 대목에서 강명명이 손톱 다듬던 칼을 뚝 멈추었고, 곽가에게 차를 따라주던 천종도 손을 멈추었다.

추괴성의 눈빛이 지금까지와는 달리 무섭게 번쩍였다.

"아미타불. 말세로다, 말세야. 나무관세음보살."

내내 입을 꾹 다물고 있기만 하던 흑불도 염주를 굴리던 손을 뚝 멈추더니 중얼거렸다.

추괴성이 짐승한 음성으로 다시 붙었다.

"그놈들에게 당 노신선을 암살하도록 한단 말이지? 대가는?"

"일만 관의 황금과 한 수레의 보석, 그리고 일천 필의 대완구(大宛駒)를 준다고 했습니다."

꿀꺽ㅡ

순간 모두의 목울대가 큰 소리를 내며 오르내렸다.

황금과 보석도 그렇지만, 대완구는 중원에서 구하기 힘든 명마다.

한나라 때 서역에 대완국이라는 나라가 있었는데 그곳에서 나는 말은 혈통이 좋고 크며, 힘과 지구력이 뛰어나 천마(天馬)라고 불릴 만큼 이름났다.

명마 중의 명마로 꼽히는 그것을 일천 필이나 구해주겠다고 했으니 믿기 힘들었다.

"설마 암흑천교에서 이미 서역과도 통하고 있단 말은 아니겠지? 혹시 거짓부렁으로 그들을 당장 속여먹으려는 건 아니냐?"

추괴성이 의심스런 얼굴을 했다.

말은 그렇게 했지만 그게 거짓일 리 없다는 건 그 자신이 너무나 잘 알았다.

민산 골짜기에 숨어 있다는 지옥혈은 말 그대로 지옥으로 통하는 굴과 같은 곳이었다.

어둠 속에 숨어 있는 지상 최강의 살수 집단을 일컫는 말이기 때문이다.

하나하나가 지옥의 사자라고 해야 할 만큼 무섭고 잔인한 놈들.

그들이 몇 명인지, 혈주가 누구인지에 대해서는 아는 자가 없었다.

중원에서 내몰린 강족(羌族)들이 자신들의 옛 영화를 되찾기 위해 만든 비밀결사라는 소문이 떠돌기도 했지만 확실치는 않다.

그런 그들이 암흑천교의 달콤한 꼬임에 넘어갈 리도 없으려니와 무림의 패권을 노리는 암흑천교에서 그런 치졸한 짓을 할 리도 없다.

만약 그렇게 했다가는 그들의 보복을 감당하기 힘들어질 것이니 더욱 그렇지 않겠는가.

3

"객잔을 하나 지어야겠다."

추괴성의 말에 모두가 어리둥절해서 그를 바라보았다.

막세풍이 히히, 웃으며 거들었다.

"좋아, 좋아. 그럼 객잔의 주방도 내가 맡지. 우리 모두 떼돈을 벌어 보는 거야."

천종이 떨떠름한 얼굴로 핀잔을 주었다.

"막 형님, 추 대형의 말씀은 그게 아닌 것 같은데요?"

"그럼 뭔데? 돈 벌자는 게 아니었어?"

추괴성이 쓴 입맛을 다시고 점잖게 말했다.

"막 형, 돈이 보고 싶으시오? 그렇다면 이 아우가 막 형을 위해 당장이라도 장안성의 전장 한 곳을 털어서 만금을 짊어지고 오리다."

"추 형, 그냥 한번 해본 소리야. 내가 설마 돈에 눈이 먼 늙은이라고 흉보는 건 아니겠지?"

"감히 그럴 리가 있소?"

빙긋 웃은 추괴성이 다시 정색을 했다.

"그 두 놈이 사라졌으니 암흑천교에서 이유를 알기 위해 또 사람을 보낼 게 분명해."

"오는 족족 죽여 버리지요, 뭐."

왜타자 강명명이고,

"까짓, 그냥 우리가 안탕산에 있다는 그것들의 총단을 접수해 버립시다."

팔비충 천종의 말이다.

추괴성이 인상을 쓰고 탁자를 두드렸다.

"말도 안 되는 헛소리를 지껄이려면 가서 잠이나 자라."

그 즉시 모두 꿀 먹은 벙어리가 되었다.

와자지껄해진 좌중을 제압한 추괴성이 다시 점잖게 말했다.

"우리 스스로를 지킬 걱정도 할 때다. 언제까지나 두 분 노신선에게 의지하고 있을 수는 없잖아."

옳은 말이다. 그래서 다들 진지한 얼굴이 되어 귀를 기울였다.

"또 우리가 이곳에 있으니 자연히 세상에 알려지지 않을 수 없다. 두 신선이 소걸이를 데리고 호젓하게 살고 있었을 때와는 사정이 달라."

역시 옳은 말이다.

"만약 두 분께서 돌아왔을 때 다루가 불타 무너져 없어지고, 이곳에 암흑천교나 다른 것들의 깃발이 꽂혀 펄럭인다고 생각해 봐라. 끔찍하겠지?"

"옙!"

"그러니 우리도 미리 무언가 대책을 세워놓지 않을 수 없어."

이제 모두는 추괴성이 무슨 생각을 가지고 있는 건지 알았다.

그는 사람들을 불러 모으려는 것이다. 물론 같은 부류의 인간들일 것이다.

여기에도 저기에도 속하지 않았고, 한가락 하는 마두들을 끌어 모아서 세력을 만들어두지 않는다면 곧 펼쳐질 난세에 살아남기 힘들다는 판단을 한 것이다.

*　　　　*　　　　*

모처럼 바람이 잔잔해진 날이다.

하지만 불선다루는 잔잔해지지 않았다.

종일 나무를 지고 나르는 자들이 개미 떼처럼 바글거리며 황망령을 오르내렸고, 톱질하는 소리, 망치질하는 소리들로 시끌벅적했다.

모두 백여 명이나 되는 시커먼 장정들이 쉴 새 없이 오갔는데, 두 명이서 기둥으로 쓸 커다란 통나무를 거뜬히 지고 가파른 황토 언덕을 쏜살같이 올라왔다.

자잘한 나뭇짐이야 말할 것도 없다.

한 사람의 힘이 황소와 견줄 만하니 삼십 리 밖의 숲에서 나무를 해

나르는 일이 무리가 없다.

굵은 통나무를 베어 지고 오는 것을 마치 이웃집 담장에서 쑥쑥 싸릿대 뽑아오듯 했던 것이다.

기껏 스무 명 남짓하던 불선다루에 그처럼 험상궂은 장한들이 넘쳐나게 된 건 열흘 전부터였다.

사연인즉 이렇다.

왜타자 강명명이 염 파파의 심부름을 갔다는 건 다 아는 사실이다.

그래서 마두들이 염 파파의 당 노인, 소걸을 배웅할 때 그 혼자만 보이지 않았던 것이다.

불선다루에서는 일 년에 한 번씩 운남과 광동의 차 도매상으로부터 최상품의 차를 구입했다.

처음에는 당 노인이 몸소 그 먼 길을 오가며 차를 고르고 구입하고 운반을 맡았지만, 도매상과의 신뢰가 생기면서부터는 그들이 스스로 알아서 매년 차를 보내왔다.

그것의 운반을 전담한 건 광동에 있는 한 표국이었다.

주부(州府)인 광주(廣州)에 기반을 둔 '보광표국(寶廣鏢局)'이라는 곳인데, 장강 이남에서는 제법 이름이 알려져 있었다.

그곳에서 금년에도 두 수레의 좋은 차를 싣고 불선다루를 향해 표사들을 보냈다.

열 명의 짐꾼과 여섯 명의 표사를 표두인 금창(金槍) 장만량(張萬兩)이 이끌고 불산(佛山) 아래에서 바다로 나가는 배를 탔다.

해안선을 거슬러 강소성 해문(海門)까지 무려 삼천 리를 간 다음에 배를 갈아타고 장강을 거슬러 호북성 무한까지 간다.

그리고 거기에서부터 육로를 따라 호북과 섬서를 지나 대별산맥의 줄기를 타고 황망령으로 가는 것이다.

벌써 십여 년 동안 오간 길이라 눈을 감고도 훤했다. 그리고 그동안 아무 일도 일어나지 않았다.

그래서 장만량은 물론 표사들 모두 방심했다.

그러던 것이 섬서와 호북의 경계에 있는 측망령(仄莽嶺)을 넘을 때 기어이 사단이 벌어지고 말았다.

얼마 전 쌍봉산(雙峰山)에 험상궂은 자들이 모여들어 산채를 틀고 산중대왕 노릇을 했는데, 그들 손에 걸려든 것이다.

그들은 쌍봉산 일대를 주 무대 삼고 저마다 제법 하는 무공 실력으로 노략질과 약탈을 서슴지 않았다.

그 소문이 인근에 퍼져 뒤숭숭했지만 장만량과 표사들은 까맣게 모르고 있었다.

차는 곧 돈이 된다. 어디에 내다 팔든 제값을 받는 귀물(貴物)인 것이다.

그러니 쌍봉산 녹림채의 무리가 저희들의 코앞을 지나가는 표차를 그대로 둘 리가 없었다. 게다가 표국의 행렬이 산채를 통과하려면 으레 하기 마련인 선인사도 없지 않은가.

괘씸죄까지 더해진 터라 쌍봉산의 산적들은 사정없이 보광표국의 표물을 털었다.

그 과정에서 여섯 명의 표사와 표두인 장만량이 죽고, 열 명의 짐꾼들도 모두 그 처지가 되었다. 측망령의 변이라고 한다.

산적들이 표물을 강탈해 사라지고 나자 다 죽은 줄 알았던 표사들 중에서 한 놈이 꿈틀거리며 몸을 일으켰다. 운 좋게 목숨을 건진 유일한 자다.

그자가 어찌어찌 불선다루에 기별을 해왔다. 그러자 그 소식을 들은 염 파파가 길길이 날뛰었다.

"이런 싸가지없는 것들이 있나! 감히 내 물건에 손을 대?"

당장 달려가 모조리 목을 쳐버릴 기세였다. 당 노인이 그런 염 파파의 옷자락을 붙잡았다.

"기다리시오. 이런 일에 염 매가 몸소 나선다는 건 쥐새끼 한 마리 잡자고 전차(戰車)를 출동시키는 것과 같지 않겠소? 나중에라도 알면 세상 사람들이 모두 비웃을 거요."

"그럼? 그냥 보시한 셈치고 놔둬?"

"흘흘, 그럴 수야 없지. 한번 맛을 들였으니 매년 그 짓을 할 테니까. 그러지 못하도록 이 기회에 아주 뿌리를 뽑아놔야 하지 않겠소?"

"그럼 당 노괴, 당신이 갈 거야?"

"흘흘, 내가 가도 마찬가지지. 그깟 녹림도 몇 놈을 잡는 데 염 매나 내가 나설 필요가 어디 있겠소?"

그러더니 이층 저 구석에 공손히 무릎을 꿇고 앉아 있는 왜타자 강명명을 가리켰다.

"저놈이면 충분할 거야. 아니, 저놈도 과할지 모르지."

머리를 끄덕인 염 파파가 즉시 손가락질해 강명명을 불렀다.

"다 들었지? 네가 해결하고 와라."

"옙!"

그래서 강명명은 신이 났다.

어깨를 우쭐거리며 히죽거리는 그의 꼴에 가장 심통이 난 사람은 바로 팔비충 천종이었다.

경쟁 상대인 왜타자가 파파의 심부름을 간다니 그가 자기보다 먼저 파파의 신임을 받은 것 같아 샘이 난 것이다.

게다가 자신은 불선다루에 죽치고 있어야 하는데 왜타자는 오랜만에 펄펄 날며 마음껏 죽이고 때려 부술 테니 얼마나 신바람이 날 것인가.

그래서 왜타자가 으쓱거리며 불선다루를 떠날 때 그는 볼이 잔뜩 부어터져서 애꿎은 땅만 걷어찼었다.

그 왜타자가 백여 명의 산적 놈들을 모조리 끌고 돌아왔다.

염 파파와 당 노인이 소걸을 데리고 떠난 보름 뒤였다.

빼앗겼던 두 수레의 차는 물론 산채에 있던 곡식과 가축, 피륙에 금은보화까지 죄다 바리바리 싣고 왔으니 기가 찼다.

그래서 불선다루를 책임진 추괴성이 입을 딱 벌리고 물었다.

"이게 다 뭣들이야?"

"두령이라는 것들 열 놈의 대갈통을 박살 냈더니 대두령이라는 것이 벌벌 떨면서 제발 살려달라고 매달리지 뭡니까?"

"그래서?"

"감히 불선다루의 물건에 손댄 놈을 살려줄 수 있나요? 한 번 걷어차서 갈비뼈를 모두 박살 낸 다음에 그냥—"

우쭐거리며 철장을 들썩거렸다. 그걸로 단번에 대두령의 대갈통 역시 부수어 버렸다는 뜻이다.

달리 산동의 악귀 왜타자라고 불렸을 것인가. 보지 않아도 그 끔찍하고 살벌했을 광경이 눈에 선했다.

"그러자 남은 졸개 놈들이 죄다 칼을 내던지고 납작납작 엎드리지 않겠어요?"

"……."

"흐흐흐……. 하지만 제가 누굽니까? 이왕 피를 본 김에 저것들마저 사그리 대갈통을 부수어 버릴까 하고 생각했는데……."

"그런데?"

"수레를 끌고 갈 사람이 있어야 하지 않겠습니까? 체면에 제가 직접 끌 수도 없고."

"그래서 이왕 수레에 짐을 싣는 김에 저놈들의 곳간까지 싹싹 털어서 실었군?"

"그렇습죠. 신재에 불을 싸질러 버릴 선네, 금은보화가 그냥 녹고 타 없어지면 너무 아깝지 않겠어요?"

"수레가 많아지니 그걸 끌 놈이 더 많이 필요했고, 그래서 아예 저놈들을 죄다 끌고 왔다?"

"헤헤, 역시 대형의 혜안은 천리신통(千里神通)이라니까요. 바로 그렇게 된 것입죠. 보광표국의 표차에 깃발까지 내걸었으니 성이며 관문을 통과하는 일도 식은 죽 먹기였답니다."

"하―"

추괴성이 지끈거리는 골머리를 짚고 한숨을 내쉬었다.

그렇게 해서 불선다루에는 곡식과 금은이 넘쳐 나고 사람과 가축도 넘쳐 나게 되었다.

산적질에 악숙해져 있는 놈들이라 거칠고 험악했지만 불선다루에 들끓는 마두들 앞에서는 쥐약 먹은 쥐새끼들이나 다를 게 없었다.

강명명의 호령 한마디에 즉시 다루 뒤쪽 비탈에 달라붙어 땅굴을 파고 기어들어 가 숨마저 조심스럽게 쉬었던 것이다.

처음에는 귀찮고 거추장스럽던 자들인데 이렇게 일을 시키자 그보다 듬직한 일꾼들이 또 없었다.

서로서로 마두들의 눈에 들려고 힘을 아끼지 않고 몸 상하는 걸 신경 쓰지 않는 게 기특했다.

그렇게 달라붙으니 불선다루 옆에 객잔 하나 짓는 일이 불과 닷새 만에 뚝딱 끝나 버렸다.

여러 번 산채를 지어본 솜씨들이니 알아서 척척 하는데, 손발이 한 몸인 것처럼 딱딱 들어맞았다.

'불선객잔(不善客棧)' 이라고 멋지게 휘갈겨 쓴 현판을 거는 날 잔치가 벌어졌다.

그 자리에서 추괴성이 선언했다.

"객잔은 왜타자와 흑불이 맡아 운영한다. 바깥의 인원은 이제부터 하란삼패가 통솔한다. 규칙은 전과 동이다. 손님은 최대한 겸손하고 친절하게 맞되, 손님이 아니라고 판단되는 것들은 그냥……."

다음 말은 하지 않아도 이제 모두 잘 알아듣는다.

"하지만 만약 손님을 기분 나쁘게 한다거나 손님과 시비라도 붙는 놈이 있으면 그때는……."

역시 다음 말은 할 필요가 없다. 다들 정신없이 머리를 끄덕일 뿐이다.

"커흠."

헛기침을 해서 목청을 가다듬은 추괴성이 다시 말했다.

"지금부터 저 백 명의 산적 놈들을 우리 식구로 받아들인다. 그리고 되게 훈련을 시키는 거야."

"훈련이요?"

흑불이 어리둥절해서 큰 소리로 물었다. 그를 지그시 바라보던 추괴성이 잘라 말했다.

"한 놈 한 놈이 죄다 지금보다 서너 배는 강한 일류 고수가 되어야 해. 그것도 최대한 빨리 말이다. 그래서 싸움이 벌어졌을 때 충분히 제 몫을 해낼 수 있도록 만들어야 하는데, 그 훈련을 흑불이 책임지고 수행한다. 물론 우리가 돌아가면서 무공을 전해주기는 할 거야."

"끙—"

괜히 나섰다가 덤터기를 쓰게 된 흑불이 된 숨을 내뱉고 고개를 홱, 돌려 빙 둘러앉아 있는 산적 놈들을 무섭게 노려보았다.

그 험악한 인상에 산적들의 안색이 새파랗게 질렸다.

흑불이 얼마나 무지막지한 마두인지는 이미 오래전부터 귀 따갑게 들어오지 않았던가.

진전이 더디거나 훈련이 힘들다고 꾀를 부리다가는 당장 사지육신이 어육처럼 뭉개지고 말 것이다.

"불선다루와 불선객잔은 세상에서 가장 친절한 영업점이면서 또한 세상에서 가장 무서운 와호잠룡처로 거듭나는 것이다. 이상!"

추괴성의 마지막 일갈을 끝으로 그날 밤만은 그 황량한 황망령이 향기로운 술과 잘 익은 고기가 질펀하게 넘쳐 나는 낙원으로 변했다.

【第十章】

청운관(青雲觀)

1

장안성이다.

당나라 때는 천하의 모든 물산이 집합했고, 서역의 대상들이 들끓던 중심 도읍이었다.

그때의 영향력이 아직까지 남아 있어서 지금도 장안성은 서역으로 통하는 관문의 역할을 충실히 수행하고 있다.

중원에서는 좀체 구경하기 힘든 낙타며 눈 파랗고 머리털 노란 서역인들을 흔하게 볼 수 있고, 유리며 도자기, 보석 등 서역의 귀한 물건들이 거리마다 넘쳐 난다.

많은 사람과 물자가 흥청거리는 곳이지만 다른 어느 곳보다 치안이 잘 잡혀 있고 질서가 정연했다.

삼십만의 정병이 항시 주둔하고 있으니 그럴 수밖에 없는 일이다.

늦은 밤 술에 취해 골목을 쏘다녀도 감히 뒤통수를 치고 전낭을 털어가는 왈짜 하나 없는 곳.

성안은 형편이 그렇지만 성 밖으로 나가면 전혀 그렇지 못했다.

성안에서 털지 못한 분풀이라도 하듯 칼을 든 강도들이 백주 대로에서도 설치는 일이 비일비재했던 것이다.

그래서 무리 지어 다니지 않으면 위태로운 길을 한 떼의 사람들이 바삐 가고 있었다.

당 노인과 소걸 일행이다.

노인과 소걸은 그저 그렇게 보였지만 음양쌍존이며 갈평 등의 분위기가 심상치 않으니 숲에서 고개를 내밀었던 강도 놈들도 감히 얼쩡거리지 못했다.

염 파파와 약속한 종산(鍾山)이 이제 산 하나 넘어다. 이십 리 길인 것이다.

약속 날짜를 하루 남겨두었으니 다행히 시간을 맞춘 셈이라 당 노인은 느긋해졌다.

소걸의 걸음도 할아버지를 따라 자연히 느려졌다.

이때라는 듯 백의남학 설중교가 잰걸음으로 다가와 소걸 곁에 붙어섰다.

"뭐 하나 물어보자."

"그러세요."

"도대체 만나러 간다는 할머니가 뉘시냐?"

"잘 아시네요. 할머니지 누구겠어요?"

"아니, 내 말은 그게 아니고……."

힐끔 당 노인의 눈치를 보았다. 노인은 갈평과 함께 저만큼 앞서 가고 있는 중이었다.

"당 노선배께서 이렇게 서두르는 걸 보면 보통 할머니가 아닌 것 같아서 하는 말이지."

"그냥 자상하고 정 많은 아주 좋은 할머니세요."

"그래?"

소걸 저의 기준으로 본다면 세상에서 그보다 따뜻한 마음을 가진 할머니는 없을 것이다.

하지만 다른 사람들에게야 어디 그럴 것인가.

의문을 품은 건 설중교만이 아니었다.

당 노인을 지극한 정성으로 모시고 있는 갈평도 그렇고, 음양쌍존이나 도굉 또한 할머니의 정체에 대한 의구심을 품었다.

그들이 아는 한 당 노인이야말로 천하제일의 고수였다.

들리는 말로는 마교의 교주인 마중선(魔中仙)은 전대의 열두 교주가 남긴 개세적인 마공을 모두 물려받았다고 했다.

그걸 종합해서 자신의 것으로 만들고 고금제일의 마극지경(魔極之境)에 이르렀다고 하는 말이 거짓은 아닐 것이다.

하지만 보지 않았으니 알 수 없고, 설혹 그러한 마중선이라 할지라도 당 노인을 뛰어넘었으리라고 확신할 수 없었다.

현 광명천주인 무상검(無常劍) 철무극(鐵武極) 또한 그럴 것이다.

그는 백도의 오대기인으로 꼽히는 오선(五仙)의 공동 전인이었다.

그리고 자신의 능력을 아직까지 한 번도 드러내지 않은 신비인이기도 하다.

하지만 그 역시 당 노인의 성취를 능가하지는 못하리라.

아직 그 두 초인의 본신절기를 보지 않아 비교하기는 좀 그렇지만 음양쌍존 등은 자신들의 추측이 맞을 거라고 확신했다.

그런 노인이 할머니를 두려워하고 꺼리는 것 같지 않은가.

처음에는 농으로 그러는 건 줄 알았는데, 시간이 갈수록 그게 농담이 아니라 사실이라는 걸 알게 되었다.

도대체 현 무림에 그럴 만한 노파가 있다는 게 믿어지지 않았다.

그래서 설중교가 은근히 소걸을 떠보았지만 건진 게 없으니 실망이었다.

이곳까지 오는 지난 십 일 동안 그들 모두는 당 노인의 사랑을 듬뿍 받았다.

갈평처럼 노인으로부터 그렇게 바라 마지않던 무상광명신공의 구결한 토막씩을 전해받은 것이다.

아리송하고 이해하기 지극히 어려운 구결이었다.

그러던 것이 당 노인의 거칠 것 없는 해설을 듣자 암흑 속에서 갑자기 광명을 만난 듯 뻥 뚫렸다.

그들은 생전 처음이라고 해도 좋을 커다란 충격과 기쁨을 맛보았다.

물론 그 대가로 소걸에게 각자의 절기 한 가지씩을 가르쳐 주었다. 그러나 이제 그건 아무것도 아니었다.

초식을 습득하는 소걸의 믿어지지 않는 재능에 크게 놀란 것도 그때뿐이다.

모두는 노인으로부터 받은 구결을 통해 자신만의 심득을 완성하느라 밥을 먹고 잠을 자는 것마저 잊은 채 몰두했다.

길을 가면서도 온통 새로운 무학의 경지에 대한 사색으로 머리 속이 꽉 차서 어디를 어떻게 가고 있는 건지조차 신경 쓰지 못했다.

그래서 십여 일이 지난 지금은 갈평처럼 그들의 무공 수위도 장맛비에 우물물 넘쳐 나듯 높아져서 그전과는 비교할 수 없게 되었다.

당 노인은 노인대로 그들의 빠른 성취를 보고 기뻐했다. 과연 쓸 만
한 후학들이라는 기꺼움이 있었던 것이다.

생각 끝에 각자에게 맞는 하나의 원리를 던져 주고, 그 이치에 대해
서 당 노인 자신의 생각을 말해준 데에 지나지 않다.

그것을 받아들여서 스스로 분화, 발전시키더니 기어이 자신의 무공
에 접합시켜 더 높은 경지를 창출해 낸 그들의 능력은 과연 특출한 것
이었다.

그러한 능력이 있었기에 그들이 오늘날 절정고수로서 명성을 날리
게 된 것이리라.

그런 일이 있은 뒤부터 그들은 모두 갈평처럼 당 노인에 대한 지극
한 공경심과 고마움을 가졌다.

갈평이 한 것처럼 내놓고 종이 되겠노라는 맹세를 차마 하지 못했을
뿐, 어느덧 모두의 가슴 깊은 곳에는 당 노인을 스승처럼 떠받들겠다는
각오가 새겨졌다.

줄 때는 아까워하지 않고 후하게 내주는 당 노인의 대범함에 감복한
탓도 클 것이다.

"쫓아버릴까요?"

갈평이 잰걸음으로 곁에 붙어 서더니 속삭였다. 노인이 빙긋 웃었
다.

"내버려 둬."

"알겠습니다."

"아마 제 운명을 제 눈으로 확인해 보고 싶어 안달이 난 놈들인 것
같다."

"예?"

"제가 과연 죽을 것인지, 아니면 살 것인지 궁금해서 못 견디는 거야."

"……?"

무슨 뜻인지 언뜻 이해할 수 없었다. 하지만 당 노인이 그렇다면 그런 것이다. 어찌 되물을 수 있을 것인가.

갈평이 머리를 숙이고 조심스럽게 뒤로 물러났다.

사실 사천당가를 떠났을 때부터 그들 주위에는 많은 자들이 기척을 감추며 뒤따르고 있었다.

그 행적의 고요함과 은밀함으로 볼 때 하나같이 고수 아닌 자가 없다.

갈평 등은 신경을 바짝 곤두세웠지만 당 노인이 태평하니 감히 나설 수가 없어서 애써 무시하고 있는 중이었다.

그런데 장안성을 벗어나면서부터 그자들의 움직임이 눈에 띄기 시작했다.

이제는 노골적으로 위협을 가해오기 시작한 것이리라.

최소한 서른 명, 어쩌면 그 이상일지도 모른다.

갈평 등은 그자들의 목적이 단 하나라는 걸 짐작했다.

당 노인의 품속에 무상광명신공이 들어 있다는 걸 알고 꿀단지를 탐내는 개미들처럼 졸졸 뒤따르고 있는 것이다.

처음에는 열 명이던 것이 어느새 서른 명으로 불어나고 그 이상이 되었으니 겁이 없어졌을 만도 했다.

"우리끼리 싸울 게 아니라 힘을 합쳐서 먼저 비급을 탈취해 내자. 그런 다음에 다시 주인을 가리는 게 좋지 않겠어?"

이런 합의가 이루어진 건지도 모른다.

그 과정에서 실력이 처지는 자들은 저절로 도태되었을 것이니, 지금 뒤따르고 있는 자들은 모두 쟁쟁한 강호의 고수들일 게 분명했다.

수십 명의 고수들이 그렇게 뭉쳤다면 위협적이지 않을 수 없다.

하지만 갈평 등에게는 가소롭기만 했다. 그놈들이 누구인지는 모르나 헛물을 켜고 있다는 걸 잘 알기 때문이다.

당 노인이 크게 인심을 써서 비급을 모두에게 큰 소리로 읽어준다고 해도 혼자서는 절대로 힌 구절도 깨우칠 수 없을 것이다.

종남파에서 수십 년째 그것을 숨겨 가지고 있었으면서도 통달한 자가 나오지 않은 게 그 증거다.

도굉에게서 볼 수 있듯이 그들의 무학이 한 단계 높아지기는 했지만 조족지혈에 지나지 않았다.

그들의 수십 년이 오히려 당 노인으로부터 구결을 듣고 가르침을 받은 지난 열흘만 못했던 것이다.

그러니 배우려는 자들이 힘써서 좋은 스승을 찾는 것이고, 큰 학식과 지혜를 지닌 성현에게 단 한 번만이라도 가르침을 받기 원하는 것 아니겠는가.

어쨌거나, 뛰어난 자가 비급을 얻는다면 적어도 삼십 년은 끙끙대며 파고 또 파야 비로소 그것의 깊은 의미를 반쯤 해독해 낼 수 있을지 모른다.

그렇지 못한 자는 평생을 품고 다녀도 소용없다.

하지만 누가 그 삼십 년 동안 비급을 품고 무사할 수 있을 것인가.

또 무사했다손 치더라도 그 안에서 심득을 얻었을 때는 호호백발의 노인이 되어 있을 테니 무상하기만 할 것이다.

그걸 생각하지 못하고 굶주린 들개들처럼 껄떡거리는 건 눈을 가리는 욕심 때문이다.

당 노인의 은덕을 받아 제각기 하나의 깨우침을 얻은 갈평 등은 그러한 것을 생각하고 내려다볼 수 있는 안목을 갖게 되었다.

그래서 뒤따르는 자들이 가엽게 여겨졌지만 감히 하늘 같은 당 노인의 신변을 위협하니 용서할 수 없기도 했다.

그런 생각들을 하며 부지런히 걷는 중에 황혼이 깔려오기 시작했다.

저만큼 앞서 걷던 당 노인이 커다란 소나무 아래 멈추어 서서 손짓해 불렀다.

"배가 고프고 다리도 아프니 어디 오늘 하룻밤 묵어갈 곳이 있었으면 좋겠다."

말이 떨어지기 무섭게 갈평이 즉시 몸을 날려 송림 속으로 사라졌다.

2

송학현(松鶴縣) 북쪽이다.

장안성 북쪽 삼십 리 떨어진 곳에 있는 제법 큰 현성인데, 장안으로 이어진 비단길의 한 갈래와 통하는 곳이라 늘 흥청거린다.

당 노인이 굳이 현성 안으로 들어가지 않은 건 번거로움을 피하기 위해서였다.

언덕에 올라서니 울창한 소나무 숲이 구름처럼 이어져 있었다.

성안의 사람들이 송학림이라고 부르는 그 소나무 숲은 아름드리 노송들이 무려 십 리에 걸쳐 있는 걸로 유명했다.

한때는 백학들이 많이 살았던 모양인데, 지금은 손으로 셀 수 있을 정도밖에는 남지 않았다.

그 우거진 소나무 숲 복판에 묘 하나가 있었다.

사람의 손이 자주 닿은 듯 깨끗하게 손질된 제법 큰 관제묘(關帝廟)로, 웅장하게 치솟아 있는 다섯 아름은 됨 직한 거송을 곁에 두고 있다.

묘당 안에 들어가 채색이 생생하게 살아 있는 관제의 신상 앞에 향을 피워 고하고 다들 둘러있었다.

"너희들에게 미리 일러둘 말이 있다."

당 노인이 여느 때와는 달리 근엄한 얼굴을 하고 말을 꺼냈으므로 모두 정신을 바짝 차리고 귀를 기울였다.

"내일이면 할멈을 만나게 되는데, 너희들은 어미를 따르는 새끼 염소처럼 내 뒤를 졸졸 따라다니고 있으니 필히 할멈도 보게 될 터."

소걸은 저쪽에서 설중교가 꺼내준 육포를 질겅질겅 씹어대기 바빴다. 할아버지가 무슨 말을 하려는 건지 이미 훤히 알고 있으니 관심없다는 투였다.

"절대로 할멈의 비위를 건드려서는 안 된다. 그러기 위해서 반드시 지켜야 할 한 가지가 있어."

양존 조백령이 모두를 대표해서 물었다.

"그게 무엇입니까?"

"소란을 떨어서는 안 된다는 거다."

"……?"

"할멈은 조용한 것을 좋아해. 많은 사람들이 몰려들어서 시끄럽게 하거나, 자꾸만 기웃거리고 훔쳐봐서 신경을 쓰이게 했다가는……."

"야단을 맞게 되는군요?"

"흘흘, 그것뿐이면 내가 너희들에게 일부러 이렇게 주의를 주겠느냐?"

"하오면……."

"사지육신을 온전히 보존할 수 없게 될 게야."

"예?"

"할멈이 한번 화나면 아주 무섭거든. 그러니 내 말을 명심하고 절대 시끄럽게 굴어서는 안 되느니라."

"도대체 어떤 분이시기에 그렇단 말씀입니까?"

"흘흘, 내가 또 한 가지가 있다는 걸 깜빡 잊을 뻔했는데 잘 깨우쳐 주었다."

드디어 노파의 정체에 대해서 알 수 있게 되나 보다, 하고 모두가 더욱 신경을 곤두세워 당 노인의 입만 바라보았다.

그러나 노인의 입에서 나온 말은 엉뚱한 것이었다.

"할멈은 누가 제 말을 하는 걸 제일 싫어해. 이름을 입에 올렸다가는 역시 몸뚱이가 벌집처럼 되고 말걸?"

"설마……."

"어허, 설마가 사람 잡는다는 말도 모르느냐?"

당 노인이 눈을 부라리고 다시 주의를 주었다.

"어쨌거나 행여 이름을 물어본다던가, 부른다던가 하는 미련한 짓은 절대로 하지 말거라. 이게 다 너희들이 귀엽고 기특해서 특별히 가르쳐 주는 거야. 그러니 고맙다고 해라."

그러더니 지나가는 말인 것처럼 한마디 덧붙였다.

"더 이상 살기가 지겨워진 놈이라면 뭐 안 믿어도 상관없겠지."

그 말이 더 끔찍하다. 그래서 오히려 노인이 자기들을 놀리는 거라는 의심이 들기도 했다.

"설마 그렇기야 하겠습니까?"

양존이 다시 모두를 대표해서 머리를 갸웃거렸다.

"거짓말이 아니다. 내가 함께 살아오면서 그런 꼴이 되는 놈들을 여럿 봤거든."

"흡!"

사실인 모양이다.

모두의 얼굴에 긴장이 가득해졌다.

당 노인마저 이처럼 꺼려하고 조심하는 파파라니 도대체 상상이 가지 않았다.

어쩌면 지옥의 나찰을 숨겨두고 있는 건 아닐까? 하는 엉뚱한 생각마저 든다.

설중교가 힐끔 소결을 돌아보았다.

낮에 슬쩍 물었을 때 그가 자상하고 정 많은 할머니라고 했던 말이 떠올라서였다.

그런데 당 노인의 말은 전혀 다르다.

'도대체 누구란 말인가?'

하는 의문이 그들을 더욱 답답하게 했다.

*　　　　*　　　　*

청운관(靑雲觀)은 종산 서쪽 기슭에 있었다.

금량협(金凉峽)이라고 불리는 좁고 깊은 협곡을 따라 오 리쯤 올라가면 점점 계곡이 좁아져서 마침내 오갈 데 없는 절벽에 가로막힌다.

한줄기 맑고 시원한 물이 폭포가 되어 떨어져 물보라가 날리는 게 제법 장관이었다.

위로 올라가는 길은 오직 절벽을 비스듬히 감아 올라가는 협도(峽道) 한 가닥뿐이었다. 바위를 파고 낸 것이라 올라갈수록 아찔아찔해진다.

비가 오거나 눈이 내리는 날에는 원숭이도 오르내리기를 포기할 것 같은 그 협도를 당 노인 등은 훌훌 날듯이 타고 올라갔다.

도굉만이 오직 뒤에 처졌을 뿐인데, 그의 경공이 부족해서가 아니다.

재주를 뽐내며 물 찬 제비처럼 협도를 딛고 뛰어올라 가고 있는 소걸이 위태로워 보여서였다.

소걸은 제 경공을 시험해 볼 때가 바로 지금이라는 듯 당가의 당도담에게서 얻어낸 낙일비웅의 경공 신법을 멋지게 발휘하고 있었다.

아직 공력이 한참 부족한 탓에 일행을 따라가지는 못한다. 하지만 이처럼 위태로운 협도를 날랜 원숭이처럼 거침없이 내달려 올라갈 수 있게 되었다는 것만으로도 놀랄 일이었다.

소걸은 제가 생각해도 믿을 수 없고 신이 났다.

연신 우와! 우와! 하는 감탄의 비명을 질러대며 제 스스로 놀라고 황홀해 어쩔 줄 모른다. 때로는 팔짝팔짝 뛰기까지 했다.

"이놈아, 그러다가 떨어지면 뼈도 못 추린다. 제발 자중해 다오."

도굉이 그럴 때마다 깜짝 놀라 소리쳤다.

그렇게 소란을 떨어가며 벼랑 끝에 오르자 신천지가 활짝 펼쳐졌다.

거기 아담한 호수가 있었던 것이다.

그 물줄기가 벼랑으로 떨어져 폭포가 되고, 금량협을 적시며 흐르는 맑은 계곡 물이 된다.

아름드리 삼나무며 자작나무들이 무성한 푸른 잎을 이고 빼곡히 솟아 있으며, 거울 같은 호수에는 종산의 아름다운 봉우리가 비쳐서 그림을 그려놓은 것 같았다.

그 호숫가에 오래된 도관 하나가 고즈넉이 앉아 있었다.

폭포 떨어지는 소리가 아득하게 들리고, 산새들의 청명한 지저귐이 은은할 뿐 깊고 잔잔한 호수만큼이나 고요한 적막에 감싸여 있는 곳.

그 무어라 말할 수 없이 아름다운 모습과 그곳에 감도는 신묘한 기운에 모두들 넋이 나가 입을 딱 벌렸다.

선계에 들어온 게 아닌가 하는 착각마저 든다.

종남산에서 도를 수행한 도굉의 놀람이 가장 컸다.

어느덧 그는 소걸 때문에 가슴 졸였던 일마저 까마득하게 잊은 채 홀린 것처럼 주춤주춤 도관을 향해 나아가고 있었다.

3

하얀 돌 계단 위에 이끼 앉은 한 쌍의 사자 석상이 문지기를 대신하고 있다.

굳게 닫힌 문을 두드리자 잠시 후 자박거리는 발소리가 들리더니 볼이 투명한 소녀 도사가 문을 조금 열고 내다보았다. 열서너 살쯤 되어 보이는 귀여운 모습이다.

"에그머니나!"

낯선 사람들이 몰려 서 있는 걸 보고 깜짝 놀라 다시 문 안으로 얼굴을 쏙 감추었다가 조심스레 다시 내밀었다.

"누구신가요?"

당 노인이 빙그레 웃었다.

"귀여운 아이구나."

노인의 풍모는 신선을 빼닮았다. 그러니 제 집에 찾아온 산신으로 보인 것일까?

소녀 도사가 당 노인을 보고 비로소 안심한 듯 배시시 웃었다. 그리고 소걸을 보고는 볼을 붉힌다.

"이곳에 늙고 고약하며 심술궂게 생긴 꼬부랑 노파가 머물고 있지?"

"에그, 그런 말씀을 하시다니⋯⋯."

노인의 짓궂은 말이 뜻밖이었던 듯 소녀 도사가 살짝 아미를 찡그렸다.

오동통한 입술을 삐죽 내미는 게 그렇게 깜찍하고 귀여울 수가 없다.

"있느냐 없느냐?"

"그렇게 생긴 곤도(坤道:여자 도사)들은 쎄고 쎘는걸요, 뭐. 여기에도 많이 있답니다."

"에그, 깜찍한 것 같으니."

귀여워 못살겠다는 듯 당 노인이 손을 내밀었다.

소녀 도사의 볼이라도 쓰다듬어 주려는 것이었는데, 깜짝 놀란 그녀
가 문을 꽝! 하고 닫아버리는 통에 손가락이 낄 뻔했다.

"할아버지!"

그 모습을 내내 째려보고 있던 소걸이 기어이 빽, 소리쳤다.

"커흠, 커흠."

멋쩍었던지 헛기침을 한 당 노인이 흐흐, 웃고 중얼거렸다.

"나이를 좀 먹었어도 역시 운치를 알고 멋을 알며 여유를 아는 할망
구란 말이야. 이런 곳을 알고 있었으면서도 여태까지 나한테는 가르쳐
주지 않았다니. 흠, 이건 너무했는걸?"

나시 눈이 빠끔히 열리고 소녀 도사가 반쯤 얼굴을 내밀었다. 당 노
인을 바라보는 눈에 이제는 경계의 빛이 가득했다.

"도사 할머니들 말고 그냥 할머니라면 그런 분이 딱 한 분 있긴 해
요."

"흐흐흐, 그래, 그게 바로 내가 찾는 사람이란다. 그런데 네 이름
은 뭐냐? 나이는 몇이고? 여기서 얼마나 살았어? 사부님은 모셨느
냐?"

할머니를 찾아와 놓고서는 자꾸만 소녀 도사를 붙들고 한마디라도
말을 더 들어보려고 엉뚱한 소리를 해대는 할아버지가 얄밉기만 했다.
그래서 소걸이 기어이 참지 못하고 나섰다.

"할머니! 소걸이가 왔어요!"

냅다 목청껏 소리쳐 버린 것이다.

"으헉!"

당 노인이 기겁을 하고 소걸의 입을 틀어막았으며, 뒤에서 지켜보던
자들도 깜짝 놀라 낯빛이 새파랗게 질렸다.

떠들면 모두 죽을 거라던 당 노인의 말이 생각나서다.

그들은 그래서 놀랐고, 당 노인은 소녀 비구니와 노닥거린 걸 염 파파가 알게 될까 봐 놀란 것이다.

"도향아, 손님이 왔으면 안으로 모실 것이지 거기서 무엇하고 있는고?"

문 안쪽에서 낮고 엄숙한 음성이 흘러나왔다.

"예, 사부님."

얼굴을 붉힌 소녀 도사가 당 노인에게 혀를 쏙 내밀고는 천연덕스럽게 문을 활짝 열었다.

가운데 커다란 청동 향로가 있는 넓은 마당이 보였다.

천 년은 묵었음 직한 두 그루의 향나무가 높이 솟아 있고, 그 곁에 삼층의 종루가 있다.

절로 치자면 대웅전에 해당되는 궁(宮)이 높은 계단 위에 장엄하게 자리하고 있었는데, 검은 바탕에 '소양궁(昭陽宮)'이라고 양각되어 있는 커다란 금색 글자가 한눈에 들어왔다.

기둥마다 도덕경의 경구를 새겨 넣은 긴 편액들이 붙어 있는 게 여느 도관이나 같은 모습이다. 회칠을 한 흰 벽에는 곱게 채색된 신선들의 그림이 가득했다.

그 소양궁의 계단 위에 짙은 남색의 도복을 입고 띠를 둘렀으며 건을 쓰고, 듬성듬성한 세모꼴의 염소수염을 기른 늙은 도사가 서 있었다.

윤기가 감도는 얼굴에 눈빛이 맑고 이마가 밝았다. 허리가 곧고 음성이 카랑카랑한 것으로 미루어보아 기력이 충실한 노인이다.

"아!"

의젓한 걸음으로 걸어 들어오는 당 노인을 본 노도사가 탄성을 터뜨리더니 바삐 계단을 내려왔다.

허둥거리는 걸음이 위험해 보인다.

"사부님, 조심하셔야지요."

도향(道香)이라고 불린 소녀 도사가 쪼르르 달려가 부축하려고 손을 내밀었다.

그것을 뿌리친 도사가 한숨에 계단을 달려 내려와 당 노인 앞에 서서 공손히 머리를 조아렸다.

"이제 오셨군요. 기다리고 있었습니다."

"나를 아시오?"

"그분께서 늘 말씀하셨지요. 이러저러하게 생긴 사람이 찾아올 텐데 오늘도 오지 않으니 이상한 일이라고. 오늘 아침에도 걱정하고 초조해하셨습니다."

염 파파다. 그녀가 자기를 기다리고 걱정했다는 말에 당 노인의 입이 헤벌쭉 벌어졌다.

면전에서는 타박을 주고 으르렁거려도 그녀의 마음속에 어느덧 당 노인의 그늘이 짙게 드리워져 있었던 것이다.

당 노인은 지난 육십 년 세월이 헛되지 않다는 행복감으로 가슴이 뿌듯해졌다.

"험, 어쨌거나 나의 염 매는 잘 있소?"

"며칠 전부터 내내 기다리고 계셨답니다. 그곳으로 먼저 가시겠습니까?"

"그래야지."

노도사와 도향이 앞장섰다.

소걸은 자꾸만 남색 헐렁한 도복을 입고 검은 신에 종아리까지 올라오는 흰 버선을 신은 소녀 도사 도향의 뒷모습에 눈길이 갔다.

머리를 위로 묶어 올리고 건을 썼으므로 뒷덜미의 뽀얀 살결과 보송보송한 솜털이 햇빛에 반짝거려서 눈이 다 부셨다.

당예향과 얼추 비슷한 나이일 것이다. 귀엽고 사랑스럽게 생긴 것도 비슷하다. 하지만 천방지축인 예향과는 분위기가 달랐다.

아직 장난기가 남아 있는 눈매가 곱고, 부끄러움을 타는 중에 엄숙한 무엇이 배어 있다.

도관에서 엄한 교육을 받고 자랐기 때문일 것이다.

소걸의 머리 속에 그 두 소녀의 얼굴이 번갈아 떠올랐다. 그녀들의 개성이 이처럼 다르니 더욱 뚜렷하게 마음에 새겨진다.

몇 개의 계단을 오르내리고, 몇 개의 뜰을 건너는 동안 사람의 그림자 하나 보이지 않았다.

깨끗하게 정돈되어 있고, 떨어진 나뭇잎 하나 없이 쓸고 닦은 마당이며 묘당들이다.

그것을 보면 적지 않은 사람들이 있는 모양인데, 적막하기가 텅 빈 집 같기만 하니 이상했다.

도관의 뒤쪽에서도 뚝 떨어진 오목한 공간이 나왔다.

사방이 무성한 삼나무로 둘러싸여 있어서 한낮에도 햇빛이 잘 비치지 않는 음침한 곳이다.

거기 낮은 돌담을 두른 집 한 채가 외떨어져 있었다.

지은 지 얼마나 오래된 것인지 기둥이 검게 변해 있고, 이끼가 끼어 있다. 편액의 글자들은 거의 다 지워져 알아볼 수도 없었다.

돌담은 말할 것도 없고 지붕에도 잡풀이 무성하게 자라 흉가를 보는 것 같았다.

그처럼 깔끔한 도관에 이런 어수선한 곳이 있다는 게 믿어지지 않을 정도였다.

한 번도 청소나 정리를 하지 않았던 것인지, 섬돌 아래의 뜰에는 들꽃이며 풀들이 무성하게 자라 있을 뿐 사람이 지나다닌 흔적조차 없었다.

낡아서 반쯤은 부서져 겨우 매달려 있는 쪽문 앞에 선 노도사가 목청을 가다듬고 한껏 공손하게 말했다.

"사저(師姐), 그분께서 오셨습니다."

"사저?"

당 노인이 머리를 갸웃거렸다.

사저란 같은 사문의 누이를 공경해 부르는 말이다.

그렇다면 염 파파와 이 노도사가 동문 사형제 간이라는 것 아닌가.

당 노인은 염 파파로부터 한 번도 사형제가 있고 그가 도사라는 말을 듣지 못했던 터라 당혹스러웠다.

"왔으면 들어오지 않고 뭐 하고 있지?"

"커흠!"

크게 헛기침을 한 당 노인이 문지방을 넘어서려고 할 때 묘당 안에서 다시 노파의 카랑카랑한 소리가 흘러나왔다.

"기다려."

"응?"

"뜰의 꽃 한 송이, 풀잎 하나 꺾이지 않게 들어와야 해. 그렇지 않으면 어떻게 되는지 알지?"

"허—"

대체 무슨 영문인지 알 수 없다.

어이없는 얼굴로 돌아보자 노도사가 빙긋 웃었다.

"사저께서는 이곳을 몹시 아끼고 사랑하신답니다. 그래서 누가 풀잎 하나 건드리는 것마저 싫어하시는 거지요."

"왜? 이 다 쓰러져 가는 흉가에 뭐가 있다고?"

"추억이지요. 그리움이고요. 후회와 뉘우침이기도 합니다."

"추억, 그리움……."

그 말을 되뇌이는 당 노인의 얼굴이 문득 어두워졌다. 우수가 깃든다.

그가 어눌한 음성으로 다시 물었다.

"그가 여기 살았던 적이 있던가?"

"누구 말씀입니까?"

"장풍한."

"아!"

노도사가 빙긋 웃었고, 뒤에 늘어서서 귀를 기울이고 있던 무리들은 모두 놀람의 탄성을 터뜨렸다.

풍운대협 장풍한.

음양쌍존은 물론 설중교나 갈평, 도굉 등은 그를 본 적이 없다. 하지만 이미 전설이 되어버린 그 이름은 그들의 가슴 깊은 곳에 새겨져 있었다.

육십여 년 전 홀연히 사라졌다가 싸늘한 주검이 되어 발견되었다는 절세의 대협.

이곳에서 뜻밖에 과거 백도의 우상이고 천하제일의 고수였다는 그의 이름을 들었으니 가슴이 철렁할 수밖에 없다.

'그렇다면 저 안에 있는 노파가 설마, 설마……!'

그들이 내쉬는 경악의 뜨거운 숨소리가 물결처럼 번져 갔다.

【第十一章】

염 파파의 과거

1

노도사가 빙긋 웃었다.

"그럴 리가요. 사부님에 대한 그리움이고 뉘우침이며, 자란 곳에 대한 뒤늦은 감회라고 해야겠지요."

"사부님? 자라온 곳?"

당 노인이 눈살을 찌푸리자 노도가 웃으며 잡초 무성한 뜰과 묘당을 가리켰다.

"사부님이 기거하셨던 곳이지요. 사저는 일곱 살 때 사부님의 손을 잡고 이곳에 와서 어린 도사로서의 공부를 했었답니다."

그러면서 사랑스러운 눈으로 도향의 머리를 쓰다듬어 주었다.

당 노인은 염 파파도 지금 이 소녀 도사처럼 어린 날들을 이곳에서 지냈다는 걸 알았다. 지금 도향이 그런 것처럼 노사부의 사랑을 듬뿍 받았으리라.

"그럼 이곳은 강호의 숨겨진 한 문파로군?"

"허허, 잘못 아셨습니다. 그냥 순수한 도관입지요. 도를 수행하고 상제께 제를 올리며 악귀를 쫓고 세상에 공덕을 베풀기 원하는 그런 곳에 지나지 않습니다. 강호와는 전혀 상관이 없답니다."

"그럴 리가 있나?"

"믿지 않으셔도 할 수 없는 일이지요. 어쨌거나 사저는 저 묘당에서 사부님을 모시고 살았습니다. 그 뒤에 거두어들인 우리 사형제들이 모두 여섯 명인데 사부님께서는 특히 사저를 총애하셨지요."

"무공은 배우지 않았고?"

"사부님께서 건강을 위한 도인술을 전해주시기는 했지요."

"흐흐, 그것 봐. 무공을 모르고 강호와 전혀 상관없다는 건 새빨간 거짓말이었잖아."

"누구를 상하게 하려는 게 아니라 제 몸을 깨끗하고 튼튼하게 하려는 것이니 무공이라는 말로 부를 수 있겠습니까? 도를 수행하는 한 방편으로서의 도인술인 게지요."

"흥, 그게 그 말이지. 그래서?"

"사저의 성취가 남다른 바 있었는데, 어느 날부터인가 그녀의 얼굴에 수심이 깃들기 시작했습니다."

"그게 몇 살 때지?"

"아마 이 도향이만했을 때라고 기억합니다."

그 무렵 염빙화는 홀로 종산에 올라 꽃을 따고 나비를 좇으며 거닐다가 우연히 한 석벽 틈에서 혈마진경(血魔珍經)을 발견해 손에 넣게 된 것이다.

그것이 무공 비급인 걸 안 그녀는 사부님께 혼날 것이 두려워 말하지 않고 혼자서 익히기 시작했다.

총명하기가 남들보다 열 배는 뛰어났고, 자질이 특출한 그녀에게 혈마진경 속의 마공들은 뿌리칠 수 없는 유혹이었다.

그것이 마공인지 무엇인지조차 아직 판단하지 못할 어린 나이에 그녀는 그 속에 푹 빠져 버렸다.

혈마진경의 특징이 한번 수련하기 시작하면 멈출 수 없는 것이기 때문이기도 하다.

그렇게 이 년 동안 사부를 감쪽같이 속였지만 오래갈 수 없는 일이었다.

그녀의 외출이 잦아지고 얼굴에 그늘이 드리우는 걸 본 사부가 수상하게 여겨 다그쳤다.

염빙화는 울면서 전후 사정을 고하고 용서를 빌었다.

하지만 사부의 노여움은 식지 않았다. 신성한 도관이 있는 이 신성한 땅에 마경이 감추어져 있었다니…….

용납할 수 없는 일이다.

제자에게서 마경을 빼앗은 사부는 삼매진화의 불길을 일으켜 천고의 기서를 한 줌 재로 만들어 버렸다. 그리고 그녀의 혈을 폐쇄해 마성이 발작하지 못하도록 하려 했다.

염빙화는 그것을 받아들일 수 없었다. 이미 그녀의 머리 속에는 혈마진경이 고스란히 새겨져 있었고, 그녀의 기혈 속에는 마기가 깃들어 있었던 것이다.

그녀는 갑자기 사부에게 일장을 날리고 담을 넘어 도망쳤다.

"바로 저기 보이는 무너진 곳이랍니다. 그곳을 넘어 달아나 다시는 사문으로 돌아오지 않았지요."

노도사가 가리키는 곳을 바라보는 당 노인의 심경이 착잡했다.

"사부님은 사저가 불시에 날린 일장에 맞았습니다. 그리고 사저가 달아나는 걸 보고 혼신이 힘을 다해 장력을 쳐냈지요. 당신의 제자가 세상에 나가 마귀가 되는 걸 보느니 당신 손으로 목숨을 거두는 게 낫다는 생각을 하셨던 게지요."

"으음—"

당 노인이 깊이 탄식했다.

제자에게 암습을 당한데다가, 제 손으로 가장 사랑하는 제자를 죽이려 했을 때 그 심정이 어떠했을지 이해할 수 있었기 때문이다.

"하지만 내상을 입은 사부님의 장력은 사저의 목숨을 끊어놓지 못했지요. 어쩌면 그 무렵 사저의 내력이 깜짝 놀랄 만큼 깊어져 있었기 때문인지도 모릅니다. 사저는 등에 사부님의 일장을 맞았으면서도 기어이 달아났던 것입니다. 그때의 흔적이 저렇게 아직까지 남아 있는 것이지요."

그녀가 등에 사부의 일장을 맞고 담을 무너뜨리며 쓰러지는 모습이 눈에 보이는 듯해서 당 노인은 탄식했다.

하지만 염빙화는 기어이 살아서 달아났다.

"사부님은?"

"그때 사저의 장력을 타고 스며들었던 마기를 끝내 제어하지 못하고 석 달 뒤 돌아가셨습니다."

"으음—"

그 무렵 염빙화는 이미 혈마진경 속의 혈마구유마공(血魔九幽魔功)을 적어도 오성의 경지에 이르도록 수련하고 있었던 것이다.

그로부터 십여 년 뒤, 강호에는 누구도 상대할 수 없는 여마두 한 명이 나타나 피로 세상을 적셨다.

혈염마녀 염빙화의 등장 뒤에는 이와 같은 일이 숨겨져 있었다.

그렇게 떠난 지 칠십 년 만에 사문에 다시 돌아온 염 파파는 진심으로 그때의 일을 후회하며 뉘우치고 있었다.

얼마나 가슴이 아프고 한스러울 것인가.

그것이 전해지는 듯하여 당 노인마저 어둡고 비장한 마음이 되었다.

"그때 저는 열 살의 소동이었던지라 그저 놀라고 두려워 떨기만 했을 뿐 사부님을 돕지도, 사저를 가로막지도 못했으니 그 죄가 아직까지도 남아 있어서 괴롭답니다."

노도사의 얼굴도 어두워졌다.

그렇다면 그의 나이도 여든 살을 훌쩍 넘긴 고령이다. 선경 같은 이곳에서 평생 신을 모시며 도를 닦고 있었기에 그렇게 보이지 않을 만큼 정정했을 뿐이다.

"실례했소이다."

당 노인이 정중하게 포권하자 노도사가 손을 내저으며 겸양했다.

"하하하, 별말씀을, 감당할 수 없습니다."

풀잎 하나 건드리지 않고 저 뜰을 가로질러 가려면 초상비(艸上飛)라는 절정의 경공 신법을 발휘할 수밖에 없다.

그것도 온 신경을 써서 조심하지 않으면 풀잎 끝이 살짝 꺾이거나 꽃송이가 떨어질 수 있다.

그러면 감당할 수 없어진다.

염 파파가 그러겠다고 하면 누구도 막거나 말릴 수 없지 않은가.

"흐음—"

당 노인이 잔뜩 얼굴을 찌푸리고 잡초 무성한 뜰 건너의 묘당을 노려보았다.

장풍한이 살았던 곳은 아니라니 마음이 놓였지만, 자기마저 이렇게 똑같이 대하는 염 파파의 처사에는 불만스러웠던 것이다.

하지만 할 수 없다.

당 노인이 성큼 걸음을 내딛었다.

그 가녀린 풀잎이 제 위에 당 노인을 실었는데, 솜털 하나 얹힌 것처럼 아무 변화가 없다.

그것을 본 무리들이 모두 경탄의 한숨을 쉬었다. 과연 당 노인의 공력은 천하제일이라 할 만하다는 생각이 다시 머리 속에 박힌다.

그렇게 풀잎 위에 태평하게 올라섰던 노인이 평지를 걷듯 천천히 걸었다.

사람들의 경악이 극에 달했음은 물론이다.

풀잎을 차며 빠르게 달리는 것도 어려운데, 저렇게 산보하듯 어슬렁어슬렁 걸을 수 있다니…….

달마 조사가 갈댓잎 하나를 딛고 우뚝 서서 강을 건넜다는 일위도강(一葦渡江)이나, 검선 여동빈이 맨발로 파도 위를 걸어갔다는 등평도수(登萍渡水)의 경공 신법도 저보다는 못할 거라는 생각이 들었다.

그렇게 천천히 뜰을 가로지른 당 노인이 섬돌 위에 올라섰다.

힐끔 뒤를 돌아보고 헛기침을 한 번 하더니 가타부타 말이 없이 묘당 안으로 성큼 들어가 버린다.

소걸은 눈을 부릅뜬 채 입을 딱 벌리고 있었다. 할아버지의 저와 같은 절세적인 경공 신법을 처음 보기 때문이다.

음양쌍존이 서로 마주 보고 머리를 끄덕하고는 성큼 쪽문 안으로 발을 들여놓았다.

그들도 가볍게 풀잎 위에 올라섰다. 그리고 옷자락을 펄럭이며 멋지고 우아하게 뜰을 가로질러 달려갔다.

소걸의 눈에는 풀잎 위를 천천히 걷던 할아버지보다 음양쌍존의 그 모습이 훨씬 더 멋있게 보였다.

그들이 스치고 지나갈 때마다 바람을 맞은 듯 쓰러져 누웠던 풀잎들이 차례로 머리를 들고 일어섰다.

"합!"

갈평과 도굉이 낮고 힘찬 기합성을 내뜨렸다. 그리고 경쟁이라도 하듯 나란히 몸을 날려 역시 풀잎을 차며 재빨리 건너갔다.

그 뒤를 따라 설중교가 흰 수염을 휘날리며 멋지게 건넜다.

그렇게 몇 사람이 지나갔지만 과연 풀잎 하나 꺾이지 않았다.

강호에서는 드물게 보는 절정의 경공 절기를 모두 지니고 있었던 것이다.

소걸은……

혼자 남아서 문 안을 기웃거린다.

스물댓 걸음이면 뛰어 건널 뜰이 아득히 멀어 보였다.

"안 가?"

뒤에서 도향이 의아한 얼굴을 하고 물었다. 소걸의 낯이 잔뜩 찌푸려졌음은 물론이다.

2

이 볼을 깨물어주고 싶을 정도로 귀엽고 사랑스러운 소녀 도사 앞에서 체면이 말이 아니다.

마음 같아서는 코끼리가 걷듯 쿵쾅쿵쾅 걸어서 꽃이든 잡초든 가릴 것 없이 죄다 짓밟고 싶다.

하지만 할머니가 가만두지 않겠다고 했지 않은가.

"제기랄, 난 안 들어갈 테야. 그냥 너하고 놀아야겠다."

덥석 도향의 야들야들한 손목을 쥐고 돌아섰다.

"어머, 어머, 어머!"

도향이 자지러질 듯 놀라 그 큰 눈을 더욱 동그랗게 치뜨고 어머 소리를 연발했다. 볼이 붉어지는 것을 지나쳐 창백해진다.

"흘흘, 사저 말이 재미있고 엉뚱한 아이라더니 정말 그렇구나."

그것을 본 노도사가 염소수염을 쓰다듬으며 입을 호물거리고 웃었다.

그렇게 소걸이 염치도 체면도 없이 도향의 손을 쥐고 끌 때 묘당 안에서 할머니의 날카로운 소리가 터져 나왔다.

"요 괘씸한 놈 같으니! 할미도 안 보고 어딜 가는 게얏!"

눈이 벽에 붙어 있어서 다 보는 모양이다.

깜짝 놀랐던 소걸이 잔뜩 볼을 부풀리고 퉁명스럽게 대꾸했다.

"쳇, 나는 할아버지처럼 풀잎 위를 걸을 재주가 없는걸요? 그러니 보고 싶으면 할머니가 나오세요. 흥!"

혀를 낼름 내밀고는 홱, 돌아서서 도향의 손을 더욱 잡아끌었다.

"우리 어서 저리로 가자. 나하고 놀면 재미있을 거야."

"거기 못 서!"

할머니의 고함 소리.

두어 걸음 떼어놓았던 소걸이 우뚝 섰다. 하지만 이제는 뒤돌아보지도 않았다. 단단히 삐친 것 같다.

묘당 안에서 할머니의 탄식 소리가 흘러나왔다.

"에휴, 할 수 없지. 너는 조심해서 그냥 오거라."

"허어?"

그 말을 들은 노도사가 눈을 부릅떴다. 누구에게도 예외를 두지 않았던 염 파파가 저런 말을 할 줄은 꿈에도 몰랐던 것이다.

헤헤, 웃은 소걸이 그 즉시 도향의 손목을 팽개치듯 놓고 뚜벅뚜벅 걸어서 쪽문 안으로 들어갔다.

그 뒷모습을 멍하니 바라보던 도향의 볼이 비로소 잘 익은 노을처럼 빨갛게 물들었다.

저도 모르게 소걸에게 붙잡혔던 손목을 어루만지고 있다.

소걸은 대단한 특혜라도 받은 사람인 양 한껏 으스대며 천천히 뜰을 건넜다.

일부러 들꽃을 툭툭 차고 발을 굴러가며 풀을 사정없이 밟아버리기도 한다.

그래서 스물댓 걸음이면 건너갈 뜰을 무려 마흔 걸음이나 걸어서야 겨우 건넜다.

섬돌 아래의 돌 계단 위에 죽 늘어서서 그 모습을 보는 음양쌍존 등의 얼굴빛이 수시로 변했지만 누구도 감히 뭐라고 주의를 주지 못했다.

떠들면 죽는다지 않던가.

그들의 머리 속에는 이제 묘당 안에 있는 노파가 누구인지 어렴풋이 짐작이 섰다.

숨이 막힐 정도로 큰 충격과 두려움에 사로잡혀서 정신이 없으니 심통 사납게 걸어오고 있는 소걸의 모습이 공중에 둥둥 떠서 오는 것처럼 보일 지경이었다.

음양쌍존 등에게는 그게 불가사의한 일로 여겨졌다.

아직 턱에 수염도 나지 않은 소년이 당 노인의 귀여움을 독차지하고 있다는 것만으로도 무시무시하게 느껴지지 않았던가.

그런데 그, 그……

노파의 사랑 또한 넘치도록 받고 있는 것 같으니 너무 놀라 현실감이 떨어진다.

"할머니!"

소걸이 부르며 달려갔다.

나무 침상에 앉아 있던 염 파파가 활짝 웃으며 두 팔을 벌렸다. 그리고 덥석 품에 받아 안더니 볼을 마구 비벼댔다.

"이 고얀 녀석. 그래, 한 달 만에 할미와 만났는데 얼굴도 보지 않고 다른 데로 가려고?"

등짝을 철썩철썩 갈겨대지만 소걸은 헤헤, 웃을 뿐이다.

"할머니 냄새다."

그러면서 가슴에 마구 얼굴을 처박고 킁킁거리며 달착지근하고 텁텁하기도 한 냄새를 맡았다.

"커흠, 커흠."

그 모습이 보기 민망했던 건지 샘이 난 건지, 탁자 앞에 앉아 있던 당 노인이 거푸 헛기침을 했다.

"흘흘, 할미가 보고 싶었더냐?"

"죽는 줄 알았어요."

"고얀 놈."

다시 소걸의 등짝을 때리며 눈으로는 당 노인을 매섭게 흘겨보았다. 왜 이 귀여운 것을 이제야 데려왔느냐는 무언의 책망이다.

"커흠."

"이봐, 당 노괴."

"알았어. 나도 보고 싶었다오."

"시끄러!"

"그래도 보고 싶었던 건 사실이오."

"며칠 떨어져 있더니 간덩이가 많이 부었군."

"끄응."

된 숨을 내쉰 당 노인이 소걸을 노려본다. '내 할멈에게서 그만 떨어지지 못해?' 이러는 얼굴이었다.

"하—"

백의남학 설중교가 장탄식을 했다.

그것을 기다렸다는 듯 갈평이며 도굉, 음양쌍존도 일제히 긴 숨을 내쉬었다.

그들의 얼굴에 떠오른 표정이 똑같았다. 당혹과 의혹, 그리고 불안이면서 체념이다.

묘당 안에서 들려오는 소리를 듣고 싶지 않으나 귀가 있어서 저절로 듣게 되니 어쩌겠는가.

'혈염마녀 염빙화다!'

머리 속에서 그런 아우성이 난리를 쳐댔다.

과연 당 노인을 꼼짝하지 못하게 할 만한 유일한 존재라는 게 실감되었다.

그 무시무한 마녀가 아니면 누가 당 노인을 저렇게 쥐 잡듯 야단치고 윽박지를 수 있을 것인가.

"들어들 와라. 할멈이 특별히 은전을 내려서 너희들의 낯짝을 봐주겠단다."

당 노인이 부르는 소리가 들렸다.

그러나 누구도 선뜻 묘당 안으로 들어가려 하지 않았다. 서로 눈치만 보며 불안한 기색을 감추지 못할 뿐이다.

"어허, 할멈의 마음이 변하기 전에 어여 들어오지 못해? 안 그랬다가는…… 나중 일은 내가 책임 못 진다."

후다닥—

문에 가장 가까이 서 있던 음양쌍존이 구르듯 달려 들어갔고, 나머지 사람들도 서로 옷을 잡아당기고 어깨를 밀쳐 대며 미친 듯 뛰어들어 갔다.

"당 노괴."

"어허, 아이들 보는 앞에서 체통없이……."

"흥, 오랜만에 강호에 나가 콧바람 좀 쐬더니 정말 겁이 없어졌군?"

당 노인이 볼을 씰룩거리다가 어쩔 수 없다는 듯 한숨을 쉬었다.

"에휴, 그래, 왜 불렀소?"

"이 아이들이 쓸 만한가?"

"직접 물어보시오."

"당신한테 물어본 내가 바보지."

두 노인의 토닥거림이 음양쌍존 등을 어리둥절하게 했다.

그들은 당 노인을 만난 이후 제대로 정신을 차리고 있어본 적이 거의 없었다. 매번 놀라고 긴장하고 흥분하느라고 얼이 빠질 지경이었던 것이다.

이제는 적응이 되었을 만한데도 염 파파를 본 순간부터 다시 어리벙벙해졌다.

"그런데 이 아이들을 줄줄 데리고 다니는 이유가 뭐야? 그렇게 강호의 주목을 받고 싶어?"

"내가 데리고 다녔나? 저희들이 쫄래쫄래 따라온 거라오."

염 파파가 눈을 비비고 음양쌍존 등을 하나하나 바라보았다. 그들은 문 앞에 쪼르르 붙어 서서 퉁방울 같은 눈알만 뒤룩거리고 있었다.

숨도 크게 쉬지 못해서 얼굴들이 시뻘겋게 달아올라 있다.

"너희들은 왜 여기까지 따라온 거지?"

"……"

"흘흘, 이것들이 내 인내심을 시험해 보겠다는 거로군."

소걸은 할머니 곁에 찰싹 달라붙어 앉아서 한 팔을 둘러 허리를 감싸 안고 있었다. 다시는 떨어지지 않겠다는 듯하다.

그런 소걸의 한 손을 무릎에 올려놓고 조물락거리고 있던 염 파파가 애정이 뚝뚝 떨어지는 음성으로 말했다.

"착한 녀석아, 저기 걸려 있는 할미의 검이 보이지?"

"예, 아주 잘 걸려 있군요."

"가서 내려오련?"

소걸이 즉시 일어나더니 쪼르르 달려가 벽에 걸려 있던 검을 내려 들고 왔다.

그것을 본 음존 왕무동이 저도 모르게 놀란 외침을 터뜨렸다.

"빙백검(氷魄劍)이다!"

"마도제일기병(魔道第一奇兵)!"

"오오, 빙백검을 보게 되다니……."

왕무동의 외침에 양존 조백령과 백의남학 설중교가 동시에 경악성을 터뜨렸다.

육십 년 전이나 지금이나 마도십병 중 제일기병으로 꼽히는 검. 그것이 눈앞에 나타난 것이다.

그것이 꼭 보검 중의 보검이라서 그렇게 높은 위치를 차지하고 있는 건 아니었다.

홍염마녀 염빙화를 상징하는 신물이기에 그렇게 된 것이다.

염빙화의 검. 그것만으로도 마도제일기병에 꼽혀 오늘날까지 기억되고 있었던 것이니 그녀의 위세가 어땠는지는 말할 것도 없다.

그 홍염마녀 염빙화가 소걸의 손에서 검을 넘겨받는다.

모두의 얼굴이 사색이 되었다.

3

양존이 급히 앞으로 나서서 머리를 조아렸다.

"아뢰겠습니다. 제발 노여움을 거두소서."

"나는 옛날이나 지금이나 참을성이 그리 많지 않아."

"저희들은 당 노선배를 두려워하면서도 지극히 공경하고 있습니다. 그래서 노선배의 수족이 되기로 작심했으니 노선배께서 가시는 곳이라면 지옥도 마다하지 않고 따를 것입니다."

"흐흥, 그래서 이곳까지 따라왔다고?"

"그, 그렇습니다."

"너희들 그게 정말이야?"

염 파파의 시선을 받은 자들은 모두 정신없이 머리를 끄덕였다. 그리고 한소리로 말한다.

"그렇습니다. 양존의 말이 모두 틀림없는 사실입니다."

양존은 얼떨결에 대답한 것에 지나지 않았다.

언제 그가 제 입으로 당 노인의 수족이 되겠다고 한 적이 있었는가.

마음으로는 벌써 승복했지만 그래도 한가닥 자존심이 남아 있어서 치마 갈평처럼 좆으로 써달라고 자청하지 못했다.

그러던 것이 염 파파의 빙백검을 보자 얼이 빠져서 그만 제 입으로 그렇게 말하고 만 것이다.

그 말에 모두 동의하고 인정했으니 졸지에 그들 또한 당 노인의 수족이 되고 말았다. 종에 다름 아니다.

물론 그들 역시 염 파파의 다그침에 얼이 빠져서 얼떨결에 한 대답이었다. 하지만 한 번 뱉은 말이니 주워 담을 수가 없다.

하오배도 아니고, 당당한 무림의 명숙 반열에 올라 있는 신분들이니 더욱 그렇다.

염 파파가 흡족한 듯 빙긋 웃고 소걸에게 검을 건네주었다.

그걸 본 음양쌍존 등의 입에서 휴유— 하는 한숨 소리가 동시에 쏟아졌다.

"노괴, 사람이 자꾸 늘어나니 이를 어쩌면 좋지? 이러다가는 먹여 살리는 것도 일이겠어."

"흘흘, 별걸 다 염려하는구려. 까짓 장안성에 불선다루 분점을 하나 내지 뭐."

"분점을?"

"이 아이들이라면 충분히 잘 꾸려갈 거야. 저희들이 알아서 잘 먹고 잘살겠지."

"호오?"

염 파파의 눈이 동그래졌다. 감탄했다는 얼굴로 당 노인을 바라본다.

노인이 흐흐, 웃으며 우쭐거렸다.

"수입도 많이 늘어날 거야. 물론 귀찮은 일도 그만큼 많이 생기겠지만…… 그거야 뭐, 저 녀석들이 알아서 해결할 문제니까 우리가 신경쓸 것 없지."

이미 결정되었다는 듯 말하고 있었다.

'불선다루? 그게 뭐야?'

음양쌍존 등은 어리둥절해서 서로를 돌아볼 뿐이다.

염 파파가 책을 읽는다.

종남산의 북쪽 서고 깊숙이 감추어져 있던 도경이다. 도경의 탈을 쓰고 있는 무상광명신공의 비급인 것이다.

후다닥 넘기는 건 경전을 옮겨 적은 부분이고, 이맛살을 찌푸리며 자세히 읽고 또 읽는 건 그 사이사이에 드문드문 끼어 있는 무상광명신공의 구결이다.

"그렇지, 역시 그랬어."

"음, 내 짐작이 옳았군. 과연 그렇게 하는 거야."

"이건 조금 의외인걸? 오호라, 이렇게 될 수도 있는 거였구나."

책장을 찾아 읽고 넘길 때마다 혼자서 중얼거리더니 멍하니 한참 동안 허공을 바라보며 깊은 사색에 잠기기도 했다.

그런 노파를 바라보는 모두의 눈길이 활활 타올랐다.

꿀꺽!

마른침 삼키는 소리가 쉬지 않고 들린다.

"휴—"

깊고 긴 탄성.

탁, 하고 낡은 책을 덮은 염 파파가 물끄러미 당 노인을 바라보았다.

만감이 어린 눈길이라 고스란히 받기가 어색하다. 그래서 당 노인이 커흠, 커흠 하고 헛기침을 했다.

"이게 종남파에 들어가 있었을 줄이야."

"어때, 뭘 좀 건졌소?"

"노괴, 내가 처음으로 당신에게 고맙다는 말을 해야 되겠군. 고맙구려."

"허허허, 다 그런 거지 뭘 이까짓 걸 가지고 새삼스럽게…… 커흠."

문득 염 파파의 마른 눈자위가 젖어들었다. 그러더니 뺨을 타고 뜨거운 눈물 한줄기가 소리없이 흘러내리는 것 아닌가.

"아니, 염 매, 왜 그러시오?"

당 노인이 깜짝 놀라 벌떡 일어섰다. 뭐가 잘못된 건가? 하는 생각이 들어 불안했다.

"그저, 그냥 흘러간 옛날이 안타까워져서 그래."

"뭐가 말이오?"

"어렸을 때는 이 비급의 필요성을 느끼지 못했지. 조금 나이 들어서는 비로소 이것이 있어야 한다고 생각해서 부지런히 찾아다녔지만 어디에서도 찾지 못했어."

"장풍한을 만난 뒤부터였겠군."

"맞아. 내 마성의 원인을 그때 비로소 알게 되었으니까. 그것을 극복하려면 무상광명신공이 있어야 한다는 걸 알았지만 그때는 이걸 구할 수가 없었지."

"그래서 후회하는 거로군."

"만약 그때 이것을 손에 넣었더라면 그는, 그는……."

"죽지 않아도 되었겠지."

이제는 당 노인의 얼굴도 어두워졌다. 회한과 원망이 가득 담긴 눈으로 물끄러미 염 파파를 건너다보며 입술을 파르르 떨었다.

한참 만에야 그가 어눌하게 말했다.

"하지만 그랬다면 나는 영영 당신을 보지 못했겠지. 육십 년 동안이나 당신 곁에서 당신의 얼굴을 보고, 당신의 음성을 듣고, 당신의 옷자락이 삭아가는 걸 보며 함께 살 수도 없었을 거야."

"당 노괴…… 당신……."

"좋소, 좋아. 이런 것도 다 운명이라는 거겠지. 이제 그 비급은 당신 손에 있소. 찢어버리든지 태워 버리든지 알아서 하구려."

"안 됩니다!"

도굉이 눈치없이 크게 소리쳤다.

"그 책은 종남파의 보물입니다. 저는 그것을 찾아가지 못하면 다시는 사문으로 돌아갈 수가 없습니다. 그러니 찢어버리는 건 절대로 안 됩니다!"

염 파파가 천천히 도굉에게로 얼굴을 돌렸다.

사문으로 돌아갈 수 없다는 그의 부르짖음이 가슴에 맺혀왔다.

소맷자락으로 눈물을 찍어낸 염 파파가 쓸쓸하게 웃으며 말했다.

"도굉이라고 했지? 사문을 생각하는 네 마음이 기특하구나. 하지만 이것을 종남파에 돌려줄 수는 없겠다."

"노선배님께서는 이미 인간의 경지를 뛰어넘어서 선인의 길에 들어선 분입니다. 무상광명신공이 아니라 그보다 더한 것이 있다고 한들 어찌 눈에 차겠습니까? 그러니 도경을 본 파에 돌려주시는 게 후학들을 위해 커다란 은덕을 베푸는 게 되지 않겠습니까?"

"네 말이 맞다. 나에게는 이것이 그다지 대단한 것 같지 않구나. 하지만 이 신공비급을 통해 내가 잘못 알고 있어서 주화입마에 걸렸던 부분의 바른길을 찾았으니 덕을 본 거라고 해야겠지. 그것뿐, 이제는 이것을 불쏘시개로 쓴다고 해도 하나도 아까울 게 없다."

"노선배님!"

도굉이 털썩 무릎을 꿇더니 연신 머리를 조아리며 애원했다.

"부디 공덕을 베푸소서. 이 미친놈이 영영 사문으로 돌아가지 못한 채 강호를 떠돌다가 죽어 이승과 저승 간을 서성이는 원귀가 되어야 흡족하시겠습니까? 그게 아니라면 제발 그것을 저에게 주어서 원래의 자리에 가져다 놓을 수 있도록 해주소서!"

염 파파가 측은하다는 얼굴로 도굉을 물끄러미 바라보더니 머리를 흔들었다.

"얘야, 그럴 수가 없구나. 그건 안 될 말이다."

"제발……."

"이 비급이 세상에 나타났다는 걸 이제는 강호의 모두가 다 안다."

"그렇기에 저는 더욱 마음이 급하답니다."

"틀렸다. 이제 이것은 비급이 아니라 화를 불러들이는 애물단지다."

"예?"

"생각해 봐라. 이것이 종남파에 돌아간다면 그날부터 수백, 수천 명의 고수들이 밤낮없이 찾아와 소란을 떨며 칼부림을 해댈 것이다. 탐욕에는 정과 사의 구분이 없으니 그들 중에는 명문정파의 떨거지도 있을 것이고, 낭인이며 흑도의 이름난 자들도 있을 게야. 내 말이 무슨 뜻인지 알겠지?"

종남파가 강호 전체를 원수로 삼게 된다는 것이다.

더 나아가서 종남산이 한시도 편할 날 없이 피와 주검으로 뒤덮이리라.

그리하여 결국 종남파의 멸망이라는 엄청난 결과를 가져올 수도 있다는 경고의 말이기도 했다.

수백 년 동안 정통 도맥(道脈)을 지켜온 문파가 강호에서 사라져 버린다면 그 손해는 이까짓 비급 하나와 비교할 수가 없다.

도굉이 입을 다물었다. 퉁방울 같은 눈에 핏발이 서더니 기어이 굵은 눈물을 뚝뚝 떨어뜨려 제 손등을 적셨다.

"만약 누가 이것을 지닌다면 길게는 하루, 짧게는 열 걸음을 옮기기도 전에 목이 떨어지고 말 거다. 그러니 화를 불러들이는 마물(魔物)이 아니고 무엇이겠느냐?"

그 말은 모두에게 들으라고 하는 소리였다.

음양쌍존과 설중교, 갈평 등이 숙연해져서 머리를 숙였다.

"게다가 마교의 정통을 이어받았다고 주장하는 암흑천교에서는 무슨 일이 있어도 이 비급을 손에 넣으려 발광을 떨어댈 것이다. 이것이 마교의 뿌리인 그 옛날 광명교의 유일한 유물이기 때문이야."

그렇다. 그러니 자신들의 정통성을 입증하기 위해서라도 암흑천교는 수단과 방법을 가리지 않고 무상광명신공 비급을 탈취하려 들 것이 뻔했다.

누가 무사할 수 있겠는가.

다들 묵묵부답 말이 없다.

길게 말하는 것도 힘들다는 듯 잠시 쉬었던 염 파파가 빙긋 웃으며 비급을 품에 넣었다.

그녀가 그것을 보관하는 것보다 더 안전한 방법은 없을 것이다.

밤이다. 다들 도관에 마련된 숙소로 떠나고 외떨어진 묘당에는 소걸과 당 노인, 염 파파만 남았다.

파파는 책을 꺼내 흥얼흥얼 읽고 있었다.

이제는 그 안에 있는 무상광명신공을 보는 게 아니라 평화로운·마음이 되어 선대의 진인이 남긴 도경의 구절구절을 음미하고 있는 것이다.

도에 대한 가르침을 읽고 있으니 어렸을 적의 추억이 살아나서일까. 제 흥에 겨워서 벙긋벙긋 웃던 파파가 불쑥 물었다.

"당신은 볼일을 다 보았겠지?"

한쪽에서 꾸벅꾸벅 졸고 있던 당 노인이 깜짝 놀라 바라보았다.

"뭘?"

"엉큼 떨기는……. 그렇게 그리워하던 당문에 돌아갔으니 줄 건 다주고 할 일도 다 했을 거 아냐."

"그랬지. 에휴—"

탄식하는 건 아쉬움 때문이었다. 마음 같아서는 천년만년 내 본향에서 후손들의 재롱을 보며 살고 싶지 않을 것인가.

"잘했어. 그럼 이제 당장 죽는다고 해도 원이 없을 테니 정말 잘한 일이야."

염 파파의 말속에 허무가 깃들었다. 당 노인이 다시 한숨을 내쉬었다.

멍하니 촛불을 바라보던 염 파파가 책을 밀어놓고 다시 말했다.

"그럼 이제 내 차례로군. 나도 짐을 덜어야 이승 떠날 때 조금이라도 홀가분해지겠지."

"염 매……."

"그런 눈으로 볼 것 없어. 당신도 그런 생각을 하고 있을 텐데 뭘."

담담하게 말한 염 파파가 침상에서 코를 골고 있는 소걸을 흔들어 깨웠다.

"일어나라, 일어나! 에그, 어린것이 무슨 잠을 이렇게 험하게 자누."

몇 번을 두드려서야 소걸이 겨우 눈을 떴다.

"밖으로 나가자."

"예? 왜요?"

"무공을 배우고 싶다고 했었지?"

"가르쳐 주실 거예요?"

눈에서 금방 졸음이 씻은 듯 사라져 버린다.

벌떡 뛰어 일어난 소걸이 싱글벙글 웃더니 팔다리를 부지런히 흔들어 댔다.

그 모습이 우습고 어이없어서 물끄러미 바라보던 당 노인이 혀를 차고 물었다.

"뭐 하는 게냐?"

"보면 모르세요? 몸을 먼저 풀어야지요. 졸음도 쫓고."

"쯧쯧……."

당 노인이 못마땅하다는 듯 눈을 흘겼다.

자신과 염 파파의 심정이 어떤지는 조금도 알지 못하고 그저 무공을 배울 수 있게 되었다는 생각에 들떠 있는 소걸이 야속했던 것이다.

하지만 어쩌랴. 자신은 늙었고 소걸은 팔팔한 소년이니 그 세월의
차이를 나무랄 수는 없다.

"밖으로 나가자."

염 파파가 빙백검을 들고 일어섰다.

"검은 뭐 하게요?"

"너에게 검법 한 가지를 가르쳐 주려고 한다."

"벌써요?"

소걸의 입이 헤벌어졌다.

【第十二章】

폭주(暴走) 할머니

1

잡초 무성한 뜰에 교교한 달빛이 내려앉아 몽롱하다.

땅에서 피어오르는 안개가 정강이를 적시며 천천히 흐르고, 풀벌레들의 울음소리가 개울물 흐르는 소리 같았다.

모처럼 맑은 날인 것이다.

머리 위에 가득한 별들이 곧 떨어질 듯 흔들리고 있었다.

뿌연 은하수가 하늘을 가로질러 흐르고, 그것을 따라가듯 개똥벌레들이 깜박이는 푸른 빛을 꽁무니에 달고 이리저리 날았다.

그 마당 복판에 검을 쥐고 우두커니 서 있는 할머니의 모습이 왠지 쓸쓸해 보였다.

두터운 장막처럼 펼쳐져 있는 괴괴한 삼나무 숲 속의 어둠.

하지만 지금 염 파파가 두르고 있는 침묵과 어둠은 그것보다 깊고 컸다.

'할머니가 이상한걸?'

소걸이 걱정스럽게 바라보았다.

얼마나 그렇게 무거운 시간이 흘러갔을까.

염 파파가 길게 한숨을 쉬었다.

"휴—"

"할머니, 왜 그러세요?"

"그저 잠시 옛일들을 생각해 본 거란다. 자, 마음에 준비는 단단히 되어 있겠지?"

"헤헤, 그럼요. 그런데 무얼 가르쳐 주실 건가요? 할머니의 검법인 가요?"

"지금은 아니다."

"그럼요?"

"절정검(絶頂劍)이라는 게 있느니라."

"절정검이요?"

"그 옛날, 이 할미를 놀라게 했고 강호를 놀라게 했던 것이지. 말 그대로 절정검법인 게야."

"어렵겠군요."

"너한테는 그렇지도 않을 거다. 너는 다만 그 초식과 변화를 보고 배우기만 하면 되거든."

소걸의 얼굴에 당장 실망하는 기색이 떠올랐다.

"쳇, 원숭이처럼 흉내만 낼 줄 알면 된다, 이 말이군요?"

"시작한다."

더 대꾸하지 않고 염 파파가 가볍게 검을 쥐었다.

쨍, 하는 경쾌한 소리와 함께 검집을 벗어버린 빙백검이 불쑥 그 찬

란한 빛을 드러냈다.

순간, 바람이 숨을 죽였고 안개도 주춤거리며 물러섰다.

염 파파가 여태까지 한 번도 본 적이 없는 엄숙한 얼굴이 되어서 왼손으로 검결(劍訣)을 짚고, 검을 비스듬히 뻗어 허공에 올려놓았다.

무언가 분위기가 다르다.

엄숙하고 장중하면서 신묘한 기운이 아지랑이처럼 아른거리는 그런 분위기는 처음 본다.

소걸이 신상하여 꺼도 모르게 마른침을 삼키고 눈을 크게 떴다.

하지만 마음속에는 여전히, '고작 투로만 구경하고 떨어져라, 이 말씀이지? 쳇' 하는 불만이 컸다.

"매 초마다 세 가지 변식이 있고, 모두 일곱 초가 모여서 하나의 검법이 된다."

"그래요?"

"초식의 구분은 있으되 변화는 두루 통하여 하나로 꿰어지니 칠 초이십일 변이 곧 하나의 검법이기도 하고, 그 하나의 검법이 풀어져 저 뭇 별들처럼 헤아릴 수 없이 많은 변화를 낳기도 하느니라."

알쏭달쏭한 말이다.

처음 할머니로부터 월보강이라는 심법 구결을 들었을 때보다 더 머리가 복잡해졌다.

"투로는 정직해야 하고 검로에는 한 치의 오차가 있어서도 안 된다."

"그렇겠죠, 뭐."

대꾸가 심드렁하기만 하다.

"숨을 마시고 내뱉는 때와 힘의 이완, 손목의 떨림과 발의 방위에 따라서 옳고 그름이 갈린다."

"예, 예."

"비록 미세한 차이라 할지라도 끝에 이르면 하늘과 땅만큼이나 멀리 떨어지게 되니 너는 정신을 집중해서 잘 보아라."

그리고 천천히 검을 움직였다.

검을 따라 몸이 나가고 들어오며 좌우로 비꼈다가 맴도는데, 보법이 구름을 밟는 듯하고 어깨의 출렁임이 춤을 추는 듯하며 허리의 유연함은 봄버들 같았다.

"엇?"

잔뜩 기대했다가 실망해서 콧구멍만 후비고 있던 소걸이 눈을 부릅떴다.

'아름답다.'

제일 먼저 그 생각이 떠올랐다. 그리고 다음에는 한없이 검로 속으로 빨려 들어가 머리 속이 온통 번쩍이는 검광으로 가득 찼다.

"제일초 춘사여심(春思如心)이다. 기억하겠느냐?"

"다시 한 번 보여주세요."

염 파파가 빙긋 웃고 똑같은 검식을 한차례 되풀이했다.

처음 했을 때와 한 치도 어긋남이 없었다.

톱니바퀴가 맞물려 돌아가고, 자를 대고 그으며, 먹줄을 튕긴 듯 그 자리에서 조금도 벗어나지 않았던 것이다.

염 파파는 그렇게 투로를 보여주었다. 결코 틀에서 벗어나지 않았으며, 결코 과장하지도 겸손을 떨지도 않았다.

있는 그대로를 명명백백하게 보여주는 것. 그것이 자기가 소걸에게 해주어야 하는 가장 중요한 일이라는 듯했다.

소걸은 잠을 자지 못했다. 잘 수가 없는 것이다.

고른 숨을 쉬며 잠들어 있는 할머니를 훔쳐보고, 벽에 걸려 있는 검을 훔쳐보기를 몇 번이나 했을까.

그가 기어이 참지 못하고 살그머니 일어나 검을 내려 들었다.

그것의 싸늘하고 묵직한 감촉이 지금처럼 가슴을 뛰게 한 적은 없었다.

발끝으로 살금살금 걸어서 새벽 이슬 가득한 뜰로 나왔다.

천천히 검을 뽑아 허공에 올린다.

할머니에게서 보았던 그 장중함은 무엇이며, 그 화려하고 가벼움은 또 무엇이었던가.

'이것이었나?'

할머니의 검무에 밤새 홀려 있다가 기어이 제 손으로 검을 쥐고 이리저리 움직였다.

절정검 일곱 초식 중 첫 번째 '춘사여심'이 느릿느릿 풀려 나오기 시작했다.

무언가 마음을 답답하게 눌러댔다. 시원하게 뻗어나가야 할 텐데 검 끝이 자꾸만 떨리고 움츠러드는 것 같아서 통쾌하지 못하다.

세 번 보면 그와 똑같이 해낼 수 있는 특별한 능력을 타고난 소걸인데 이번의 것은 그렇지 않았다.

한 걸음 들어서 보면 수없이 많은 길이 보이니 들어서기가 겁났다.

그래서 소걸은 미로의 입구에 서서 망설이는 아이가 되었다.

한 발을 들여놓았다가 깜짝 놀라 다시 물러서기를 몇 번. 어느덧 날이 뿌옇게 밝아왔다. 들고 있는 검도 점점 무거워져서 어깨가 저렸다.

　온 사람들은 떠나기 마련이다.
　"사저, 부디 다시 돌아오기를 바랍니다."
　도관 밖까지 배웅을 나온 노도가 간절하게 말했다. 그의 손을 꼭 잡고 있는 파파의 주름 가득한 얼굴에 안쓰러움과 안타까움이 가득했다.
　"미안해."
　염 파파는 그 말밖에는 해줄 수 없는 자신이 초라하게 느껴졌다.
　노도의 눈자위가 붉어졌다.
　"그런 말씀은 하지 않아도 됩니다."
　"내 일을 모두 끝낸 다음에는 이곳으로 돌아오지. 와서 죽을 거야."
　"하하, 그럼 사저 곁에 제 자리도 하나 잡아두지요."
　"무슨 염치로 땅에 묻히기를 바라겠어?"
　"사부님 곁으로 돌아가야 하지 않겠어요? 사부님께서는 임종하시기 직전까지 말씀하셨답니다. 사저가 언젠가는 돌아올 거라고. 내 곁으로 돌아올 거라고……."
　노도의 눈에도, 염 파파의 눈에도 눈물이 가득 맺혀 어룽거렸다.
　그렇게 안타까운 작별을 하는 사람들이 또 있었다.
　소결과 도향이다.
　아니, 도향이는 그저 부끄럽고 무서워서 고개를 푹 숙인 채 아무 말도 하지 못하고 소결이 혼자서 온갖 감회에 젖은 얼굴로 소곤거리고 있을 뿐이었다.
　"저 봐, 할머니가 다시 오신다잖아. 그때는 나도 돌아올 거야. 그러니까 아무 데도 가지 말고 여기서 꼭 기다리고 있어야 해. 알았지?"

"……."

"싫어?"

"……."

"좋아, 그러면 네가 늙은 사부님을 마구 졸라서 강호로 나와라. 자고로 사랑하는 제자가 떼쓰고 조르는 데 이겨먹는 사부는 없는 법이거든. 커흠, 아무튼 그래서 황망령에 오면 불선다루가 있거든? 거기로 나를 찾아와."

"……."

"왜? 그것도 싫어? 아, 그럼 나더러 어쩌라고!"

"그냥 가."

"엥?"

"창피하니까 이 손 좀 놓고 어서 가. 나 안 찾아와도 돼."

"이, 이런……."

고개를 푹 숙이고 쫑알거리는 도향의 목덜미가 하얗게 반짝여서 눈이 부셨다.

당가보에서 예향이를 대했을 때는 이렇지 않았다.

그녀가 귀엽고 깜찍해서 귀찮게 하고 괴롭히고 싶었지 헤어지기 싫다거나 하는 야릇한 감정을 느끼지는 못했다.

그런데 이 소녀 도사 앞에서는 그렇지 않았다.

불과 닷새. 그것도 이틀은 코빼기 한 번 보지 못했다.

서로 마주친 날도 길어야 한나절, 짧게는 몇 마디 말을 나누고 갈라선 그런 만남에 지나지 않았다.

그런데 헤어져야 한다고 생각하니 가슴이 아팠다. 생각 같아서는 그

너를 번쩍 안아 들고 냅다 달아나고 싶었다.

그런데 그냥 가라지 않는가.

그녀가 부끄러움으로 얼굴을 빨갛게 물들인 채 눈도 마주치지 못하고 그렇게 말한 것이다.

소걸은 제 귀를 믿고 싶지 않았다.

코가 벌렁거리고 뜨거운 숨이 거칠게 뿜어져 나온다.

사나이의 자존심과 체면이 기어이 그를 화나게 했다.

"쳇, 싫으면 그만둬! 나도 다시는 오지 않을 테니까 너도 절대로 나를 찾지 마!"

"안 찾아."

"……!"

멍하니 도향을 바라보던 소걸이 사람들에게 빽 소리쳤다.

"아, 뭐 해요! 안 가요? 날 저물 때까지 이러고들 있을 거예요?"

2

"고얀 것, 못된 것. 다시는 아는 체도 하지 않을 거다. 흥!"

"흘흘……."

"할머니, 내가 할머니 손자니까 그럼 도향이는 나하고 어떻게 되나요?"

"할미의 사제가 그것의 사부거든? 그러니까 너한테는 보자…… 사숙, 아니지, 계집아이니까 사고(師姑)가 되겠구나. 흘흘."

"엥?"

"고 깜찍한 것이 너를 불러다 종아리를 때려도 너는 그저 잘못했습니다, 그러면서 맞아야 하는 게야. 흘흘······."

재미있다는 듯 염 파파가 자꾸만 웃었다.

"우엑!"

소걸이 펄쩍 뛰었다.

"그런데 사고의 손목을 쥐고 마구 윽박질러? 세상에 그런 경우가 어디 있누 그래. 넌 못된 놈 소리를 들어도 싸."

"몰라욧! 나하고는 아무 상관 없는 일이야! 나는 절대로 그 앙큼한 것의 사질이 아니야! 쳇, 내가 청운관의 도사도 아닌데 알게 뭐야?"

"흘흘······."

어떻게 그 깎아지른 벼랑의 외길을 내려왔는지도 생각나지 않았다.

발이 땅에 닿았을 때야 시원하게 떨어지는 폭포의 물소리가 비로소 귀에 들어왔고, 저 앞에 음양쌍존 등이 멈추어 서 있는 게 보였다.

"내 이럴 줄 알았다니까."

할머니 곁에서 걷고 있던 당 노인이 눈살을 잔뜩 찌푸리고 투덜댔다.

염 파파가 지나가는 말인 것처럼 물었다.

"저것들도 죄다 당신의 종이 되겠다고 쫓아온 것들인 모양이지?"

"쳇, 내 품에 들었던 비급을 보고 쫓아온 쥐새끼들이지."

그러면서 염 파파의 가슴을 힐끔 내려다보았다.

"그나저나 이제부터는 당신이 꽤 귀찮아지겠어. 나야 뭐, 홀가분해졌지만 말이야."

"망할 놈의 노괴 같으니……."

딴전을 부리는 당 노인을 매섭게 흘겨본 염 파파가 소걸에게 손을 내밀었다.

"이리 다오."

소걸은 등에 무명천으로 둘둘 만 빙백검을 짊어지고 있었다. 그가 그것을 할머니에게 건네주었다.

"너는 할아버지 뒤에 꼭 붙어서 천천히 와."

파파가 천으로 감싸서 길쭉한 봇짐처럼 보이는 검을 등에 지고 지팡이로 땅을 콩콩 찍으며 골짜기를 따라 내려갔다.

십여 장 앞에 백여 명은 족히 되어 보이는 무리들이 흉흉한 기세로 모여 있었다. 하나같이 병장기를 지녔고 기세가 등등했다.

그러니 당 노인 일행은 그들로 인해 골짜기 안에 갇힌 꼴이 되었다.

앞으로 나갈 수도 없고, 뒤로 물러나기에도 마땅치 않다.

피비린내를 예고하는 무거운 적막 속으로 염 파파의 콩콩거리는 지팡이 소리가 울렸다.

"어떻게 할까?"

처음 보는 늙은 할미가 겁도 없이 다가오니 적잖이 당황스러웠으리라.

무리의 앞에 나와 있던 깨끗하게 생긴 선비풍의 중년 사내가 곁의 사내를 돌아보고 물었다.

얼굴빛이 여자처럼 곱고 해사한데다가 이목구비가 오목조목하고 선이 곱다. 얼핏 남장을 한 여인이 아닌가 하는 생각이 들 만한 사내였다.

강호에서 금면호접(錦面胡蝶)이라고 불리는 편승량(片昇梁)이었다.

희대의 색마로 악명을 날린 자인데, 지난바 무공이 기이하게 높고 교활해서 잡을 수가 없었다.

그는 반반한 여자라면 정과 사를 가리지 않고 겁탈했다. 이에 참지 못하게 된 정사 양도에서는 그를 공적으로 선포했다. 그러자 그는 영악하게도 재빨리 사라져서 모습을 감추었다.

그랬다가 몇 년 만에 슬그머니 다시 나타난 것인데, 강호에 무상광명신공이 출현했다는 소문이 돌 무렵이었으니 의중이 뻔했다.

그가 저 할미를 죽일까 말까 고민하다 문자 곁에 있던 우락부락한 얼굴의 텁석부리 중년 대한이 '흥!' 하고 코웃음을 쳤다.

철혈도(鐵血刀) 육기평(陸騎坪)이라는 자다.

갈평과 마찬가지로 정사 중간을 걷는 무법자였다.

한 자루 등이 두터운 구환대도(九環大刀)를 잘 써서 이름이 전 중원에 알려져 있기도 했다.

팔십 근이나 나가는 커다란 칼을 작대기 휘두르듯 해댈 만큼 용력이 뛰어난데다가, 도법 또한 훌륭해서 절기라고 하기에 부족함이 없었다.

그가 부리부리한 눈으로 편승량을 노려보며 말했다.

"나 같은 영웅호한이 그래, 저렇게 비실거리는 노파에게 손을 댈 수 있겠어? 하겠으면 염치없는 네가 해라."

"흐흥, 그건 이 잘생긴 공자님의 체면에도 해가 되는 짓이지."

그들의 말을 듣고 있던 위엄있는 노인이 점잖게 말했다.

"우리가 듣기로는 당 노인 일행 중에 저와 같은 노파는 있지 않았는데?"

"우연히 같은 길을 가고 있었을 뿐, 일행이 아닌지도 모르지요. 저 위에 있는 도관의 신도인지도 모르고."

편승량의 말에 노인이 고개를 끄덕였다.

"그럴 거야. 그러니 저렇게 태연히 다가오는 거겠지."

노인은 백도의 명숙으로 오래전부터 협명을 날리던 사람이었다.

청성산 서쪽 자락에 장원을 세우고 눌러 살았으므로 강호에서는 그를 서청성노(西靑城老)라고 불렀다.

청성파와 가까이 있으니 자연히 그들과의 교분도 두터웠고, 강호에서의 신망도 높은 고인이다. 그런 그마저 비급의 유혹에 넘어가 편승량 같은 자와 어깨를 나란히 하고 있는 것이다.

사천에서부터 당 노인을 뒤쫓아오며 기회를 노리던 무리들이 어느 덧 백여 명 가까이로 불어나 있었는데, 은연중에 그들 세 사람이 무리의 영도자 노릇을 했다. 명성과 실력, 배경이 부족하지 않았기 때문이다.

그들은 당 노인이 금량협으로 불리는 이 천험한 협곡으로 들어가는 것을 보고 무릎을 쳤다. 길이라고는 다시 이 협곡을 타고 내려가는 것뿐이니 여기를 지키고 있으면 오갈 데가 없어질 것이기 때문이다.

날개가 달리지 않은 이상 제아무리 뛰어난 경공 절기를 지니고 있다고 해도 달아나지 못할 것이다.

그래서 지겨움을 꾹꾹 눌러 참고 노인이 다시 내려오기만 기다리고 있던 중에 드디어 나타났다.

여기에서라면 세상의 이목을 감쪽같이 속이고 당 노인과 그를 따르는 자들을 모조리 죽여 버릴 수 있었다. 그런 다음에 비급의 처리 문제를 상의하면 그만이다.

거한, 육기평이 고개를 갸웃거리다가 말했다.

"그런데 저 노파는 원숭이도 겁을 낼 가파른 벼랑길을 어떻게 내려왔을까?"

"하하, 이곳이 지름길이라 굳이 가겠다고 하니 당 노인이나 그 일행 중 누가 업고 내려왔는지도 모르지."

"그럴까?"

"육 형은 호방하게 생긴 것과는 달리 계집애처럼 자잘한 데 신경 쓰기를 좋아하는군?"

"추잡히고 음탕한 놈! 나를 놀릴 셈이면 목을 걸고서 그렇게 해라!"

"흐흐, 조금 뒤에는 과연 누가 누구의 손에 죽을지 알게 될 거야. 그러니 지금 재촉할 필요 없다오."

일단 당 노인을 죽이고 그에게서 비급을 빼앗으면 그 다음부터는 이곳에 있는 자들 모두가 적이 된다.

편승량은 그때 가장 위험한 자가 바로 이 육기평이라고 여겼다. 그래서 내심 비급을 손에 넣자마자 제일 먼저 이놈을 죽여 없애야겠노라 작정하고 있기도 했다.

어느덧 염 파파가 그들의 코앞에 다가왔다.

서로 눈치를 보던 육기평과 편승량이 슬그머니 길을 터주었다.

등에 길쭉한 보따리를 지고 지팡이를 콩콩거리며 한가롭게 지나가는 노파.

그녀가 바로 홍염마녀 염빙화라고 짐작한 사람은 아무도 없었다.

개중에는 저렇게 늙은 노파가 등에 짐까지 지고 혼자서 산길을 내려갈 것이라고 생각하니 측은한 마음이 들어 혀를 차는 자도 있었다.

염 파파는 이웃집에라도 가는 듯 태연하게 백여 명의 고수들 사이를 지나 그들 뒤로 빠져나왔다.

그러더니 걸음을 뚝 멈추는 것 아닌가.

하지만 눈앞에 당 노인을 두고 있는 무리들은 조금도 신경 쓰지 않았다.

"당 노선배, 비급을 양보한다면 곱게 보내 드리겠소이다."

무리를 대표해서 서청성노 왕상귀(王祥龜)가 점잖게 말했다. 소걸의 손을 쥐고 서 있던 당 노인은 피식 웃을 뿐이다.

칼을 뽑아 든 갈평이 살벌한 눈빛을 번쩍였고, 음양쌍존과 설중교, 도괭도 결연한 얼굴로 각자 병장기를 쥔 채 갈평과 어깨를 나란히 하고 섰다. 그러자 좁은 협곡이 꽉 막혔다.

"할아버지도 싸울 거예요?"

"흘흘, 나는 손 하나 까딱하지 않을 거야."

"왜요?"

"귀찮거든. 나이 들면 다 그렇게 되는 거다."

"그렇군요. 그런데 할머니는 왜 혼자서 갔을까요? 우리를 떠난 건가요?"

"흘흘, 네 할미가 오랫동안 심심했을 거야. 그러니 뭔가 재미난 일을 하고 싶었나 보지 뭐."

"혼자서요?"

"원래 그런 거야. 남이 거들면 흥이 깨지거든. 그나저나 저놈들이 참 안됐네."

당 노인이 불쌍하다는 듯 혀를 끌끌 찼다.

"앞뒤가 꽉 막혔으니 영락없이 독 안에 든 쥐새끼들 꼴이 되었지 뭐냐. 에그, 불쌍한 것들. 저 죽을 줄도 모르고 좋아서 저렇게 웃는구나. 쯧쯧……."

당 노인은 염 파파가 무슨 생각을 하고 있는지 훤히 알 수 있었다.

이곳에서 저놈들을 몰살시키려는 것이다. 그러면 한동안은 뒤쫓는 자들이 사라지리라.

소문을 퍼뜨릴 자들이 없고, 금량곡이 워낙 알려지지 않은 곳이라 여기서 벌어진 일을 세상 사람들이 알게 되려면 한참 걸릴 것이기 때문이다.

게다가 이놈들은 청운관을 보았다. 장차 그곳으로 돌아와 칩거하며 조용히 여생을 마칠 꿈을 가지고 있는 노파의 입장에서는 짜증이 나지 않을 수 없으리라. 자기가 비급을 지닌 채 청운관에 은거했다는 소문이 날 것이기 때문이다.

그러니 청운관은 세상에 알려지지 않을수록 좋다. 그걸 위해서라도 이놈들을 모조리 죽여서 입을 막을 수밖에 없다.

노파의 그런 생각을 모르는 자들은 저희들 나름대로 당 노인 등이 달아날 길마저 막혀서 당황하고 있는 걸로 착각했다.

"어떻게 할 거요!"

험상궂은 철혈도 육기평이 버럭 소리쳤다.

그는 당 노인이 강호에 명성을 날릴 때 아직 세상에 태어나지도 않았던 자다. 당백이라는 이름을 듣기는 했지만 그가 어떤 존재인지 실감하지 못했다.

소문이라는 게 으레 그렇듯이 과장에 과장을 더하는 것이니 한참 부풀려졌을 거라고 생각하는 게 당연하다.

이곳에 온 자들 대부분의 생각이 그와 같았다. 심지어 무리의 우두머리로 나선 서청성노 왕상귀조차 당 노인을 보는 건 처음이었다.

아무리 소문이 무섭기로서니, 저렇게 늙은 노인에게 무슨 힘이 있을 것인가 싶었다. 오히려 그를 지키고 있는 음양쌍존 등이 더 꺼림칙하게 여겨졌다.

하지만 그들은 고작 다섯 명이고 이쪽은 백여 명이나 된다. 그것도 삼류 잡배들이 아니라 모두가 강호에서 제법 거들먹거리는 고수들 아닌가.

싸움이 시작되면 음양쌍존 등은 우선 이쪽의 머릿수에 눌려 버릴 거라고 생각했다.

그런 자신감이 왕상귀는 물론 육기평과 편승량 등에게 느긋한 여유를 갖게 했다.

왕상귀가 검으로 가리키며 소리를 높였다.

"마지막 기회요! 내 말을 듣지 않으면 반드시 후회하게 되리다!"

"카카카—!"

귀를 따갑게 하는 광소(狂笑)가 터져 나왔다.

갑자기 등 뒤에서 들려오는 그 섬뜩한 웃음소리에 뒷줄에 있던 놈들이 일제히 돌아보며 잔뜩 인상을 썼다.

멀리 간 줄 알았던 노파가 거기 서서 미친 듯 웃고 있지 않은가. 이게 무슨 일인가 싶어서 어리둥절해 있던 놈들이 시끄럽게 욕을 해댔다.

"뭐야? 이제 보니 미친 할망구였잖아!"

"재수없게⋯⋯. 썩 꺼져 버려!"

"신경 쓰인다. 죽여 버리자!"

"카카카카ㅡ!"

놈들이 험악하게 인상을 쓰며 소리쳤지만 염 파파는 까마귀가 울부짖는 것같이 탁하고 커다란 웃음을 그치지 않았다.

그러면서 검을 둘둘 감고 있던 무명천을 벗겨내고 있다.

마성이 폭발하여 살인을 하기 전에 그녀는 언제나 그렇게 미친 듯 웃었다. 그리고 웃음이 그쳤을 때는 누구도 죽음을 피하지 못했다.

그녀는 섬뜩한 그 웃음을 통하여 나의 마성이 곧 폭발할 것이니 디 늦기 전에 어서 달아나라고 경고해 주는 것인지도 모른다.

웃음이 그쳤고, 고색창연한 검이 모습을 드러냈다.

"우ㅎㅎㅎㅎㅡ"

웃음은 이제 낮고 음침한 낄낄거림으로 바뀌었다. 염 파파가 키득거리며 천천히 빙백검을 뽑았다.

미끄러지듯 뽑혀 나오는 검신(劍身).

그것이 노파의 마성에 동화된 듯 몽롱한 안개 같은 음산한 기운을 두르고 번쩍인다.

"어?"

"뭐야? 정말 미쳐도 단단히 미친 할망구잖아?"

"저리 비켜봐. 내가 저 재수없는 노파의 목을 단번에 쳐버려야겠다!"

노파와 그녀가 손에 쥐고 있는 한 자루의 스산한 검은 전혀 어울리지 않았다.

짜증이 밀려든 놈들이 살기를 품고 움찔거릴 때 노파의 음침한 음성이 들려왔다.

빙백검을 뽑아 들고 허리를 쭉 편 순간 그녀는 예전의 홍염마녀로 돌아갔다.

그녀가 투명한 얼음 같은 검신을 쓰다듬으며 중얼거렸다.

"에그, 불쌍한 것. 그동안 많이 참고 기다렸지? 네 녀석이 보챌 때마다 내가 얼마나 괴로웠는지 아니? 하지만 오늘은 원없이 피 맛을 보여줄 수 있을 것 같구나. 히히, 그래, 그래, 마음껏 즐기게 해줄게. 이제다 됐으니 조금만 참아라. 착하지?"

마치 어린 손자를 어르듯 검을 쓰다듬으며 어르고 있는 말이 끔찍했다.

"저 미친 할망구가 뭐라고 지껄이는 거야?"

한 놈이 칼을 뽑아 들고 험악하게 인상을 썼다. 염 파파의 차갑게 가라앉은 눈이 그놈에게 향했다.

"흐흐흐, 불쌍한 것들…… 그럼 너부터 해볼까?"

놈은 갑자기 노파의 모습이 픽, 하고 꺼졌다고 느꼈다. 그리고 강렬한 빛 한줄기가 뻗어나와 눈을 찔렀다. 선뜻한 기운이 목덜미에 아주잠깐 느껴진 것 같기도 하다.

"엇?"

"어, 어?"

"저, 저거!"

그걸 본 몇 놈이 어리둥절해서 입을 딱 벌렸다.

노파는 어느덧 그놈의 등 뒤에 있었고, 우두커니 서 있는 놈의 목이어깨에서 천천히 미끄러지고 있었던 것이다.

툭!

그것이 떨어져 발 아래 뒹굴었다. 그리고 비로소 뜨거운 피가 왈칵

뿜어져 솟구쳐 올랐다.

　믿을 수 없는 갑작스런 그 변화에 얼이 빠진 놈들을 보며 노파가 천천히 다가왔다.

　"다 죽어야 해, 모두 다. 히히히—"

　낄낄거리는 낮은 웃음소리.

　팟—!

　그녀가 가볍게 땅을 차고 놈들의 면전으로 쏜살처럼 달려들었다.

　뒤쪽에서 들려오는 심상치 않은 웃음소리에 신경이 거슬렸다. 그래서 왕상귀는 눈살을 잔뜩 찌푸렸다.

　저 앞에 보이는 당 노인이 혀를 차며 불쌍하다는 얼굴로 빤히 바라보는 것도 마음에 들지 않는다.

　"대체 뭐냐?"

　왕상귀가 신경질적으로 돌아보았지만 금랑협을 메우다시피 가득 차 있는 무리들 때문에 뒤쪽에서 무슨 일이 벌어지고 있는지 알 수가 없었다.

　'내가 잘못 들은 건가?'

　고개를 갸웃거리는데 '으악!' 하는 비명 소리가 들려왔다.

　그러더니 연이어 항아리를 깨뜨리는 듯한 비명 소리들이 쏟아져 나와 금랑협의 깎아지른 벼랑을 치며 쩌렁쩌렁 울렸다.

　'뭔가 잘못되었다!'

　왕상귀의 얼굴이 비로소 창백하게 질렸다. 육기평과 편승량도 마찬가지다.

　"내가 가보지!"

철혈도 육기평이 구환대도를 쥐고 몸을 날렸다.

"으악!"

"끄어어!"

"죽여 버려!"

"겁먹지 마라! 고작 할망구 하나다!"

"이야압!"

비명과 아우성과 기합 소리들이 욕과 함께 뒤섞여 마구 터져 나왔다.

씨이잉―

스산하게 번쩍이는 검이 싸늘한 검광을 뿌릴 때마다 피가 솟구치고 절단된 몸뚱이들이 이리저리 쓰러졌다.

염 파파의 움직임은 거칠 것이 없었다.

갈대밭을 헤집으며 휩쓸어가는 바람 같다.

한줄기 돌풍이었다가 뇌성벽력을 쳐내는 짙은 먹구름이 되기도 한다.

굵은 철장이 맥없이 잘려 나가고, 그것을 휘두르던 놈의 정수리가 쩍 벌어졌다.

처음에는 어리둥절했고, 그 다음에는 놀랐으며, 섬뜩한 두려움으로 떨다가 이제는 분노에 사로잡혀 이성을 잃었다.

빠른 시간 동안 그렇게 변한 놈들이 저희들도 알아듣지 못할 고함을 마구 질러대며 미친 듯이 염 파파에게 달려들었다.

검과 칼이 함부로 노파의 몸뚱이를 노리고, 철편과 창, 유성추가 소나기처럼 퍼부어진다.

그러나 염 파파는 바람이었다. 잡을 수가 없고 쪼갤 수가 없다.

낡은 옷자락을 펄럭이며 유유히 지나가다가 때로는 질풍노도가 되어서 무섭게 휩쓸어갔다. 그럴 때마다 거대한 해일처럼 무시무시한 기운이 그들을 덮어 눌렀다. 지옥의 어둠이고 죽음의 무게다.

무엇이든 그녀의 빙백검에 닿은 것들은 맥없이 뭉텅뭉텅 잘려 나갔다. 사람의 몸뚱이와 단단한 쇠붙이가 다르지 않다. 그저 진흙을 베어내듯 할 뿐인 그 무서운 검.

이제 금랑협은 비명과 붉은 피로 뒤덮여 버렸다. 하늘마저 핏빛으로 물들고, 끈적거리는 피 냄새가 공기를 빨아들인다.

"우리가 파파를 도와드려야 해!"

음양쌍손이 소리쳤다.

얼이 빠져 있다가 저 뒤에서 염 파파가 홀로 싸우고 있다는 걸 비로소 생각해 낸 것이다.

"이야압!"

음존 왕무동이 번쩍이는 언월도를 크게 휘두르며 짓쳐들어 갔다. 양존 조백령도 금갑에 달려 있는 망혼금편을 두 손 가득 움켜쥐고 힘껏 뿌렸다.

씨이이잉—

그것들이 바람을 찢고 나는 소리가 귀 따갑게 터져 나왔다.

갈평과 도굉, 설중교도 뒤질세라 몸을 던져 맹렬하게 쳐들어갔다.

곧 앞에서도 쨍강거리는 요란한 소리와 비명 소리, 아우성들이 들끓듯 쏟아졌다.

금랑협 전체가 지진을 만난 듯 요동을 친다.

"막아라! 죽여 버려!"

서청성노 왕상귀가 미친 듯 검을 휘둘러 음존의 언월도를 쳐내며 목이 터져라고 소리쳤다.

편승량은 한 쌍의 판관필을 휘둘러 도굉의 무지막지한 검을 맞아 싸우느라고 정신이 없었고, 선두에 나섰던 몇몇 흑도와 백도의 고수들도 그랬다.

갈평의 칼이 용서없이 치고 나가는 곳마다 잘려지고 쪼개진 머리통들이 툭툭 떨어진다. 설중교의 연검도 파라락거리고 이리저리 휘어지며 어지럽게 긋고 찔러댔다. 그것이 스칠 때마다 갑주와 살이 쩍쩍 벌어지고 뜨거운 피와 비명이 터져 나왔다.

그들 모두가 피에 굶주린 악귀로 돌변해 버린 듯한 끔찍함이다.

"이 요망한 늙은이, 죽엇!"

주춤거리는 무리를 헤치고 나온 육기평이 목청껏 소리치며 구환대도를 무지막지하게 휘둘렀다.

칼등에 달린 아홉 개의 고리가 부딪쳐 쩔그렁거리는 소리가 크게 울렸다. 다른 사람 같으면 그 소리에 정신이 어지러워져 대항하기 힘들 것이다.

그러나 염 파파는 재미있다는 듯 낄낄거릴 뿐이었다.

씨잉—

그녀의 검이 가볍게 허공을 그었다.

쩌엉, 하는 커다란 소리가 났다.

"엇?"

육기평이 종이쪽처럼 잘려 날리는 자신의 커다란 칼을 믿을 수 없다는 눈으로 보았다.

서걱, 하고 제 목의 살과 뼈가 어긋나는 소리가 귀에 커다랗게 들렸다.

도대체 막거나 피할 수가 없다. 몸을 가릴 수도 없다.

밀려오는 바람이고 해일 같은 것. 누구에게나 찾아오는 죽음 같은 것. 그것이 불쑥 코앞에 닥쳐든다. 운명이라고 해야 하리라.

아직 살아 있는 자들, 그래서 염 파파의 낄낄거리는 웃음소리를 듣고, 번쩍이는 검을 보는 자들의 얼굴 가득 비로소 지울 수 없는 공포가 떠올랐다.

하지만 뒤에서는 음양쌍존 등이 무찔러 들어오고 있으니 달아날 곳도 없다.

"으아악!"

기어이 서청성노 왕상기의 입에서 커다란 단말마기 디저 니왔다. 음존 왕무동의 언월도가 그의 몸뚱이를 두 쪽으로 갈라 버린 것이다.

"캐액!"

야비한 색마, 편승량도 이승에 제 마지막 음성을 남겼다. 도굉의 무지막지한 검이 두 팔과 목을 동시에 쳐버린 것이다.

그렇게 아수라장의 지옥이 되어버린 금량협.

주검이 산처럼 쌓이고 핏물이 콸콸거리며 흘러내리는 참혹한 살육의 현장 저 건너에 당 노인과 소걸이 서 있었다.

할아버지의 손을 꼭 쥐고 있는 소걸이 와들와들 떨었다. 부릅뜬 눈에 놀람과 두려움이 가득하다.

피이잉—!

허공을 찢는 날카로운 휘파람 소리가 마지막으로 울렸다.

기를 쓰고 깎아지른 절벽에 달라붙어 기어올라 가고 있던 한 놈의 목덜미를 망혼금편이 유성처럼 빠르게 훑고 지나갔다.

번쩍이는 그것이 다시 하늘 높이 치솟았을 때, 마지막 놈의 몸이 돌덩이처럼 우당탕거리며 굴러 떨어져 질펀한 핏물 속에 처박혔다.

그리고 갑자기 괴괴한 적막이 밀려들어 지옥으로 변한 협곡을 뒤덮었다.

『불선다루』 3권에서…